SPY 003
FEU NUCLÉAIRE
À INDIAN POINT

MICHEL BEHAR

SPY 003
FEU NUCLÉAIRE
À INDIAN POINT

NOUVEAUX AUTEURS

Éditions Les Nouveaux Auteurs
16, rue d'Orchampt 75018 Paris
www.lesnouveauxauteurs.com

Éditions Prisma
13, rue Henri-Barbusse 92624 Gennevilliers Cedex
www.editions-prisma.com

Avertissement

Cette histoire est imaginaire.
Les faits et personnages sont principalement inspirés de la réalité, mais l'intrigue et certains actes prêtés aux personnages relèvent de la pure fiction.

En hommage aux femmes et hommes
du service action de la DGSE
qui risquent quotidiennement leur vie
pour protéger la France et les Français.

Chapitre 1

Chine, île de Hainan, Sanya,
vendredi 6 août 2021, 7 h 16, heure locale

La folle traque pour neutraliser les cellules terroristes de l'État islamique cherchant à perpétrer un attentat au moyen d'une bombe sale, explosif, aux effets dévastateurs, projetant lors de son explosion des millions de particules radioactives contaminant population et territoires sur des dizaines de kilomètres, avait mobilisé tous les services de renseignements occidentaux.

Le service action de la DGSE s'était retrouvé en pointe de l'opération de neutralisation de ces cellules.

Le chef de celles-ci avait été identifié : il s'appelait Mohamed Jaish. C'était le responsable des opérations extérieures de l'organisation État islamique.

Karim avait réussi, *in extremis*, à faire échouer l'attentat, mais n'avait pu empêcher l'explosion de la bombe. Heureusement, les effets avaient pu être contenus, mais l'agent français avait été brièvement exposé aux particules radioactives.

Traité à l'hôpital militaire de Percy et grâce aux traitements préventifs pris, il n'avait aucune séquelle liée à l'irradiation hormis une grande fatigue, conséquence du rythme effréné de ses missions.

Pendant son séjour à l'hôpital, il avait reçu la visite du directeur général de la DGSE, Bernard Émié, accompagné du chef du service action, le colonel Manjour.

– Commandant Leclerc, le président de la République m'a chargé de vous adresser ses félicitations pour le succès de votre mission. Je me joins naturellement à lui pour vous féliciter.

Le colonel Manjour fit à Karim un discret clignement d'œil.

– Bravo mon garçon, beau travail ! lui dit-il, conservant le discours paternaliste qu'il affectait vis-à-vis de ses hommes.

Mais le vrai sujet était sa liaison amoureuse avec l'officier du Guoanbu, Mei Ling Tao, des services secrets chinois[1].

Karim, en officier loyal et discipliné, avait décidé de ne pas cacher cette liaison dangereuse à sa hiérarchie. Il savait qu'il courait un risque. Celui de se voir ordonner de rompre définitivement cette relation. Et cela, il ne le voulait pas.

Il était sincèrement tombé amoureux de cette belle jeune femme, intelligente, officière émérite comme lui, même si, lors de leur première rencontre, elle avait donné l'ordre de lancer un missile contre une cible terroriste, étant consciente que Karim, en mission d'infiltration, serait certainement tué par la frappe.

Par miracle, il survécut à l'explosion, mais, étrangement, n'eut aucune rancœur à l'égard de l'officière chinoise.

Cependant, la révélation de sa liaison pouvait conduire à un autre dilemme pour lui. La DGSE ne manquerait de saisir l'occasion, trop belle, d'utiliser cette liaison inespérée pour tenter de retourner l'officière chinoise et en faire un agent double.

Karim serait confronté au terrible choix de trahir celle qu'il aime pour accomplir sa mission, ou se rebeller contre son service, ce qui mettrait fin à sa carrière d'officier du service action. Or, cette vie était toute sa raison d'être.

---

1. Voir *SPY 001 Code Vektor.*

Allongé sur son lit d'hôpital, il avait tenté de rassurer le directeur général sur sa loyauté. Il était conscient de la ligne rouge à ne pas franchir. Il avait affirmé aussi qu'il en était d'ailleurs de même pour la générale Tao. Le colonel Manjour était intervenu pour confirmer son entière confiance dans l'intégrité du commandant Leclerc.

Après un moment de réflexion, Bernard Émié déclara :

– Bien, commandant Leclerc, compte tenu de vos états de service exceptionnels, et de la confiance que vous témoigne le colonel Manjour, je vous autorise à poursuivre votre liaison sous la responsabilité directe du colonel.

Bernard Émié se tourna vers le chef du service action.

– Vous acceptez cette responsabilité ?

– Oui, j'y veillerai, répondit sans hésiter l'officier.

Le directeur général poursuivit :

– Je peux donc vous informer, commandant, que la générale Tao est sortie du coma[1].

La nouvelle lui avait été communiquée quelques heures auparavant par un appel personnel du ministre Geng Huichang, le patron du Guoanbu.

– Vous êtes autorisé à lui rendre visite. Vous serez même l'hôte de la Chine pendant votre séjour, en reconnaissance des services rendus. Nous vous accordons pour cela une permission de deux semaines, dès que les médecins vous auront déclaré apte pour le service.

Le cœur de Karim s'était accéléré à la perspective de retrouver la femme qu'il aimait. Il s'était aussi senti soulagé de la savoir sur la voie de la guérison.

Dans les jours qui avaient suivi la visite du directeur général, des officiers de la direction de la sécurité avaient défilé dans la chambre du jeune officier, le bombardant de questions sur les

1. Voir *SPY 002 Opération Charlie.*

circonstances de son entrée en relation, sur Mei Ling, sur ce dont ils avaient parlé ensemble. Karim n'arrivait pas à concevoir que les sentiments que lui portait Mei Ling ne soient pas sincères.

Enfin déclaré apte au service, Karim sortit de l'hôpital et prit la permission qui lui avait été accordée.

Dans l'avion qui l'emmenait en Chine, Karim avait repensé aux avertissements très clairs formulés par le patron de la DGSE. La section contre-espionnage du service considérait sérieusement une manœuvre du Guoanbu, à travers Mei Ling, pour tenter de retourner Karim et en faire un agent double à son profit.

Les services chinois avaient déjà réussi ce genre de manipulation et deux agents du service, dont un ancien chef de poste de la DGSE à Beijing, en avaient fait les frais et croupissaient en prison pour trahison.

D'habitude, la DGSE lave son linge sale en famille. Mais cette fois elle avait voulu lancer un signal clair aux services chinois en rendant le procès public. Le sujet était extrêmement sensible.

Arrivé à Beijing par le vol Air France, il avait été accueilli chaleureusement par Fu-Hsi, l'adjoint de la générale Tao, nouvellement promu colonel. Ce dernier lui avait donné des nouvelles rassurantes. Mei Ling était en convalescence dans une villa du Guoanbu sur l'île de Hainan, à l'extrême sud de la Chine.

Le colonel Fu-Hsi conduisit Karim à l'aéroport militaire de Beijing où un Shaanxi Y-8 de l'armée de l'air chinoise l'attendait pour le conduire sur l'île de Hainan. À son arrivée sur la base aérienne de Lingshui, un véhicule officiel noir, une Audi 8 flambant neuve, avec un chauffeur, l'attendait pour le conduire à la villa.

En arrivant, Karim crut rêver. Il s'attendait à une maison quelconque, comme celles s'observant par millions dans les paysages chinois. Au lieu de cela, c'était une magnifique villa blanche de style design, comme on en voit en Californie au bord de la côte.

Plantée au milieu d'un jardin tropical avec de grands palmiers, la villa comportait un étage avec de grandes baies vitrées qui s'étendaient sur presque toute la largeur. En levant les yeux, Karim avait aperçu Mei Ling, debout sur la terrasse surplombant le jardin, souriante, dans une robe d'été rouge vermillon qui faisait ressortir ses longs cheveux noirs sur ses épaules.

Elle agita les bras en riant puis rentra précipitamment dans la villa. Quelques secondes plus tard, Karim la vit descendre rapidement un escalier en marbre blanc pour se précipiter vers lui et se jeter dans ses bras.

L'étreinte lui sembla durer une éternité, lui procurant une sensation de bonheur incroyable.

– Mei Ling, tu m'as tellement manqué, dit Karim, et j'étais tellement inquiet pour toi, comment te sens-tu ?

Mei Ling se détacha de lui et le regarda droit dans les yeux.

– Je me sens beaucoup mieux, mais je reste encore très fatiguée. Cela a été très dur. Je te raconterai plus tard. Et toi ? Toi aussi tu as l'air fatigué.

Karim ne pouvait bien sûr pas faire référence à ses missions.

– J'ai beaucoup voyagé ces derniers mois, c'est dû au jet-lag.

Il décida de détourner la conversation.

– C'est une villa magnifique ! Je ne m'attendais pas à cela. Tu me la fais visiter ?

Karim s'aperçut que le chauffeur avec la limousine avait disparu. Il ne restait que sa valise et sa mallette de cabine posées sur le sol.

Le tirant par la main, Mei Ling, excitée comme une collégienne, conduisit Karim à l'intérieur de la villa. Il était stupéfait par le luxe ambiant.

– Cette villa est réservée aux hauts dignitaires du régime, lui expliqua Mei Ling. C'est le ministre Geng Huichang lui-même qui me l'a allouée pour ma convalescence, dit-elle avec fierté.

Le jardin, luxuriant, se prolongeait à l'arrière de la villa avec, en son milieu, une piscine de taille olympique. Mei Ling conduisit Karim au premier étage jusqu'à la chambre baignée de lumière par la grande baie vitrée. Elle l'aida à ranger ses affaires dans le dressing attenant, puis il partit dans la salle de bains pour prendre une douche après ce long voyage.

Les yeux fermés, Karim se délectait de l'eau chaude coulant sur son corps. Il sentit soudain une présence à ses côtés. Il ouvrit les yeux et vit Mei Ling, nue, entrant avec lui sous la douche.

Elle l'enlaça et l'embrassa fougueusement. Elle se lança à son cou et jeta les jambes autour des hanches de Karim pour coller son sexe sur le sien. Ils firent l'amour avec l'excitation des retrouvailles.

Le lendemain de son arrivée sur l'île de Hainan, Mei Ling, contrariée par son air fatigué, l'avait traîné jusqu'à une officine vendant des produits traditionnels de la médecine chinoise.

Un vieil homme, tout ridé, à la longue barbe blanche taillée en pointe, se tenait debout derrière le comptoir. La boutique était remplie de pots, de sacs et de fioles contenant un assortiment invraisemblable de plantes, d'ossements, de liquides aux couleurs suspectes, de serpents macérant dans un liquide jaune.

Karim aperçut même sur un plateau doré une corne de rhinocéros déjà bien entamée ! L'apothicaire examina le jeune homme, le palpant sur divers points du corps, et disparut dans l'arrière-boutique. Il revint quelques minutes plus tard avec un pot contenant de mystérieuses herbes séchées et se lança dans une discussion animée en chinois avec Mei Ling. Karim observait, amusé.

En sortant de l'officine, son sachet d'herbes mystérieuses à la main, Mei Ling expliqua avec un air énigmatique que ces herbes permettaient de faire une tisane revitalisante très efficace. Il devait reconnaître que cette concoction avait fait des miracles.

En quelques jours, il avait retrouvé toute sa forme d'officier du service action de la DGSE, les services secrets français !

Les jours qui suivirent s'échelonnèrent comme dans un rêve entre baignades, dégustations de cuisine chinoise, étreintes incessantes. Il avait réussi à complètement déconnecter.

Karim Leclerc ouvrit les yeux, réveillé par les rayons ardents du soleil qui transperçaient la grande baie vitrée panoramique qui faisait face au lit. Il contempla quelques instants la vue imprenable sur une mer turquoise, la plage de sable blanc, parsemée de taches vertes constituées par les palmiers plantés tout du long. Il était au paradis.

Il tourna la tête vers Mei Ling, encore endormie. Le drap de soie blanc avait glissé et il contemplait son dos nu. Il résista à l'envie de poser un baiser sur cette peau soyeuse de peur de la réveiller.

Malgré le somptueux dîner de la veille au *Wan Hao*, un des restaurants réputés de l'île de Hainan, situé dans l'hôtel *Marriott*, il se sentait un appétit de loup. Ses ébats amoureux de la nuit n'y étaient sans doute pas étrangers !

Il se leva avec souplesse pour laisser Mei Ling dormir, enfila son caleçon et son pantalon, et se dirigea vers la cuisine. Il se regarda machinalement dans un des miroirs accrochés au mur du couloir et constata avec satisfaction qu'il avait retrouvé toute sa forme physique.

En pénétrant dans la cuisine, il aperçut la fidèle Qiong.

– *Nín hǎo, nín hǎo ma*[1] *?* dit Karim avec une prononciation encore incertaine.

Qiong sourit et bredouilla timidement :

– *Wǒ hěn hǎo*[2].

La vieille cuisinière était aux petits soins pour Karim. Petite, toute ridée avec ses cheveux tirés en arrière par un chignon, elle était habillée d'une tunique et d'un pantalon large hérité

1. « Bonjour, comment allez-vous ? »
2. « Très bien. »

de la période de Mao Tsé-toung, et d'un tablier noir autour de la taille. Elle avançait à petits pas.

Étonné par sa présence dans la maison, Mei Ling lui avait expliqué que chez les cadres de haut niveau en Chine, le personnel domestique restait une pratique courante. En sa qualité d'invité, Karim faisait l'objet d'une attention particulière de la part de Qiong, comme l'imposait une vieille coutume chinoise.

Il se demanda si elle travaillait aussi pour le Guoanbu, mais il ne pouvait pas poser la question à Mei Ling. Elle ne pourrait naturellement pas y répondre même si elle le savait.

Karim se fit couler un café de la machine Nespresso située sur le plan de travail. Sur l'îlot central de la cuisine ultramoderne, où il s'installa sur un tabouret haut, était déjà posé un grand plat de fruits découpés avec art.

Au centre du plat était disposé un gros tas de *yangmei* frais. Karim avait découvert cet étrange fruit chinois, cultivé depuis des milliers d'années, croisement étonnant entre la cerise et la framboise. Il en était devenu fan. Son goût à la fois sucré et acidulé aux saveurs mélangées de cerise et de framboise explosait en bouche.

Pour le reste de son repas, Karim, après quelques tentatives pour s'accommoder au petit-déjeuner chinois traditionnel, trop éloigné de bon matin de ses habitudes alimentaires, avait, avec tact, expliqué son souhait de revenir à un petit-déjeuner de style occidental. Ce qui ne l'empêchait pas d'adorer la cuisine chinoise !

L'odeur du bacon croustillant aviva encore sa faim. La dévouée Qiong venait de lui déposer son assiette et repartait discrètement, en trottinant vers sa cuisinière. Karim eut juste le temps de lui dire :

– *Xiè xie*[1].

1. « Merci. »

Karim but le jus d'orange fraîchement pressée et attaqua avec appétit son petit-déjeuner.

Il venait juste de le terminer lorsqu'il entendit au premier étage des bruits d'eau dans la salle de bains. Mei Ling était réveillée.

Karim, avisant le plateau que Qiong avait préparé, contenant le petit-déjeuner chinois de Mei Ling : du thé noir, des nouilles sautées avec de la viande de porc, des galettes, des petits pains farcis cuits à la vapeur et du lait de soja, décida de s'en saisir, sous les yeux étonnés de la servante, et se dirigea avec vers la chambre.

Mei Ling venait juste de se recoucher lorsque Karim, portant le plateau, pénétra dans la chambre.

– Coucou toi, bien dormi ? *Room service !* lui dit-il.

Mei Ling était un peu étonnée, car les Chinois n'avaient pas l'habitude de prendre leur petit-déjeuner au lit. Mais son expérience des voyages lui avait montré que c'était une pratique répandue en Occident. Alors elle eut un grand sourire lorsqu'il le déposa délicatement sur ses jambes.

Lorsqu'elle fut rassasiée, Karim s'allongea à ses côtés, contemplant le ciel bleu et la mer turquoise à travers la baie vitrée.

– Je suis heureux avec toi, dit Karim à voix douce. Est-ce que tu me pardonnes de t'avoir abandonnée au poste frontière[1] ?

– Bien sûr, répondit-elle, j'aurais fait la même chose. Tu n'aurais rien pu faire, sinon te faire arrêter toi aussi.

Karim se sentit soudainement soulagé. Ce sentiment de culpabilité le taraudait depuis des semaines. Il plongea ses yeux vert émeraude dans ceux de Mei Ling. Il sentit qu'elle était troublée. De fait, la jeune femme était fascinée par ce vert qui lui rappelait le jade, tant vénéré par les Chinois.

Elle en avait été surprise, car Karim avait le physique des hommes d'Afrique du Nord. C'est lui qui lui avait révélé qu'une

1. Voir *SPY 001 Code Vektor.*

partie de sa famille était française et que les yeux verts étaient communs dans sa famille.

Karim décida de se lancer :

– Mei Ling, pourquoi ne viendrais-tu pas avec moi vivre en France ?

Le visage de Mei Ling se ferma brutalement. Elle ne s'attendait visiblement pas à cette proposition.

– C'est impossible, répondit-elle spontanément. Tu connais ma position. Jamais ils ne me laisseront partir. Et puis les représailles seraient terribles pour mes parents.

– Parle-moi de ta famille, demanda Karim. Je ne sais presque rien de toi.

Mei Ling le regarda, surprise. Normalement, la vie personnelle d'un agent de renseignements est un secret jalousement gardé. Le risque est trop grand de pouvoir exercer des pressions sur lui à travers sa famille. Mais avec Karim, elle avait le sentiment qu'une partie de ses barrières de défense était tombée et qu'elle pouvait lui révéler son histoire familiale.

– Mes parents sont tous deux d'origine modeste. Ils habitent dans un village près de la ville de Nantong, dans la province de Jiangsu, une région de plaines traversées par le fleuve Yang-Tsé, à une centaine de kilomètres à vol d'oiseau de Shanghai et près d'un millier de kilomètres de Beijing. Mon père était menuisier, il est maintenant à la retraite. Ma mère cultivait le potager du jardin et travaillait dans les champs. Pour financer mes études, elle avait même pris un travail supplémentaire d'ouvrière dans l'usine voisine où elle assemblait des boîtes d'allumettes. Ils ont tous deux connu la grande famine de 1959 à 1961 puis la période troublée de la révolution culturelle de 1966 à 1976. Je ne sais pas comment ils ont survécu. Toujours est-il que je suis leur fille unique. Mon père est passionné de littérature et malgré ses modestes moyens, il achetait des livres dès qu'il le pouvait, au grand désespoir de ma mère qui savait à peine lire, n'ayant pas été scolarisée au-delà du primaire faute de moyens de mes grands-parents. Malgré leurs différences, le premier point commun de mes parents est la grande valeur qu'ils attachent au travail et qu'ils m'ont transmise. J'ai lu tous les livres de mon père. J'ai adoré *Le Comte de Monte-Cristo* et *Les Misérables* !

– Comment ? demanda Karim. On trouve ces livres français dans les villages chinois ?

– Oui, les auteurs classiques français sont d'immenses succès populaires en Chine, même aujourd'hui. Ils figurent dans nombre de bibliothèques du pays, même dans de petits bourgs. Pendant ma scolarité, j'ai toujours été la première de ma classe. Mais quand je suis arrivée au lycée, la compétition a explosé.

Malgré cela, je m'étais fixé un seul objectif, rentrer dans l'une des plus prestigieuses universités de Chine : Beida ou Tsinghua. C'est l'équivalent en Chine de Harvard et du MIT. Pendant des années, je n'ai dormi que cinq heures par nuit. Le reste du temps, je ne faisais qu'étudier. C'était le seul moyen pour une petite paysanne comme moi de réussir. Le concours d'admission s'est déroulé sur trois jours. Sur une population de soixante-dix millions d'habitants pour notre province du Jiangsu, l'université de Beijing n'attribuait que deux places. Pendant quinze jours, je broyais du noir à la maison, prostrée sur mon lit. Le jour de la publication des résultats, je suis allée chez notre voisin pour contacter mon professeur principal, car nous n'avions pas de téléphone à la maison, et j'étais impatiente de connaître le résultat. C'était la procédure. Seul le professeur principal était chargé de communiquer les résultats. Pendant ces quinze jours, je m'étais faite à l'idée que j'avais échoué, que j'étais trop ambitieuse. Et puis, miracle, mon professeur m'a appris que j'étais deuxième au classement de la province, à quelques centièmes de point du major. J'ai choisi Tsinghua du fait naturellement de son prestige, mais aussi sa devise me plaisait beaucoup : « L'action importe plus que la parole. » J'ai choisi la filière Engineering and

Technology et j'ai suivi des études d'ingénieur. Ayant obtenu mon diplôme, je suis entrée dans l'armée. Comme tu le sais, j'ai très vite été repérée par le ministre Geng Huichang, qui m'a fait rentrer au Guoanbu et m'a prise sous son aile.

Mei Ling regarda Karim avec un sourire malicieux et ajouta :

– Je crois même qu'il est amoureux de moi, mais c'est un homme fidèle. Il est marié et a deux fils.

Karim était fasciné par le récit de l'enfance et de la vie de Mei Ling. Au début, lorsqu'il l'avait rencontrée, elle lui avait donné l'impression de venir d'un milieu aisé, pleine d'assurance et de certitude. Là, il découvrait une fille de paysans pauvres qui avait travaillé dur pour faire des études. Et l'histoire de sa famille illustrait les épisodes terribles de l'histoire récente de la Chine sous Mao Tsé-toung.

– As-tu connu d'autres hommes que moi ? demanda Karim, curieux.

Mei Ling regarda Karim avec un air de reproche et ne répondit pas. Pudique, elle n'osa pas poser la même question à Karim. Les aventures amoureuses avant le mariage sont rares en Chine.

Karim observait Mei Ling qui était devenue silencieuse jusqu'à ce qu'elle reprenne la parole.

– Et toi, Karim, pourquoi tu ne viendrais pas vivre avec moi, en Chine ?

Karim redoutait qu'elle pose cette question, mais cela était sans doute inévitable. Il aimait Mei Ling et souhaitait vivre avec elle. Mais il aimait aussi son métier et ne se voyait pas « raccrocher » comme cela, brutalement. Sans compter que sa famille ne le comprendrait pas. Abandonner sa patrie pour une « espionne chinoise » ! Il imaginait le regard horrifié de son père s'il leur annonçait la nouvelle.

Il restait silencieux, hésitant sur la réponse.

Mei Ling insista :

– Je suis consciente que tu devrais sacrifier ta carrière. Moi aussi, je devrais quitter le Guoanbu. Ce n'est pas simple, mais le ministre Geng Huichang t'apprécie et j'espère qu'il pourrait nous aider. Il faudrait que l'on se reconvertisse à la vie civile. On pourrait réfléchir et monter une start-up ! J'ai plein d'idées qui pourraient intéresser le secteur de la défense.

Elle baissa la voix et, comme dans un murmure, poursuivit :

– Cela a été très dur, cette détention et ces interrogatoires. Je ne sais pas si j'aurais la force de résister si cela se reproduisait.

Des larmes jaillirent de ses yeux en amande. Karim ne savait pas quoi répondre. Il avait envie de vivre avec Mei Ling, mais il adorait son métier et se sentait trop jeune pour l'abandonner. Diplomatiquement, il répondit que c'était une grande décision, qu'il fallait qu'il y réfléchisse et qu'ils en reparleraient plus tard.

Elle parut comprendre, même s'il sentit une immense déception dans son regard. Elle était manifestement plus avancée que lui dans cette réflexion. Il décida de la prendre tendrement dans ses bras pour lui manifester son amour. Au bout de quelques minutes, la chaleur de leurs corps fit monter leur désir.

Lentement, Karim s'approcha de la bouche de Mei Ling et l'embrassa avec douceur et passion. Elle lui rendit son baiser. Ils se déshabillèrent mutuellement, prenant leur temps dans des préliminaires qui firent monter leur excitation, avant de faire l'amour avec passion.

Chapitre 2

France, Levallois-Perret, rue de Villiers,
caserne des Tourelles, siège de la DGSI,
dimanche 8 août 2021, 14 h 25, heure locale

Le commandant Marc Rochaimbaud de la DGSI, les services de renseignements intérieurs, pendant domestique de la DGSE focalisé sur l'international, en jean et polo, bénissait la climatisation de l'immeuble. Dehors, il faisait une chaleur étouffante, près de 30 °C, et pas un souffle d'air sous ce soleil brûlant dans un ciel d'un bleu immaculé. Il aurait préféré être à côté de sa femme et ses deux enfants, en vacances sur la plage d'Arcachon.

Mais le devoir l'avait appelé à interrompre d'urgence ses vacances et à revenir à son bureau pour une affaire faisant partie des plus hautes priorités du service. Il consulta sa montre – quatorze heures vingt-cinq –, la délégation de la DGSE pour la réunion programmée à quatorze heures trente ne devrait pas tarder.

Il saisit l'épais dossier posé sur son bureau et le mit sous son bras en partant pour la salle de réunion sécurisée située au sous-sol de l'immeuble. L'ascenseur le déposa au premier sous-sol et la porte s'ouvrit sur un long couloir à la peinture défraîchie couleur crème.

Devant une des portes situées dans ce couloir se tenaient deux policiers armés. Marc Rochaimbaud, du haut de son mètre quatre-vingts, les cheveux coupés en brosse, laissait apparaître une barbe de deux jours sur son visage. Il n'avait pas eu le courage de se raser, s'étant couché tard et levé tôt.

Il montra son badge aux deux policiers qui l'autorisèrent à entrer dans la salle de réunion.

Il salua un à un chacun des participants déjà assis autour de la grande table de réunion rectangulaire. Arrivé devant le colonel Manjour, ce dernier lui adressa un sourire amical, observant que les cicatrices au visage de l'officier de la DGSI avaient presque disparu.

– Comment va votre bras, commandant ? lui demanda-t-il.

– Mieux mon colonel, mais je n'ai pas encore complètement retrouvé sa mobilité. Encore quelques semaines de rééducation.

Marc Rochaimbaud acheva de saluer les membres présents et s'assit au bout de la table car il présidait la réunion. Il constata avec satisfaction qu'il n'était pas le seul à avoir interrompu ses congés. Le coordinateur du renseignement de l'Élysée était présent aux côtés du colonel Manjour, le patron du service action, le directeur du renseignement de la DGSE accompagné du chef du service Moyen-Orient, un représentant du ministère de l'Intérieur, enfin deux de ses collaboratrices de la DGSI.

– Merci d'avoir répondu à mon appel, commença Marc Rochaimbaud, tout en allumant l'écran géant posé sur le mur en face de lui avec une télécommande.

Tous les regards se tournèrent vers l'écran.

– C'est un hasard incroyable, reprit Marc. Avant-hier, il y a eu un banal contrôle douanier au péage autoroutier de Gye, sur l'A31 au niveau de Nancy. L'homme qui conduisait était nerveux et détournait son regard des douaniers qui l'interrogeaient. Ils ont décidé de fouiller son véhicule. Ils ont fini par trouver une cache aménagée dans le coffre. Quelle n'a pas été leur surprise de trouver dedans un drone et deux pains d'explosif de cinq cents grammes chacun et de mise à feu à distance.

Sur l'écran défilaient des photos du véhicule et du coffre ouvert après la fouille.

– La douane nous a immédiatement alertés, poursuivit l'officier de la DGSI, et nous a fait parvenir leur saisie. Le labo est formel : l'explosif est de la tolite[1] en provenance de l'ex-Yougoslavie et il provient du même lot utilisé par Mohamed Jaish pour fabriquer sa bombe sale. Pareil pour les détonateurs. Le gars que l'on a arrêté est un habitant de l'agglomération de Montpellier. Il a vingt-deux ans, sans casier judiciaire, pas fiché S. Ses parents viennent de Tunisie, sans histoire. Lui est né en France. On est en train de l'interroger. Pour l'instant, il nie tout. Il dit qu'il n'était pas au courant, qu'on lui avait demandé de conduire la voiture jusqu'au Havre. Mais il refuse de dire qui le lui a demandé et l'adresse où il devait la conduire. On est convaincus qu'il ment. Et ce qu'il transportait n'augure rien de bon : des explosifs et un drone ! C'est sûr que Mohamed Jaish prépare un nouvel attentat.

Le colonel Manjour enregistrait, silencieux, toutes ces informations. Puis prit la parole :

– Vous avez raison, commandant, il prépare manifestement un nouvel attentat. Mais c'est étrange, deux pains de tolite, cela fait, certes, beaucoup de dégâts, mais rien à voir en matière d'impact avec l'attentat du Louvre. La présence du drone pourrait indiquer une attaque suicide sur une personnalité. Mais on est maintenant bien préparés à riposter à ce genre d'attaque. Nos équipes de protection des hautes personnalités sont pourvues de matériel pour intercepter et neutraliser des drones. Mohamed Jaish doit le savoir. Il n'aurait aucune chance. Non, il doit y avoir autre chose.

---

1. Dérivé nitré du toluène, produisant un explosif de grande puissance.

– C'est bien mon avis. On n'a évidemment pas révélé à ce gars ce que l'on savait. On n'a plus que quelques jours pour le faire parler dans le cadre de sa garde à vue pour faits terroristes.

– Comment comptez-vous vous y prendre, commandant ? intervint le coordinateur du renseignement.

– C'est précisément la raison de votre présence. Vous aviez accepté que la DGSE intervienne sur le territoire français à nos côtés pour empêcher cet attentat à la bombe sale que l'État islamique voulait perpétrer sur notre sol. Mohamed Jaish est notre ennemi commun et sa neutralisation requiert de mettre toutes nos forces disponibles à contribution.

Je n'ai aucun doute que l'enquête montrera que ces explosifs et ce drone mèneront à des ramifications à l'étranger. La DGSI considère comme nécessaire que nos collègues de la DGSE soient associés au plus tôt à l'enquête et participent à l'interrogatoire du suspect. C'est la raison pour laquelle je sollicite que le commandant Leclerc qui connaît bien Mohamed Jaish et la mouvance djihadiste soit missionné à cet effet.

Il y eut un silence empreint de gravité autour de la table. Le coordinateur du renseignement regarda d'un air interrogateur le colonel Manjour et le directeur du renseignement de la DGSE. Celui-ci se pencha vers le colonel Manjour, assis à ses côtés, et lui chuchota à l'oreille. Le colonel Manjour se tourna vers lui et hocha la tête positivement.

Le directeur du renseignement prit alors la parole :

– La DGSE répond favorablement à cette demande de la DGSI, si naturellement M. le coordinateur du renseignement l'approuve. Nous émettons néanmoins une condition : que la direction de l'enquête soit attribuée à la DGSI tant que les faits se déroulent sur le territoire français. Dès lors qu'ils sortent du territoire national, ce sont la DGSE et son service action qui en reprennent la direction.

Le coordinateur du renseignement regarda Marc Rochaimbaud qui opina de la tête, marquant son accord. Il se réjouit intérieurement. Que de progrès accomplis dans la coopération des services depuis la création de son poste. Fini les querelles de chapelle, les coups bas entre services. La coopération et l'efficacité étaient devenues les maîtres mots.

– Eh bien, mesdames et messieurs, je me réjouis de cette coopération. Neutralisez-moi une bonne fois pour toutes ce salopard. Je me suis entretenu ce matin avec le président. C'est un ordre formel de sa part.

– Je tiens à préciser une chose, intervint le colonel Manjour. Le commandant Leclerc est actuellement à l'étranger. Je vais lui demander de revenir en urgence, mais au moins vingt-quatre heures seront nécessaires.

Il convenait naturellement de garder strictement secrets le lieu et la raison de son séjour à l'étranger compte tenu du caractère extrêmement sensible de l'opération en cours.

Les participants se levèrent et se saluèrent en quittant la salle. Dans la voiture qui le ramenait au boulevard Mortier, le colonel Manjour dicta un message à l'intention de Karim.

Il se dit que cela ne lui ferait pas plaisir !

Chapitre 3

Chine, île de Hainan, Sanya,
lundi 9 août 2021, 7 h 28, heure locale

Lorsque Karim se réveilla, il se tourna pour chercher Mei Ling, mais le lit était vide. Il entendit des bruits dans la salle de bains. Inquiet. Cela faisait maintenant trois jours que, lorsqu'il se réveillait, Mei Ling y était cloîtrée. Il se leva d'un bond et frappa doucement à la porte.

– Mei Ling, tu vas bien ?

Karim redoutait une rechute après le traitement qu'elle avait subi en Russie. La porte s'ouvrit. Mei Ling lui souriait, mais il remarqua que ses yeux étaient humides, comme quelqu'un qui a pleuré et écrasé ses larmes. Il la prit tendrement dans ses bras où elle se blottit.

– Qu'y a-t-il ? demanda Karim. Qu'est-ce qui te préoccupe ?

Depuis qu'ils avaient évoqué la possibilité que Karim vienne s'installer en Chine ou qu'ils arrêtent leur métier pour se reconvertir dans le civil, comme l'avait proposé Mei Ling, ils n'en avaient pas reparlé. Karim ne savait que décider. Il aimait Mei Ling et voulait vivre avec elle. Mais il aimait aussi son métier et ne se voyait pas « raccrocher » comme cela, brutalement. Pour l'instant, il ne voyait pas de solution à cette équation.

Puis, dans un murmure, Mei Ling chuchota :

– Je suis enceinte.

Karim crut recevoir un coup de poing dans l'estomac, son adrénaline monta en flèche. Il repoussa doucement Mei Ling pour la regarder dans les yeux.

– Comment est-ce possible ? dit-il bêtement.

– Pendant notre mission en Russie, avant de partir, notre paquetage a été vérifié pour s'assurer que nous n'avions rien laissé de compromettant. Sans que cela me choque, ils ont retiré ma plaque de pilules contraceptives qui est produite en Chine. La marque du laboratoire confirmerait ma nationalité chinoise. Mais ils ont oublié de m'en remettre une d'une autre marque. Je n'y ai pas prêté attention. Nous avons fait l'amour trois fois avant d'être séparés.

Mei Ling regardait la réaction de Karim, les yeux mouillés de larmes. Mais il restait silencieux, visiblement tendu et en pleine réflexion.

– Moi, papa ? Je ne m'y attendais pas ! finit-il par dire.

Il attira tendrement Mei Ling contre lui et la serra fort un long moment. Puis il l'entraîna vers le lit, où ils s'assirent. Karim lui prit la main.

– Mei Ling, je t'aime. Et c'est une merveilleuse nouvelle. Mais tout cela va trop vite, ne put-il s'empêcher de rajouter.

Inconsciemment, une lumière rouge s'était allumée dans sa tête. Était-ce un piège ? Était-elle sincère ? Il ne pouvait l'imaginer jouant la comédie et cherchant à le manipuler. Si c'était le cas, elle était excellente comédienne ! L'arrivée inopinée d'un enfant restait dans les pratiques de l'espionnage un moyen efficace de faire craquer des agents les plus aguerris.

Mei Ling, de son côté, était ébranlée par la réponse de Karim. S'il l'aimait comme il l'affirmait, pourquoi était-il réticent ? Jouait-il la comédie avec elle ?

Un ping sonore provenant de son téléphone crypté les interrompit. Son ADN de militaire reprit le dessus. Cela devait être une urgence et il saisit son téléphone pour consulter le message.

Celui-ci provenait du colonel Manjour, le chef du service action, son patron : « Ordre de rentrer sans délai à la base, urgence opérationnelle. »

Karim tourna la tête vers Mei Ling.

– Je suis désolé, je dois partir. Ordre de mon service pour une urgence.

Le visage de Mei Ling se ferma.

Karim s'apprêtait à reprendre sa discussion avec Mei Ling sur cet enfant inattendu qu'elle venait de lui révéler lorsque la sonnerie de son téléphone sécurisé l'interrompit à nouveau. Il regarda sa montre connectée, il était quatre heures du matin en France ! Par réflexe, il se dit qu'à cette heure-là, ce devait être des précisions sur l'urgence en question, et il répondit :

– Leclerc, j'écoute.

– Bonjour Karim, c'est Marc, désolé de t'appeler à une heure aussi matinale, mais c'est une urgence. Je voulais que tu sois le premier informé, on a retrouvé la trace de Mohamed Jaish.

Dans la tête de Karim défila, comme dans un flash-back, la terrible explosion dans le musée du Louvre.

– Qu'est-ce que vous avez trouvé ?

– C'est un hasard incroyable, reprit Marc, mais je ne peux pas t'en parler au téléphone, Mohamed Jaish prépare un nouvel attentat.

Karim écoutait, silencieux.

– Le gars que l'on détient en garde à vue reste muet. Je pense que toi, qui as affronté Mohamed Jaish, peux arriver à le déstabiliser et le faire parler. Je t'attends à Levallois au plus vite, la garde à vue en matière de terrorisme n'est que de quatre-vingt-seize heures. En attendant, on poursuit l'interrogatoire.

Karim raccrocha, pensif, tout à la réflexion sur ce qu'il venait d'apprendre. Il était engagé dans une lutte à mort avec le terroriste de Daesh et il ne sous-estimait pas, loin de là, sa dangerosité.

Mei Ling, agacée par ces appels successifs, toujours à ses côtés, s'apprêtait à poursuivre la conversation avec Karim lorsque, à son tour, son téléphone sécurisé bipa. Elle le saisit, énervée par cette nouvelle interruption, et lut le message qui s'afficha sous le regard interrogateur de Karim, puis le regarda.

– C'est mon chef. Il a reçu une demande officielle de ton service pour que tu regagnes la France au plus vite. Un de nos hélicoptères militaires va t'emmener à Hong Kong. Tu attraperas le vol Air France de ce soir qui décolle à vingt-trois heures. Un de nos véhicules viendra te chercher à quatorze heures.

Karim lut dans le regard de Mei Ling une grande tristesse. Il se rendit compte combien sa réaction à l'annonce qu'elle était enceinte avait été maladroite.

Il tendit les bras vers la jeune femme. Avec tendresse, il la serra contre lui, lui caressant doucement les cheveux. Il lui murmura à l'oreille :

– Pardonne-moi, je n'ai pas eu la bonne réaction. C'est tellement inattendu. Mais j'en suis heureux car je t'aime. Nous avons encore quelques heures pour en parler.

Mei Ling s'écarta de son amant et se plongea dans ses yeux vert émeraude qui la fascinaient tant. Elle chercha à sonder le fond de sa pensée. Elle se sentit soulagée, convaincue de sa sincérité. Son expérience du renseignement lui avait donné un jugement assez sûr si quelqu'un mentait ou pas.

– Tu as raison mon amour. Cela a été un choc pour moi aussi. Je me suis sentie désemparée. Je n'aurai pas dû te l'annoncer aussi brutalement.

Ils parlèrent ensemble pendant plus d'une heure, partageant leurs sentiments intimes face à la situation. Ils n'abordèrent cependant pas les réactions possibles de leurs services respectifs. Le sujet était trop brûlant.

Mei Ling ressentit le besoin de prolonger les moments de bonheur qu'elle venait de vivre avec Karim.

– Allons nous baigner avant ton départ, lui demanda-t-elle.

– Bien sûr, répondit-il aussitôt.

Mei Ling fila à la salle de bains et revint quelques minutes plus tard, revêtue d'un simple bikini bicolore noir et orange, mettant en valeur son corps musclé. Son ventre plat ne laissait rien apparaître de sa grossesse.

Elle enfila une tunique transparente et saisit un sac de plage rempli de serviettes de bain.

– Je suis prête, dit-elle dans un sourire, faisant une pirouette pour se diriger vers la plage.

Ils passèrent la matinée à la plage, se baignant et profitant du soleil, bien que Mei Ling, comme la plupart des Chinoises, ne souhaitât pas bronzer. Elle restait bien protégée sous le parasol.

Karim s'était amusé à observer la foule des Chinois se baignant. Il y avait de tout.

Des jeunes imitant les Américains comme en Californie tant par leurs vêtements que leurs attitudes qui contrastaient avec les Chinois découvrant la mer pour la première fois, engoncés dans des tenues les couvrant presque entièrement pour éviter de bronzer. Les modestes vagues les effrayaient car ils ne savaient pas nager.

Instinctivement, son regard fut attiré par les jeunes enfants qui couraient vers les vagues et rebroussaient chemin en criant et en riant pour ne pas être rattrapés, sous l'œil attentif et protecteur de leurs parents.

Il essayait de s'imaginer à la place du père, surveillant son fils ou sa fille. Ses yeux se portèrent discrètement sur Mei Ling observant aussi les gamins. Avait-elle les mêmes pensées que lui ? Il la trouvait très belle. Il se dit même que c'est à cela qu'il voulait que ressemble un jour la mère de ses enfants.

Pourtant, de toute la matinée, ils n'avaient pas abordé une seule fois la grossesse de Mei Ling, bien que toutes leurs pensées fussent habitées par cet événement. Karim n'arrivait pas à se décider sur l'attitude à adopter.

– Rentrons, il faut y aller. La voiture vient te chercher à quatorze heures, dit Mei Ling avec autorité en se levant.

En un clin d'œil, elle avait secoué et plié sa serviette de plage, rangé le parasol dans son étui. Elle prit la main de Karim et ils partirent en direction de la villa.

Arrivés dans la chambre, ils se jetèrent sous la douche pour retirer mutuellement le sable et le sel qui leur démangeaient la peau. Les caresses produisirent leurs effets, se terminant par une étreinte torride.

Ils restèrent quelques minutes nus et mouillés sur le lit, reprenant leur souffle. Puis Karim se leva, enfila son pantalon et, torse nu, dit à Mei Ling :

– Je suis mort de faim, tu viens ?

Mei Ling ne répondit pas, regardant fixement le plafond.

Sans un mot, Karim se rendit à la cuisine. Alors qu'il terminait une grande assiette de poulet croustillant avec des légumes arrosés de thé au jasmin, Mei Ling arriva, les yeux rougis.

Qiong s'en aperçut et lui susurra des mots en chinois que Karim ne pouvait comprendre.

Décontenancé, celui-ci se rapprocha doucement et enlaça à son tour la jeune femme, tentant comme Qiong de la consoler.

Son portable, dans un étui tenu par la ceinture de son pantalon, bipa soudainement. Dans un réflexe, il lâcha Mei Ling et regarda le message qui était apparu. La voiture du Guoanbu était arrivée.

Mei Ling le regardait, interrogative, les yeux encore embués de larmes. Karim ne savait pas quoi lui dire.

– Je dois rentrer à Paris, c'est une urgence, dit Karim, je vais chercher mes affaires.

Le visage de Mei Ling se durcit. Elle attendait visiblement autre chose de Karim. Elle le suivit d'un pas décidé dans la chambre. Il avait déjà jeté sa valise sur le lit défait et commençait à rassembler ses affaires.

Hors d'elle, Mei Ling l'apostropha :

– Alors, c'est comme cela ! Je t'annonce que j'attends un enfant de toi et tu ne dis rien. Je suis quoi pour toi ? Et tu me disais que tu m'aimais ?

Karim s'approcha d'elle pour la prendre dans ses bras afin de la calmer, mais elle résista, le frappant sur le torse et les bras. Elle finit par se calmer et ils s'assirent tous les deux sur le bord du lit.

– Mei Ling, je suis sincère. Je t'aime profondément. Mais la nouvelle de cet enfant, aussi merveilleuse soit-elle, est un choc pour moi, et sans doute aussi pour toi. Je comprends que tu sois bouleversée. J'aimerais que l'on garde cet enfant, mais quel avenir va-t-on lui donner ? Nous faisons tous deux un métier dangereux. Et, franchement, tu sais comme moi que nos services respectifs ne vont pas nous lâcher comme cela. J'aime aussi mon métier et je ne me sens pas de le quitter comme cela, brutalement. Nous avons du temps devant nous, Mei Ling. Ne précipitons pas les choses. Attendons un peu.

Mei Ling entendait les arguments de Karim. Il semblait sincère.

– Je comprends, dit-elle. Tu as peut-être raison, ajouta-t-elle, indifférente. J'ai toujours rêvé d'avoir des enfants, mais je m'étais résignée, avec le métier que je fais. Je m'étais dit que cela serait impossible. C'est un des sacrifices que l'on nous demande, ne pas avoir de famille. Et puis tu as fait irruption dans ma vie et tout est allé si vite. Il va falloir que j'avorte ? C'est facile en Chine.

Elle interpréta le silence de Karim pour une approbation. Ils se serrèrent l'un contre l'autre un long moment, cherchant à se réconforter l'un l'autre.

Karim finit par lui dire :

– J'ai le cœur déchiré, mais je crains que l'avortement ne soit la meilleure option envisageable pour nous.

Mei Ling resta silencieuse, voyant le désarroi sincère de son amant.

Qiong apparut à la porte, interrompant ce moment chargé d'émotion et de douleur, se lançant dans une diatribe en chinois. Mei Ling hochait la tête et se tourna vers Karim.

– Il faut que tu y ailles. La voiture est là depuis dix minutes. Qiong s'est occupée du chauffeur, mais il s'impatiente. Tu sais, ici, on obéit aux ordres.

Qiong disparut.

Le Français se leva, enfila sa chemise, boucla son sac. Il prit Mei Ling dans ses bras et lui donna un long baiser qu'elle lui rendit avec fougue.

Il attrapa son sac de voyage et partit en courant vers l'escalier menant au parvis de la villa où l'Audi A8 noire l'attendait. En montant dans la voiture, il jeta un regard en haut de l'escalier. Mei Ling, soutenue par Qiong, pleurait doucement. Elle lui faisait signe de la main en guise d'au revoir.

Karim était bouleversé. La reverrait-il ? Qu'allait-elle faire de cet enfant ? Il était en tout cas sûr d'une chose : il aimait cette femme à la folie.

Chapitre 4

**France, Levallois-Perret, 84, rue de Villiers,
salle d'interrogatoire n° 3,
mardi 10 août 2021, 16 h 04, heure locale**

Cela faisait plus de trois heures que Rachid Baccouche était sous le feu roulant des questions des officiers de la DGSI. Marc et Karim observaient derrière la glace sans tain de la salle d'interrogatoire.

Karim étouffa un bâillement. Il était arrivé le matin même de Hong Kong vers sept heures du matin. Un agent de la DGSE était venu le chercher à l'aéroport. Après un court détour chez lui pour prendre une douche et se changer, ils avaient filé à Levallois au siège de la DGSI.

Il n'avait pas beaucoup dormi dans l'avion, tournant dans sa tête les événements de ces derniers jours. Et si les craintes du service de sécurité de la DGSE étaient justifiées ?

Karim avait lu le traité des *36 Stratagèmes. Manuel secret de l'art de la guerre*, aussi célèbre en Chine que *L'Art de la guerre* de Sun Tzu, mais dont le ou les auteurs étaient inconnus. Certains pensaient qu'il avait été écrit par une des sociétés secrètes antimandchoues.

Il s'était remémoré le chapitre du « piège de la belle » dont la mission, par sa beauté, était de « tourner la tête du souverain » et le déstabiliser.

– Qu'en penses-tu, demanda Marc, c'est le bon moment pour intervenir ?

– Oui, répondit Karim, je crois qu'il est mûr.

Marc prévint, par radio, à travers leurs oreillettes, les officiers dans la salle d'interrogatoire de sortir. Resté quelques instants seul, Rachid tenta de reprendre des forces. Il était sur le point de craquer. Jamais, lorsqu'il s'était engagé dans cette aventure, il n'avait imaginé que cela se terminerait ainsi.

Karim et Marc entrèrent, sans un mot, dans la salle d'interrogatoire et s'assirent devant Rachid. Ce dernier comprit tout de suite en dévisageant les nouveaux venus que ceux-ci ne lui feraient pas de cadeau.

Marc prit la parole :

– Rachid, puisque tu refuses de parler, nous allons te déférer devant un juge d'instruction antiterroriste qui va t'inculper pour tentative d'attentat terroriste en bande organisée avec transport et détention illicites d'explosifs. Tu vas en prendre pour vingt ans *a minima*.

Rachid se décomposa, accusant le coup. Jamais il n'avait imaginé se retrouver en prison. Un instant, il regretta d'avoir refusé de prendre un avocat, mais de toute façon il n'en connaissait pas et ne leur faisait pas confiance. Sa radicalisation était le résultat d'une lente, mais efficace action d'un islamiste fréquentant la mosquée Aïcha de Montpellier. Rachid, depuis son adolescence, traînait avec une bande de jeunes de la cité de La Mosson à la Paillade.

Très vite il s'était trouvé enrôlé par un gang de trafiquants de drogue, d'abord comme guetteur, puis comme petit dealer, au grand désespoir de ses parents et de sa sœur. L'islamiste de la mosquée Aïcha l'avait convaincu que l'islam pouvait l'aider à sortir de ces bandes criminelles, qu'il retrouverait l'estime et la fierté de ses parents et de sa sœur.

Puis il l'avait assuré qu'il deviendrait un héros respecté de ses frères musulmans s'il acceptait de servir son Dieu. Un esprit faible, des parents sans autorité... il avait sombré dans le radicalisme sans même s'en apercevoir. Il menaçait sa sœur qui voulait sortir sans voile, n'hésitant pas à la frapper quand il jugeait son habillement indécent.

Son père, malade, non seulement n'avait plus aucune autorité, mais le craignait et laissait faire. Lorsque l'islamiste lui avait demandé de conduire jusqu'au Havre, il s'était rempli de fierté. Enfin on lui faisait confiance !

Marc arracha brutalement Rachid à ses pensées.

– Rachid, tu m'entends ? Le pire, c'est cet homme que tu vois là, en désignant Karim. C'est un agent de la DGSE. Tu sais ce que c'est, la DGSE ?

Rachid, la tête rentrée dans les épaules, fit non de la tête.

– Ce sont les services secrets français. Ils sont sans pitié pour les ennemis de la France. Si tu ne parles pas, tu sais ce qu'il va faire ? Tes parents et ta sœur vont être arrêtés et expulsés. Et ce n'est pas vers la police qu'il va les emmener. Tu ne les reverras jamais, dit Marc, menaçant.

Tous deux sentaient le jeune homme sur le point de craquer, dépassé par les événements, se rendant confusément compte qu'il avait fait une énorme bêtise.

Karim se pencha doucement vers lui et commença à lui parler en arabe, à la grande surprise de Rachid.

– Mon frère, je suis là pour t'aider. Celui qui t'a entraîné dans cette affaire ne défend pas les vrais musulmans. Nous ne cherchons pas la guerre et la violence. Le djihad appartient à l'histoire. Pense à tes parents et à ta sœur. Dis-nous qui t'a demandé de conduire cette voiture et où tu devais l'emmener. Tu es seul aujourd'hui. Moi seul peux t'aider.

Des larmes commencèrent à couler le long des joues de Rachid. Le fait d'entendre parler arabe et les paroles rassurantes de Karim lui redonnèrent, contre toute attente, la force de continuer de se taire.

Mais le ton de Karim se fit plus menaçant.

– Tu me fais perdre mon temps. Si tu ne parles pas, tu ne reverras jamais tes parents. Réfléchis bien !

Au bout d'une heure de ce manège, Rachid finit par craquer et se lança enfin à voix basse :

– C'est un proche de l'imam, qui s'appelle Ali Koufa. Il a combattu à Raqqa et est venu en France par l'Italie, il y a deux ans. Je devais conduire la voiture au Havre à une société de logistique, Promar, située dans la zone portuaire. Il m'a dit que cela rendait service à un de ses cousins. Je devais demander à parler à Mohamed Ramzi en arrivant. Je ne sais rien de plus, je le jure, supplia-t-il.

Il leva la tête et se tourna vers Karim, l'implorant du regard.

– Monsieur, vous n'allez pas faire de mal à mes parents et à ma sœur ?

Sans répondre, Karim lui tapota doucement l'épaule, cherchant à le rassurer.

Aussitôt sorti de la salle d'interrogatoire, Marc appela le procureur du parquet antiterroriste en charge de l'affaire pour l'informer. Il eut un long échange, puis raccrocha. Il se tourna vers Karim.

– Le juge nous donne son feu vert pour une perquisition dans l'entrepôt et arrêter ces deux individus. Je te tiens informé.

La traque de Mohamed Jaish, le terroriste le plus recherché de France, repartait.

Chapitre 5

France, Paris, caserne des Tourelles, boulevard Mortier, siège de la DGSE, salle des opérations n° 1, mercredi 11 août 2021, 9 h 16, heure locale

Karim Leclerc entra dans le bureau du colonel Manjour qui était en train de se faire couler son quatrième expresso de la matinée.

– Ah, Karim ! Vous voilà. Nous avons reçu le rapport de la DGSI sur cette cellule. Ils ont envoyé à l'aube deux équipes appuyées par le GIGN pour perquisitionner l'entrepôt de Promar et arrêter ces individus, Ali Koufa et Mohamed Ramzi. Ils sont malheureusement tous les deux introuvables. D'après l'enquête de proximité réalisée, personne ne les a vus depuis l'arrestation de ce Rachid. Quant à l'entrepôt, il était pratiquement vide. Ils ont seulement retrouvé quelques pièces détachées appartenant à des drones. La DGSI est en train d'analyser les archives de la société et les douanes retracent les expéditions réalisées. Karim, vous m'écoutez ? Vous avez l'air ailleurs !

Au milieu du mois d'août, les bureaux de la DGSE tournaient au ralenti, avec seulement les équipes de permanence. Karim avait une confiance absolue dans le colonel Manjour, presque un second père !

– C'est cette Chinoise qui vous préoccupe ? insista, perspicace, le colonel Manjour.

– Oui, je suis inquiet pour elle, se confia le jeune officier. Elle a été durement secouée par les Russes et on récupère lentement d'une période de coma.

Un sixième sens donna la conviction au chef du service action que son agent ne lui disait pas toute la vérité. Il décida cependant de ne pas le brusquer et d'utiliser la douceur.

– Oui, je comprends, les Russes ne sont pas des tendres, ce sont des brutes. Mais il y a autre chose, n'est-ce pas, Karim ?

L'agent ne se sentait pas de cacher la vérité à son chef.

– Elle m'a appris qu'elle était enceinte. La nouvelle me bouleverse et je ne sais plus quoi penser. On s'est demandé quoi faire et on est arrivés à la conclusion que la meilleure option était que Mei Ling avorte. Je n'en ai pas encore parlé avec les bœufs-carottes[1].

Le colonel Manjour fronça les sourcils, signe de sa préoccupation.

– Mon garçon, dit l'officier en posant affectueusement sa main sur l'épaule de Karim, j'avoue que cette nouvelle est très inquiétante. Le directeur général en personne suit votre dossier. Le Guoanbu lui donne des boutons. Ils sont partout et objectivement nous ne sommes pas de taille à lutter contre eux. Ils sont plus de 20 000 agents alors que nous en comptons tout juste 7 000 dans nos effectifs. Si vous pouviez convaincre la générale Tao de travailler pour nous, cela serait une prise inestimable. C'est d'ailleurs cet enjeu qui a permis, jusqu'à présent, au directeur général d'autoriser votre liaison avec elle alors que le service de sécurité est vent debout contre elle. Mais l'annonce de cet

1. Surnom donné aux agents du service de contre-espionnage de la DGSE.

enfant change la donne. Cela flaire le piège à plein nez, mon garçon.

Le côté paternaliste du colonel Manjour ne suffit pas à rassurer Karim. Le colonel poursuivit après quelques instants de réflexion :

– Vous devez jouer la transparence et en informer le service. De mon côté, je vais en parler avec le directeur général. On est sur une ligne de crête. Soit c'est un piège et il faut que vous soyez d'une extrême vigilance, soit votre Mei Ling est sincère et cet enfant peut être le moyen de l'amener vers nous.

Karim regarda le colonel Manjour, partagé entre son sens du devoir et son amour pour Mei Ling. Lorsqu'il avait quitté l'armée pour le service action, il n'avait pas imaginé dans quel monde brutal il pénétrait. Il se rendait compte que cette relation pouvait les broyer tous les deux.

Devant son silence, le colonel tapota sur l'épaule de Karim et poursuivit :

– Ayez confiance, mon garçon. On va se sortir de cette histoire. Mais revenons à ces pièces détachées de drones trouvées dans l'entrepôt, plus celui trouvé dans le coffre de la voiture. Cela nous inquiète au plus haut point. Si un attentat se prépare, nul doute que les drones joueront un rôle clé. La DRM[1] nous a préparé une analyse des menaces par utilisation de drones. Cela a commencé par Daesh en Syrie qui a utilisé des drones grand public achetés en Chine pour les équiper de grenades et les jeter sur des fantassins. On a perdu deux de nos gars à cause de cela. Puis ils ont équipé des drones plus puissants avec des explosifs et ont réussi à détruire ou à immobiliser des véhicules blindés. Lors du conflit en Arménie ou des attaques subies par l'Arabie saoudite, on a vu des drones suicide chargés d'explosifs détruire des systèmes de défense aérienne et, depuis,

1. Direction du renseignement militaire.

des attaques massives par des drones tactiques, pour ne parler que des engins à la portée des groupes terroristes. Dieu seul sait ce qu'ils préparent !

Karim, encouragé par les paroles bienveillantes du colonel Manjour, s'était repris, et réfléchissait en l'écoutant décrire les menaces potentielles par les drones.

– Mon colonel, si je me souviens bien, en 2018, les Russes avaient subi une sévère attaque de drones suicide de Daesh sur leur base syrienne de Hmeimim près de Lattaquié. Et deux ans avant, déjà, sur leur base de Tiyas, sept avions avaient été endommagés, dont quatre bombardiers tactiques Su-24 et deux chasseurs multirôles Su-35, par une attaque massive de drones suicide ! C'étaient des engins rudimentaires, en bois, avec mines artisanales dessus. Nos équipes sur place avaient acquis la conviction qu'il existait une cellule de Daesh spécialisée dans la fabrication de ces drones suicide, mais elles n'avaient pas réussi à la localiser. Je vais ressortir leurs rapports et creuser de ce côté-là !

– Oui, bonne idée ! approuva le colonel. Il faut absolument découvrir ce qui se trame.

Chapitre 6

**Corée du Sud, Hwaseong, sud de Séoul,
jeudi 12 août 2021, 9 h 05, heure locale**

Malgré le grand ciel bleu immaculé et le grand soleil, il faisait encore frais sur le bord de la rizière qui s'étendait à perte de vue. Un groupe de jeunes Sud-Coréens en anorak blanc, un casque de réalité virtuelle, blanc également, sur les yeux, équipé d'une étrange antenne rouge, tenaient dans leurs mains des télécommandes de drones.

Un autre groupe de jeunes, vêtus de noir eux, se tenait à une dizaine de mètres d'eux. Ils étaient également équipés de casque de réalité virtuelle. Le long du bord de la rizière étaient installées des caméras vidéo ultrarapides.

Un peu plus loin, garée sur le bord de la route, une camionnette était équipée comme un véritable poste de commandement avec des écrans partout à l'intérieur et des opérateurs assis devant. Deux hommes plus âgés, un Coréen et un homme de type arabe, étaient debout derrière les opérateurs et observaient.

L'homme de type arabe s'était présenté comme un riche homme d'affaires venant du Qatar et désirant organiser des courses de drones dans son pays. Il avait emmené sa jeune équipe censée le représenter dans les compétitions. Il avait proposé au jeune Park Kang-Hueon, célèbre champion de course de drones sud-coréen, une somme rondelette pour entraîner son équipe et leur partager les secrets technologiques dont il avait équipé ses drones.

– Monsieur Khalid (c'est le nom d'emprunt du riche homme d'affaires qu'avait choisi Husam Waad pour son déplacement en Corée du Sud), la course va commencer, annonça en anglais l'homme coréen plus âgé debout à ses côtés.

Husam Waad répondit dans un anglais hésitant :

– J'arrive.

Il tourna la tête vers son équipe vêtue de noir, composée de jeunes recrutés originaires de Turquie, d'Irak, du Liban et d'Indonésie par un des nouveaux réseaux clandestins de l'État islamique implantés aux États-Unis. Tous ces jeunes étaient titulaires d'une carte verte américaine les autorisant à résider aux États-Unis. Il leur fit un signe de la main avec les deux doigts en V en forme de victoire, puis concentra son regard sur les écrans projetant les images des caméras vidéo à grande vitesse installées sur le parcours. Elles permettaient d'avoir des images au ralenti, d'excellente qualité, des drones.

Le jeune Park, champion dans son pays de « FPV Racing », soit une course en *First-Person View* ou « pilotage en immersion », était doté de réflexes incroyables que seuls de très jeunes gens sont capables d'accomplir. Les yeux rivés sur la barre lumineuse plantée sur la berge de la rizière, Kang et ses trois camarades surveillaient la lumière rouge.

Soudain, elle s'éteignit et la lumière verte prit le relais. C'était le top départ ! Un vrombissement, comme de gros insectes, caractéristique des drones quadricoptères, se fit entendre. Les huit drones, quatre par équipe, décollèrent quasiment en même temps et s'élancèrent à une vitesse fulgurante au-dessus du circuit organisé dans la rizière.

Les pilotes étaient installés sur de confortables sièges qui paraissaient surréalistes ainsi installés le long de la berge. Immobiles à l'exception des mouvements presque imperceptibles de leurs doigts sur leurs manettes de contrôle, ils étaient dans leur bulle, constituée d'un casque de réalité virtuelle.

De fait, ils avaient l'impression d'être à bord du minuscule bolide volant grâce à la réalité virtuelle. La course dura moins d'une minute durant laquelle les concurrents avaient tout de même réalisé trois tours de circuit à plus de cent soixante-dix kilomètres-heure. Les écarts entre eux se comptaient parfois en centièmes de seconde.

Au final, l'équipe coréenne avait gagné de loin devant l'équipe du Qatar, pourtant ses membres sautaient de joie et se congratulaient. M. Khalid souriait aussi. Il était satisfait de son équipe. Pour ce qu'ils avaient à faire, ils étaient maintenant parfaitement formés et équipés en drones customisés par les techniciens coréens.

Le lendemain, il poursuivit son périple et s'envolait pour Shenzhen, en Chine. Peu à peu, le puzzle macabre de l'État islamique se mettait en place.

Chapitre 7

France, Paris, caserne des Tourelles, boulevard Mortier, siège de la DGSE, bureau du directeur général, vendredi 13 août 2021, 18 h 42, heure locale

Karim attendait que la lumière verte située en haut de la porte s'allumât pour entrer dans le bureau du directeur général. Dans cette attente, il repassait mentalement dans sa tête l'interrogatoire qu'il venait de subir par le service de sécurité de la DGSE. Lorsqu'il leur révéla que la générale Tao attendait un enfant de lui, ce fut comme si une lumière rouge s'était allumée dans leur tête. Ils le bombardèrent de questions. Quand avait-il fait l'amour avec elle pendant leur mission en Russie ? Quand avait-elle eu ses règles ? Quand ils étaient ensemble, avait-il vu de ses yeux le test de grossesse utilisé par la jeune femme ?

La lumière rouge s'éteignit et la verte s'alluma. Il entra dans le bureau du directeur général. Il fut surpris de voir que le colonel Manjour était déjà là. Il ne l'avait pas averti de sa présence.

– Bonjour commandant, je vous en prie, prenez place, dit le directeur général en lui désignant le fauteuil à côté du colonel Manjour. Le colonel Manjour m'a informé que la générale

Tao vous a annoncé être enceinte. Je vous avoue que cette nouvelle m'inquiète fort. Elle me laisse craindre que le service de sécurité n'ait raison et que l'on nous tende un piège. Toutefois, le colonel Manjour, qui est un homme d'expérience, a attiré mon attention sur le fait que « la ficelle » serait un peu trop grosse et que nos amis chinois nous ont habitués à plus de subtilité. À ma surprise, le service de sécurité, après votre débriefing, semble partager l'analyse du colonel Manjour. La générale Tao serait sincère. Le fait que vous l'ayez mise enceinte ne serait pas prémédité. Compte tenu de vos états de service irréprochables, je suis prêt à ce que vous poursuiviez cette relation, dont le service pourrait tirer avantage. Mais vous resterez sous étroite surveillance. Savez-vous quand elle doit avorter ? conclut-il.

Karim hésita quelques instants, décontenancé par la brutalité de la question.

– Je l'ignore encore. Pour l'instant elle est encore en convalescence à Sanya, mais elle devrait rentrer bientôt à Beijing et s'organiser pour l'avortement.

– Bien, tenez-nous informés. Puisque vous êtes là, avez-vous progressé dans la traque de Mohamed Jaish ?

– La DGSI est toujours à la recherche des deux fugitifs. Il est à craindre qu'ils aient déjà quitté le territoire. Une équipe est en train d'analyser les expéditions effectuées par la société Promar. Pour l'instant, rien de suspect, mais on continue de creuser.

– Je suis très inquiet de ce qui se prépare. Il faut absolument découvrir ce qui cloche.

– À vos ordres, monsieur le directeur, dit Karim en se levant.

En quittant le bureau, Karim mourait d'envie de se précipiter à l'aéroport et de partir pour Beijing pour retrouver Mei Ling. Mais il savait que cela ne faisait pas partie de son monde, monde qu'il avait choisi.

Il ne résista cependant pas à l'envie de l'appeler et d'entendre sa voix. Il composa son numéro, mais le téléphone sonna sans réponse. Il n'osa pas laisser un message. Trop risqué ! Pourquoi ne répondait-elle pas ? Sa santé avait-elle rechuté ? À cause de sa grossesse ? de son coma ?

Karim sentait l'inquiétude monter en lui.

Chapitre 8

Chine, Shanghai,
siège de Shenzhen Damoda Intelligent Control Technology,
lundi 16 août 2021, 9 h 04, heure locale

Husam Waad, *alias* M. Khalid, accompagné de sa jeune équipe, se fit annoncer à la réception du building de verre et d'acier ultramoderne du siège de la société chinoise Shenzhen Damoda Intelligent Control Technology.

Trois minutes plus tard, la directrice commerciale de la société, une femme dans la quarantaine, parfaitement maquillée et des cheveux noirs tirés dans un chignon impeccable, sortit d'un des ascenseurs et s'approcha de Husam la main tendue. Dans un anglais avec un accent américain, trahissant le fait qu'elle avait fait ses études aux États-Unis, elle l'accueillit chaleureusement.

– Monsieur Khalid, enchantée de faire votre connaissance. Nous sommes très honorés que vous ayez fait ce long voyage pour venir nous voir. Nos équipes ont préparé une démonstration qui, je l'espère, vous éblouira. Notre président nous rejoindra pour le déjeuner que nous avons organisé pour vous et votre équipe. Suivez-moi, je vous prie.

Ils furent conduits au deuxième étage dans une grande salle de réunion équipée d'un écran géant. On leur servit du thé et du café, puis la projection des présentations commença. Les *slides* de PowerPoint défilaient, rappelant l'historique de la société, les multiples brevets obtenus, puis les références commerciales et les vidéos des spectacles déjà organisés. La journée s'écoula entre discussions techniques et négociations commerciales. Ils furent ensuite reconduits à leur hôtel où ils dînèrent de bonne heure.

Vers vingt heures, alors que la nuit noire était tombée sur Shenzhen, un minibus de la société vint les chercher à l'hôtel. La ville géante, constellée de gratte-ciels, tous plus modernes les uns que les autres, faisait ressembler New York à un petit village. La ville grouillait de monde, tous les magasins restant ouverts tard le soir. Les illuminations et les écrans géants donnaient à la ville son air futuriste. La jeune équipe de Husam Waad était fascinée par ce spectacle.

Au bout d'une demi-heure ils débouchèrent sur un grand terre-plein entouré de barrières métalliques derrière lesquelles se pressait une foule compacte, chacun tenant son smartphone dans la main. Ils furent conduits à une tribune VIP où ils rejoignirent le président de la société qui les attendait.

Un quart d'heure plus tard, les énormes baffles positionnés à chaque angle du terre-plein crachèrent de tous leurs décibels la musique d'ouverture du spectacle qui allait commencer. Le vrombissement des trois mille cinquante et un drones décollant en même temps était assourdissant.

Une fois à leur altitude prévue, les drones allumèrent ensemble leurs LED, faisant apparaître dans le ciel le logo géant de la marque de luxe qui sponsorisait l'événement. Pendant quinze minutes, dans une synchronisation parfaite, les milliers de drones enchaînaient les figures, toutes plus spectaculaires les unes que les autres.

Husam ne cessait de poser des questions techniques au président assis à ses côtés, trop content et fier d'y répondre. Le spectacle achevé, ils furent raccompagnés à leur hôtel.

Le lendemain, Husam achèterait la licence pour le logiciel de programmation et de conduite des drones mis au point par la société chinoise.

Une nouvelle pièce du puzzle, essentielle, était en place.

Chapitre 9

Turquie, Istanbul, Istanbul Airport, jeudi 19 août 2021, 16 h 50, heure locale

Husam Waad venait de débarquer, seul, du vol Turkish Airlines en provenance de Shanghai. Il n'était pas habitué à porter un masque chirurgical, exigé par les autorités sanitaires du fait de la pandémie de Covid, et le vol lui avait paru interminable.

Sa jeune équipe était partie la veille vers New York, chacun par un vol différent. Titulaires chacun d'une carte verte, ils faisaient partie des rares privilégiés encore autorisés à rentrer sur le territoire américain dans le cadre des règles sanitaires.

Il suivait le flot des voyageurs se dirigeant vers le contrôle des passeports avant de récupérer leurs valises. L'aéroport d'Istanbul, situé au nord-ouest du centre d'Istanbul, dans le quartier d'Arnavutköy, au bord de la mer Noire, du côté européen, était flambant neuf. Il avait été inauguré un peu plus d'un an auparavant. C'était désormais un des plus grands aéroports du monde, reflet des ambitions du président Recep Tayyip Erdogan.

D'une surface de 67,5 millions de mètres carrés, sa construction avait mobilisé plus de 35 000 ouvriers et 3 000 ingénieurs pour un budget dépassant allègrement les dix milliards de dollars.

Le jeune Syrien, tout en marchant, admirait l'architecture futuriste du nouvel aéroport avec ses colonnes tourbillonnantes en forme de champignons dorées sur les voûtes blanches illuminées par des puissants LED.

Husam Waad devenait nerveux en approchant le contrôle des passeports. Il disposait d'un vrai faux passeport qatari obtenu par une cellule de l'État islamique à Doha. Sa couverture était solide et il bénéficiait de multiples complicités. Mais il ne sous-estimait pas non plus les services secrets turcs, le MIT, redoutablement professionnel et efficace.

Il passa néanmoins le contrôle sans problème, se démasquant brièvement à la demande de l'officier des douanes qui le regarda à peine, et se dirigea vers la sortie, tirant son bagage cabine à roulettes derrière lui. Dans la foule qui s'agglutinait à la sortie, il aperçut un panneau au nom de « Mr. Khalid ». C'était le chauffeur venu le chercher. Il lui fit signe de la main et l'homme, un Turc au torse puissant avec une abondante moustache noire dépassant de son masque chirurgical, se précipita pour lui prendre sa valise des mains.

– Bienvenue à Istanbul, sir ! dit-il dans un anglais rocailleux à travers son masque.

Il sourit au chauffeur en guise de remerciement, oubliant qu'il portait un masque, et le suivit vers une des portes de sortie de l'aéroport grouillant de monde. Les touristes étaient nombreux en cette saison estivale, heureux d'échapper aux confinements de ces derniers mois.

Il fut conduit à une luxueuse Mercedes S noire. Le chauffeur lui ouvrit la porte arrière et il prit place sur la confortable banquette du véhicule. Puis le chauffeur alla ranger son bagage dans le coffre avant de se mettre au volant. La limousine démarra et ils rejoignirent la nouvelle autoroute reliant le nouvel aéroport à Istanbul.

Husam n'avait pas la tête à regarder le paysage. Tendu, il ferma les yeux et récapitula dans sa tête le discours qu'il allait tenir à son interlocuteur. Soit il arrivait à le convaincre et l'opération voulue par Abou Omar « le Turkmène », le nouveau chef de l'État islamique, avait toutes les chances de réussir, soit il échouait et il risquait de se retrouver dans une des geôles secrètes du MIT dont on sortait rarement vivant.

Au bout d'une heure de route, la Mercedes s'arrêta devant une luxueuse *yalı* toute peinte en blanc, une de ces grandes maisons en bois emblématiques dominant le Bosphore et construites au bord de l'eau. Il monta sur le majestueux perron et traversa l'entrée richement décorée.

Un grand homme à la carrure imposante, doté d'une moustache noire touffue, s'approcha, les bras écartés pour l'accueillir. Son étreinte puissante faillit étouffer Husam.

L'homme s'appelait Erkan Sahin. Riche armateur, à la tête d'une flotte de petits porte-containers qui sillonnaient la Méditerranée, et ami d'enfance du président turc Recep Tayyip Erdogan, il mettait à profit sa relation pour développer un fructueux trafic d'armes. Il avait même rendu service au président turc en livrant discrètement des armes à l'État israélien alors que ce dernier soutenait publiquement le Hamas !

Le président turc menait en effet une politique complexe, transformant progressivement l'État laïc turc en un État islamique, son dernier coup d'éclat étant d'avoir rouvert, au grand bonheur des islamistes, la célèbre Sainte-Sophie en mosquée, jusqu'alors convertie en musée.

Cela ne l'empêchait pas de poursuivre férocement les membres de l'État islamique sur le territoire turc…

Lorsque Erkan Sahin avait été contacté avec la requête de recevoir Husam Waad, il en avait immédiatement parlé au président turc qui était revenu vers lui en lui donnant son accord. Il souhaitait savoir ce que tramait l'État islamique.

Erkan Sahin se montra cordial, invitant Husam à venir prendre un thé sur la terrasse dominant le Bosphore. En arrivant, Husam découvrit une vue à couper le souffle. Sur le bord, une somptueuse piscine s'allongeait sur toute la longueur.

Son regard fut attiré comme par des aimants par les silhouettes de trois jeunes femmes entièrement nues qui s'ébattaient dans l'eau en riant. Troublé, Husam se remémorait le temps où il était au côté d'Abou Omar « le Turkmène » dans sa ville de Tafar et où il avait violé et torturé nombre de femmes et de jeunes filles yézidies.

Erkan Sahin le ramena brutalement à l'objet de sa venue.

– Eh bien, monsieur Khalid, que puis-je pour vous ? demanda-t-il en le fixant de son regard noir.

Husam sentit un frisson glacial parcourir son dos. Il avait affaire à un dur.

Pesant chaque mot, Husam expliqua qu'il avait besoin d'une arme très particulière et que l'État islamique était prêt à payer très cher. Erkan resta un moment silencieux, cherchant à comprendre où il voulait en venir.

– Toute chose a un prix, répondit-il avec prudence. Vous devez m'en dire plus. De quelle arme s'agit-il ?

Husam scruta le regard d'Erkan Sahin, essayant de décrypter sa pensée. Il décida de jouer carte sur table.

– Nous avons appris que la société Troy Teknoloji Savunma basée à Ankara a développé des miniroquettes de quarante millimètres utilisables par des microdrones. Ces miniroquettes ne pèseraient que cinq cents grammes et on pourrait donc équiper chaque microdrone de six roquettes. Elles auraient une portée de deux kilomètres. Nous aurions besoin de vingt mille de ces roquettes. Compte tenu de leur faible poids, elles tiendraient dans un seul container. Nous voudrions aussi quatre mille drones Kargu-2 fabriqués par le groupe turc STM. Nous sommes prêts à payer le tout cent millions de dollars !

Erkan Sahin n'en croyait pas ses oreilles. Il ne connaissait pas exactement le prix de cette nouvelle miniroquette dont il avait entendu parler, mais sachant qu'une roquette antichar classique coûte dans les huit cents dollars, il calcula dans sa tête le bénéfice fabuleux qu'il pouvait réaliser avec cette transaction.

Il calma son excitation et se dit que l'État islamique n'était pas naïf. Ils connaissaient parfaitement le prix des armes sur le marché. Pour qu'ils soient prêts à payer ce prix astronomique, c'est qu'ils préparaient une opération énorme.

Il devait à tout prix en savoir plus, sinon il n'obtiendrait jamais l'aval du président turc.

– Admettons que je puisse vous les obtenir, quelle utilisation comptez-vous en faire ?

On s'approchait du moment de vérité.

– Tout ce que je peux vous dire, c'est que nous n'avons pas l'intention de les utiliser ni en Turquie, ni en Europe, ni en Syrie, ni en Irak.

– Où précisément ? insista Erkan Sahin.

La tension était palpable. Les gardes du corps, debout à chaque angle de la terrasse, devenaient visiblement nerveux, connaissant parfaitement les réactions de leur patron. Seules les trois jeunes femmes, insouciantes, profitaient du soleil, allongées au bord de la piscine, exposant sans pudeur leurs corps nus.

Husam comprit qu'il ne pouvait pas échapper à la question. Il se devait de répondre quelque chose, mais en aucun cas il ne pouvait révéler le pays.

– Comme je vous l'ai dit, il ne s'agit pas de la Turquie.

Erkan Sahin s'emporta :

– Ne vous foutez pas de moi ! Je me doute bien qu'il ne s'agit pas de la Turquie. Alors dites-moi quel pays ou notre conversation s'arrête là, définitivement.

Husam se dit qu'il était piégé. Il avait absolument besoin de ces drones et de ces roquettes. À sa connaissance, seule la Turquie avait développé ce type d'armes et était prête à les vendre.

Comme tous les cadres du premier cercle de l'État islamique, il suivait avec attention l'actualité internationale. Il savait que les tensions entre le président Erdogan et les États-Unis étaient de plus en plus fortes. Depuis que ce dernier avait annoncé son intention d'acheter des systèmes antimissiles russes S-400, les Américains avaient stoppé les livraisons concernant la centaine de chasseurs-bombardiers furtifs de dernière génération, les F-35, commandés par la Turquie.

Husam se dit que cela ne déplairait peut-être pas au président turc de jouer un mauvais tour, mortel, aux Américains en s'abritant derrière l'État islamique. Il joua le tout pour le tout, se décidant finalement à révéler le pays où l'attentat allait se dérouler. Si le Turc le trahissait, le projet échouait et son sort serait peu enviable. Il comptait avant tout sur la cupidité de son interlocuteur.

– Nous projetons un attentat majeur aux États-Unis, finit par avouer Husam.

Erkan Sahin sentit les poils de ses bras velus se dresser avec un courant glacial. S'attaquer de front aux États-Unis se terminait toujours mal. Il était sur le point d'ordonner à ses gardes du corps de tirer une balle dans la tête de son interlocuteur. Mais il se retint. Il avait parlé au président turc de cette rencontre et il ne pouvait prendre une telle décision sans lui en référer.

– Monsieur Khalid, dit-il en se levant, vous êtes mon hôte. On va vous conduire à votre chambre. Tout ce qui est dans cette maison est à votre disposition.

Il tourna en souriant son regard vers les trois jeunes femmes allongées au bord de la piscine.

– Nous reparlerons de tout cela demain.

Chapitre 10

États-Unis, Peekskill, comté de Westchester,
État de New York,
vendredi 20 août 2021, 12h30, heure locale

John Robeson n'en revenait pas de sa chance. Depuis près de cinquante ans, sa famille était propriétaire d'un gigantesque entrepôt, construit à proximité de la rivière Hudson, à quelques miles de sa ville natale de Peekskill.

L'entrepôt servait à l'époque où il avait été construit de dépôt pour sécher les troncs d'arbres transportés par la rivière, et qui alimentaient plusieurs scieries, fermées depuis.

Lorsqu'il apprit par son pote Grayson, agent immobilier à Peekskill, qu'un étranger cherchait dans la région un grand entrepôt à acheter, il avait tenté sa chance. Il n'y croyait pas trop, vu l'état de délabrement de l'entrepôt. L'étranger, qui s'était présenté comme Qatari, lui avait expliqué qu'il voulait construire des mâts d'éoliennes qui pourraient être transportés par la rivière.

Après une visite approfondie du site, l'étranger lui avait fait une offre qu'il ne pouvait refuser. Sa seule exigence était que l'entrepôt devait être entièrement vidé. John avait rassemblé une équipe d'émigrés mexicains cherchant du travail, loué quelques camions, et en moins d'une semaine, le gigantesque entrepôt était nettoyé.

De loin, John avait vu qu'il commençait à y avoir un peu d'activité dans l'entrepôt. Des hommes étaient arrivés et vivaient apparemment sur place. Un premier camion avec un container avait été déchargé puis un second la semaine suivante.

Toujours méfiant lorsque des étrangers débarquaient dans sa circonscription, le shérif Doug Mac Callistair avait décidé de rendre visite à ce nouvel occupant de l'entrepôt.

Arrivé sur place, il descendit avec majesté de sa Jeep Grand Cherokee rutilante décorée en noir et blanc, couleurs habituelles des véhicules de police américaine, et flanquée sur les côtés du mot « *SHERIFF* » avec l'étoile en énormes lettres dorées.

Du haut de son mètre quatre-vingt-dix, en surpoids, il en imposait. Il ajusta son lourd ceinturon bardé de son arme, de sa matraque télescopique, de ses menottes et de sa bombe lacrymogène, qui avait descendu sous sa bedaine lorsqu'il était sorti de sa voiture. La radio, accrochée en haut de sa poitrine, proche de sa bouche, grésillait.

Deux hommes, de type arabe, sortirent de l'entrepôt. Le shérif Mac Callistair se présenta.

– Bonjour messieurs, je suis le shérif Mac Callistair. Soyez les bienvenus dans notre bonne ville de Peekskill. Il paraît que vous avez acheté cet entrepôt à John Robeson ?

Le plus âgé des deux Arabes prit la parole :

– Je m'appelle Kamal Hussein. Je suis le directeur du site. C'est exact, notre entreprise a racheté ce hangar. Nous allons y assembler des éoliennes et les transporter par le fleuve.

– Je vois, répondit le shérif, jetant un œil par-dessus l'épaule de son interlocuteur pour tenter de voir ce qui se passait à l'intérieur du hangar. Ces nouvelles énergies ont l'air d'être un marché prometteur !

– Oui, notre entreprise a devant elle de belles perspectives de croissance, répondit Kamal. Pouvons-nous faire quelque chose pour vous shérif ? Je suis désolé, mais nous avons beaucoup de travail.

Doug Mac Callistair ne voyait rien de suspect. Il ne pouvait légalement pas entrer dans une propriété privée sans mandat et pour l'instant il n'avait aucun motif d'en demander un. Ce n'était qu'une visite de routine. Il décida de repartir.

– Merci pour votre temps, messieurs, j'espère que vous vous plairez dans notre ville.

Le shérif leva la main jusqu'au bord de son chapeau en signe d'au revoir et regagna son 4×4. En repartant, il vit dans son rétroviseur les deux hommes regagner l'entrepôt.

Un quart d'heure plus tard, il s'arrêta devant la maison de John Robeson. Celui-ci avait dû le voir arriver par sa fenêtre car le shérif n'était pas encore descendu de son véhicule que John apparaissait sur le perron de sa maison.

– *Hello Doug*, comment vas-tu ? Qu'est-ce qui me vaut le plaisir de ta visite ?

Le shérif était descendu et, comme à son habitude, remontait le lourd ceinturon sur son ventre.

– Salut John ! Je suis allé à l'entrepôt faire connaissance avec les nouveaux propriétaires. Ils ont l'air clean. Comment les as-tu connus ?

John raconta que c'était son ami agent immobilier qui l'avait prévenu. Rien que de très classique.

Le shérif, rassuré par cette réponse, jugea qu'il n'était pas nécessaire qu'il perde plus de temps avec ce sujet, d'autant plus qu'un de ses adjoints venait de le prévenir par radio qu'une bagarre avait éclaté à la *Peekskill Brewery* nouvellement ouverte.

Le propriétaire avait refusé de servir de l'alcool à une bande de jeunes ivres qui refusaient de présenter leur carte d'identité prouvant qu'ils étaient majeurs. Un des jeunes s'était emparé de force d'une bouteille de whisky. Le propriétaire ne s'était pas laissé faire et avait sorti de dessous son comptoir une batte de baseball.

John regarda son ami le shérif repartir toute sirène hurlante et rentra chez lui. Cela faisait maintenant un mois qu'il avait vendu l'entrepôt, et il ne pensait plus qu'à ses vacances aux Bahamas avec sa femme, qu'il pouvait se payer grâce à la vente.

Chapitre 11

France, Paris, caserne des Tourelles, boulevard Mortier, siège de la DGSE, lundi 23 août 2021, 10 h 17, heure locale

L'équipe dédiée de la DGSE en charge de la traque de Mohamed Jaish sous le commandement de Karim Leclerc était en effervescence.

La DGSE avait deux certitudes : la première, c'est que Mohamed Jaish préparait un nouvel attentat ; la seconde, c'est qu'il comptait utiliser un ou plusieurs drones avec des explosifs.

En revanche, ils étaient dans un brouillard complet sur la cible. Les deux individus identifiés restaient introuvables malgré les moyens considérables engagés par la DGSI pour les retracer.

Karim épluchait avec son équipe les bordereaux d'expédition de la société Promar, mais il avait du mal à se concentrer. L'image de Mei Ling enceinte l'obsédait. Il était conscient qu'il ne pouvait rien faire, mais il aurait voulu être auprès d'elle, lui tenir la main pour lui faire sentir sa présence, lui parler doucement à l'oreille pour qu'elle entende sa voix.

En sortant du bureau du directeur général, il n'avait pu résister à l'appeler d'un téléphone jetable qu'il avait discrètement acheté à son retour de Chine. Karim était sorti de l'immeuble du boulevard Mortier prétextant une course personnelle. En effet, il ne pouvait appeler de l'immeuble, toutes les communications étant interceptées pour des raisons de sécurité.

Arrivé à distance suffisante du complexe de la DGSE, il appela Mei Ling du smartphone prépayé. Celle-ci répondit aussitôt, malgré le fait que c'était un numéro inconnu.

La voix douce de Mei Ling avec son délicieux accent chinois fit du bien à Karim.

– Comment vas-tu mon amour ? lui demanda-t-il aussitôt.

– Ça va, mais tu me manques beaucoup et je commence à m'ennuyer ferme. Je voulais rentrer à Beijing et reprendre le travail, mais on m'a donné l'ordre de rester et de continuer à me reposer.

– Toi aussi tu me manques. Peut-être que ce sont les médecins qui l'ont suggéré, ajouta Karim, après tout tu es restée plusieurs jours dans le coma. Ton corps a été éprouvé.

– Ne sois pas naïf, répliqua lucidement Mei Ling. Il y a une raison, mais j'ignore laquelle. Sans doute à cause de notre relation.

– Comment va le bébé ? s'enquit Karim.

La question lui était venue spontanément comme si, dans son for intérieur, il voulait garder cet enfant.

Il entendit un rire presque enfantin.

– Sérieux Karim ! Il a juste quelques semaines. Je ne sens encore rien. Mais cela me fait du bien que tu aies demandé. Je craignais qu'il ne te soit indifférent.

– Non, c'est juste que je réalise ce que cela signifie pour toi. As-tu réfléchi comment tu vas procéder pour l'avortement ?

Il y eut un silence dans le téléphone, puis Mei Ling réagit :

– Une de mes amies d'enfance est gynécologue, je vais lui demander. Je suis sûre qu'elle m'aidera.

Ils parlèrent encore quelques instants puis raccrochèrent. Karim se sentait soudainement plus léger, comme si le fait d'avoir demandé comment Mei Ling allait procéder pour l'avortement mettait fin à cette situation difficile.

Il repartit pour le siège et se remit au travail. L'analyse des expéditions de la société Promar n'avait rien révélé d'anormal. Ils expédiaient vers le monde entier des containers remplis de toutes sortes de marchandises.

L'envoi de ce drone avec des explosifs demeurait un mystère. L'interrogatoire du jeune Rachid Baccouche s'était poursuivi, mais ils n'avaient rien pu tirer de plus. Ce n'était qu'un coursier dans l'organisation.

La CIA, le Mossad, le MI6 et tous les services de renseignements européens avaient été alertés de la préparation d'un attentat majeur. Le bulletin d'alerte indiquait que des drones équipés d'explosifs seraient probablement le moyen utilisé pour l'attentat. Il précisait que c'était Mohamed Jaish, commandant des opérations extérieures de l'État, qui le fomentait. Les rares photos de Mohamed Jaish avaient été diffusées depuis longtemps et rentrées dans les logiciels de reconnaissance faciale des aéroports et de tous les systèmes de vidéosurveillance étatique. Sans succès jusqu'à présent.

Du côté de la Libye, où Mohamed Jaish avait été vu pour la dernière fois lors de sa fuite après l'attentat du Louvre, il avait à nouveau disparu sans laisser de traces. Tous les capteurs de la DGSE en place dans le pays restaient pour l'instant muets.

Karim allait rentrer chez lui lorsqu'un message d'alerte apparut sur l'écran de son ordinateur intitulé « drone suicide en Libye ». Il cliqua pour le lire. Il émanait du département technique de la DGSE. L'analyste du département technique avait ressorti des archives toutes les attaques récentes par drones munis d'explosifs. Celle-là lui avait paru particulièrement intéressante. Elle révélait un nouveau mode opératoire avec une nouvelle génération de drones utilisés par les terroristes.

L'attaque mortelle par un drone suicide s'était produite le 27 mars 2020 pendant l'opération Tempête de paix lancée par le Premier ministre libyen Fayez el-Sarraj.

Un des officiers du maréchal Haftar, qui battait en retraite et s'était retranché dans un fossé, avait été tué par un drone suicide. Une équipe de la DGSE présente sur place avait récupéré les débris de l'appareil.

Les débris ayant été envoyés au laboratoire technique, leur analyse avait révélé qu'il s'agissait d'un drone suicide autonome de fabrication turque. Ce drone turc nommé Kargu-2 était équipé d'un système de reconnaissance faciale embarqué. La photo de l'officier était dans la carte mémoire qui, heureusement, n'avait pas été trop endommagée par l'explosion.

Une trace ADN issue de quelques pellicules de cheveux collées avait été prélevée sur la carte mémoire, sans doute de celui qui avait travaillé sur le drone. La recherche sur la base de données avait permis d'identifier l'individu, connu du service. Il s'agissait d'un certain Husam Waad, ingénieur, membre de Daesh depuis le tout début du califat. Sa fiche mentionnait qu'il avait travaillé dans le plus important atelier d'explosifs de la ville de Tafar avec Mohamed Jaish. Il était recherché.

Karim poursuivit la lecture de la fiche technique sur le drone turc. Difficilement détectable en plus d'être facilement transportable, c'est un drone d'attaque à voilure tournante conçu pour la guerre asymétrique. Un seul opérateur de manière complètement autonome peut le mettre en œuvre.

Disposant d'un zoom optique × 10, il peut de jour comme de nuit analyser des cibles et choisir de les traiter de manière automatique, grâce à une intelligence artificielle embarquée. Sa vitesse d'attaque est de soixante-dix kilomètres-heure pour une autonomie de trente minutes de vol dans un rayon d'action de cinq kilomètres. Son fonctionnement automatique lui permet de continuer sa mission même s'il perd tout contact.

Un engin redoutable, se dit Karim. Il ne serait pas étonnant que Mohamed Jaish ait voulu tester ces drones avant de les utiliser pour l'attentat qu'il prépare. L'artificier, Husam Waad, identifié par son ADN, avait préparé l'engin. Or, il avait travaillé avec Mohamed Jaish dans un des ateliers de préparation des IED, les engins explosifs improvisés qui faisaient des ravages chez les soldats de l'alliance luttant contre l'État islamique.

Dans ce domaine il n'y avait pas de coïncidence ! Enfin, il tenait une piste sérieuse à creuser !

Il fallait qu'il en sache plus sur cet Husam Waad. Il demanda à être reçu à la section Syrie. La mission de Karim étant prioritaire, le chef de section, Bruno Lagache, le convia immédiatement.

– Bonjour commandant, que puis-je pour vous ?

– Je voudrais voir ce que vous avez sur un certain Husam Waad.

– Oh, on le connaît bien, mais cela fait presque un an que l'on a perdu sa trace, réagit aussitôt le chef de section.

Il se mit à tapoter sur son clavier et transféra l'écran de son ordinateur sur un écran plasma accroché au mur.

La fiche apparut sur l'écran :

« Husam Waad, jeune Syrien né à Damas, a suivi des études d'ingénieur en électronique et décroché une bourse pour poursuivre ses études en informatique appliquée à la Georgetown University – Graduate School of Arts and Sciences à Washington.

Quelques mois avant l'obtention de son diplôme, la révolte contre Bachar el-Assad débuta. Selon ses colocataires, il suivait avec inquiétude la répression dans son pays. Il appelait fréquemment sa famille, restée à Damas, ses parents et sa jeune sœur Janawa qui suivait des études d'infirmière. Son père, médecin, était apprécié de ses patients pour son esprit ouvert et sa générosité. Il n'hésitait pas à soigner gratuitement les plus pauvres.

Husam venait juste d'obtenir son diplôme de l'université de Georgetown. Il était triste que ses parents et sa sœur ne puissent assister à la cérémonie de remise de son diplôme. Il reçut un appel de sa mère en larmes. Son père et sa jeune sœur avaient été arrêtés par le Mukhabarat, le redouté service secret syrien, dirigé d'une main de fer par le général Ali Mamlouk. Ils avaient soigné plusieurs opposants blessés lors d'affrontements avec les militaires du régime, aussi ils étaient considérés par le régime comme des terroristes.

Il voulut rentrer en Syrie pour secourir sa famille, mais sa mère l'en dissuada. Il risquait d'être arrêté immédiatement en arrivant à l'aéroport. Lorsqu'il raccrocha, dévasté, il se demanda quoi faire. Le lendemain, il chercha à joindre sa mère au téléphone, sans succès. Fou d'inquiétude, il appela son oncle, le frère de sa mère.

Son oncle parlait en chuchotant, des sanglots dans la voix. Il venait d'apprendre que sa sœur, la mère de Husam, avait aussi été arrêtée. Il y eut un silence, puis son oncle poursuivit, cherchant ses mots. Il avait appris que le père de Husam avait été torturé à mort au centre Al Fehar de la Sécurité militaire, branche de Damas. Comble de l'horreur, sa sœur avait été violée atrocement et avait été jetée agonisante devant l'immeuble où elle habitait avec ses parents. Personne n'osant lui porter secours, elle était morte dans les bras de sa mère prévenue par des voisins.

Effondré, il resta plusieurs jours prostré dans sa modeste chambre d'étudiant. Ses amis estudiantins tentèrent de le réconforter, en vain.

Au bout d'un mois, sa décision était prise. Il avait rassemblé ses affaires, et un billet en poche pour Istanbul, il s'apprêtait à rejoindre, dans le plus grand secret, le nouvel État islamique naissant. Alors qu'il était rentré clandestinement en Syrie, ses compétences d'ingénieur n'avaient pas échappé aux cadres dirigeants de Daesh. Il avait été affecté au département technique. L'État islamique était redoutablement organisé et hiérarchisé.

Au plus fort du conflit, il fit la connaissance de Mohamed Jaish, un des cadres les plus proches du chef de l'État islamique, al-Baghdadi. Il intégra sa cellule et participa activement à la conception et la fabrication de drones armés. Al-Baghdadi mort, il avait rejoint Mohamed Jaish dans la clandestinité.

Tous deux avaient travaillé à concevoir des bombes sales pour commettre un des pires attentats terroristes. »

– Merci Bruno, dit Karim, son profil est éloquent. Il faut absolument qu'on le localise. Pour moi, cela ne fait aucun doute qu'il est au cœur du nouvel attentat que prépare Mohamed Jaish.

Karim demanda à voir le colonel Manjour pour lui faire part de sa découverte. Compte tenu du caractère prioritaire du dossier, celui-ci le reçut immédiatement. Karim ressortit du bureau avec l'autorisation de faire partir un message d'alerte et de recherche de Husam Waad auprès de tous les services amis. Le filet était lancé. Il restait à voir si le poisson pouvait être capturé !

Chapitre 12

États-Unis, New York,
aéroport international de La Guardia,
mardi 24 août 2021, 16h47, heure locale

Husam Waad s'installa sur le siège arrière de la Toyota, soulagé. La cellule logistique de l'État islamique à New York avait bien fonctionné. Deux des membres de la cellule étaient venus le chercher à l'aéroport, sans se faire remarquer, pour le conduire directement à leur base opérationnelle, située à moins d'une centaine de kilomètres de là, à proximité de la petite ville de Peekskill.

Husam était parti le matin même d'Istanbul sur un vol de Turkish Airlines. Ces derniers jours avaient été les plus longs de sa vie pourtant bien peuplée de dangers. Il avait attendu, avec angoisse, dans la luxueuse villa, la réponse du trafiquant d'armes Erkan Sahin.

Husam savait qu'en cas de réponse négative, les gorilles du MIT pouvaient débarquer à tout moment. Il risquait de mourir sous les tortures insoutenables pratiquées dans les geôles du service secret.

Erkan Sahin l'avait rejoint au petit-déjeuner sur la terrasse, le lendemain de son arrivée, souriant. La veille, il avait été reçu par son ami le président Erdogan. Le chef du MIT était également présent. La discussion avait été tendue. Ce dernier était plutôt opposé craignant une réaction très violente des Américains, s'ils apprenaient le rôle joué par les autorités turques dans cette affaire.

Erdogan, quant à lui, était furieux de la décision américaine de geler le contrat des chasseurs-bombardiers F-35. Il le ressentait comme une humiliation et cela fragilisait son pouvoir. Des rumeurs lui étaient parvenues que certains dirigeants de l'armée l'accusaient d'être faible. Il fallait qu'il leur montre sa fermeté et qu'il n'hésitait pas à porter un coup aux Américains en guise de représailles.

Il décida donc de laisser son ami réaliser cette transaction. En le menaçant quand même que si cela tournait mal, il en porterait seul la responsabilité. La menace était mortelle, mais pour le trafiquant, l'appât du gain fut le plus fort.

De retour à sa villa, Erkan Sahin fit chercher le Syrien qui était confiné dans sa chambre. Encadré de deux gorilles, Husam arriva sur la terrasse près de la piscine, n'en menant pas large. Il aperçut aussitôt son hôte assis à une des tables, une bouteille de Yeni Raki déjà largement entamée à côté d'un verre rempli de glaçons.

Sans un mot, Erkan Sahin, tout en grignotant des pistaches, lui intima l'ordre de s'asseoir. Il regardait Husam, avec intensité, de ses yeux noirs.

Il finit par sourire déclenchant chez Husam un immense soulagement.

– Détends-toi mon ami, commença le Turc, tout va bien. Le président a donné son accord.

Il avait saisi en même temps la bouteille de raki, cet alcool traditionnel turc au goût anisé titrant un bon 45° d'alcool, et s'apprêtait à remplir le verre de Husam. Celui-ci eut un geste réflexe en refusant l'offre qui lui était faite.

– C'est vrai que vous ne buvez pas d'alcool, vous, dit Erkan en éclatant de rire.

Il se tourna vers un des gardes du corps.

– Va me chercher un jus d'orange pour mon ami !

Puis vers Husam :

– Bien. Parlons affaires. Je suis d'accord pour le deal. Mais c'est payable d'avance.

Joignant le geste à la parole, il tendit à Husam un carton blanc sur lequel figurait le code Iban d'une banque située à Brunei, un des derniers paradis fiscaux dans le monde.

Husam prit le papier dans sa main, le plia et le rangea dans la poche sur la poitrine de sa chemise. Le Turc poursuivit ses instructions.

– Dès le paiement confirmé, nous traiterons la commande. Où les drones et les roquettes devront-ils être livrés ?

– Il faudra livrer les drones directement aux États-Unis en les rebaptisant drones de course pour ne pas attirer l'attention des douanes américaines, répondit Husam.

Il sortit de sa poche un papier plié en quatre donnant les références d'une société d'importation immatriculée dans l'État de New York et appartenant à un sympathisant de l'État islamique.

Le garde du corps était revenu avec un grand verre de jus d'orange qu'il posa avec déférence devant Husam. Un homme qui parlait affaires avec son chef devait être traité avec respect !

– J'assurerai le transport des drones par un de mes porte-containers. Cela se passera en toute discrétion, assura Erkan Sahin.

Pour le transport des miniroquettes, c'était une autre paire de manches. Il s'agissait d'armes de guerre et en plus explosives. Il fallait trouver une porte d'entrée sûre aux États-Unis pour ce chargement de roquettes. C'est Mohamed Jaish en personne qui avait élaboré le plan et s'était chargé de son exécution.

Il avait envoyé un émissaire à Nangarhar, à la frontière du Pakistan, dernier bastion contrôlé par l'État islamique en Afghanistan.

Il l'avait chargé de négocier l'achat de vingt tonnes d'opium pur auprès des talibans. Les talibans et l'État islamique sont normalement ennemis et engagés dans une lutte à mort. Mais lorsqu'il s'agit d'argent, des accommodements sont toujours possibles. À soixante-quinze dollars le kilo, cela représentait presque un million et demi de dollars !

La transaction avait failli capoter lorsque le chef de l'État islamique, Abou Omar Khorasani, s'était rendu en personne à Kaboul pour rencontrer un intermédiaire en liaison avec les talibans et avait été arrêté par la Direction générale de la sécurité nationale (NDS) afghane, appuyée par la CIA.

Un moment, Mohamed Jaish avait cru que les talibans l'avaient trahi. Mais enquête faite, ils avaient joué de malchance. Abou Omar était depuis longtemps dans le collimateur de la CIA et l'opération de la NDS afghane était prévue de longue date.

Heureusement l'émissaire de Mohamed Jaish était resté à Nangarhar pour traiter une autre affaire. Il reprit contact avec les talibans et réussit à conclure la transaction. Le chargement de cocaïne fut expédié par une filière éprouvée vers le Mexique et destiné au cartel de Jalisco, le plus brutal des cartels mexicains.

Mohamed Jaish avait conclu un deal avec « El Mencho », le chef du cartel. Contre un container de vingt tonnes d'opium pur, le cartel se chargeait de faire entrer le container de miniroquettes au Mexique, puis de le faire suivre clandestinement aux États-Unis. Pour El Mencho, une fois transformé en cocaïne, le container représentait plusieurs milliards de dollars à la revente.

Erkan Sahin nota soigneusement les coordonnées de la société mexicaine appartenant au cartel de Jalisco qui était l'acheteur officiel du container. Pour cette expédition, il ne prendrait pas le risque d'utiliser un de ses porte-containers.

Grâce aux soutiens dont il bénéficiait au plus haut niveau de l'État turc, Erkan Sahin achèterait les miniroquettes par une des sociétés-écrans, officiellement au profit d'un État africain. Les miniroquettes seraient dissimulées dans des réfrigérateurs de type américain. Un container complet de réfrigérateurs ne devait pas attirer l'attention et pouvait être envoyé par n'importe quelle compagnie maritime.

Husam interrompit ses pensées, se rappelant qu'il était maintenant aux États–Unis, et interpella en arabe l'homme assis à côté du conducteur.

– Avez-vous des nouvelles du container ? demanda-t-il avec autorité.

L'homme assis à côté du conducteur lui tendit sans un mot un papier. La cargaison avec les drones était partie du terminal porte-containers d'Izmir. La traversée durerait neuf jours. Les papiers de dédouanement étant informatisés, le container devrait quitter le port de New York moins de vingt-quatre heures après.

Ils étaient dans les temps.

Chapitre 13

Corée du Sud, Séoul, Seocho-gu,
siège du National Intelligence Service (NIS),
vendredi 27 août 2021, 8 h 37, heure locale

Park Jie-won, le nouveau chef des services secrets coréens, avait une tâche immense devant lui. Il se devait de restaurer le moral de ses agents mis en berne par les multiples scandales qui avaient affecté l'agence.

Entre les accusations d'avoir fabriqué de faux documents pour accuser un Nord-Coréen d'espionnage et la condamnation de trois de ses dirigeants pour corruption, l'image de l'agence n'en était pas ressortie grandie.

Pourtant, les tâches ne manquaient pas. Entre la menace nord-coréenne croissante où ses agents risquaient leur vie tous les jours pour surveiller ce qui se passait chez leur fantasque voisin et la présence militaire grandissante dans la région de la Chine, ses services étaient sur les dents vingt-quatre heures sur vingt-quatre.

Lorsqu'il parcourut le dossier des informations de la nuit et des rapports d'activité posé sur son bureau, il eut un geste d'énervement en voyant la requête urgente adressée par la DGSE, le service secret français. Il eut une moue de mépris en regardant la photo du fugitif recherché. La Corée n'était pas touchée par le terrorisme islamique.

Cela l'irritait au plus haut point de devoir consacrer de précieuses ressources à la recherche d'un terroriste de l'État islamique dont il ne voyait pas bien pourquoi il viendrait dans son pays. La Corée du Sud comptait à peine quarante mille musulmans, dont dix mille seulement étaient pratiquants. Une goutte d'eau dans l'océan !

Mais Park Jie-won était un homme de rigueur et de discipline. C'est pour cela qu'il avait été nommé à la tête du NIS. Il tapota sur son clavier pour obtenir le fichier d'affectation des agents. Tous semblaient déjà submergés par les tâches.

En désespoir de cause, il regarda la liste des nouveaux recrutés en cours d'affectation. Son regard fut attiré par une jeune femme, Ae-Sook Min. Elle parlait couramment anglais et français. Elle avait fait des études d'ingénieur dans une université américaine, puis en France dans une école appelée Epita, où elle avait fait une spécialisation en reconnaissance faciale et vocale.

Park Jie-won n'avait jamais entendu parler de cette école, mais la formation prodiguée lui parut parfaitement adaptée au travail à réaliser. Dans son for intérieur, il ne le dirait jamais publiquement, cela lui semblait une tâche subalterne que l'on peut confier à une femme.

Il faisait encore partie de cette ancienne génération qui considérait que les femmes devaient rester au foyer et s'occuper des enfants. Mais en vrai professionnel, il se faisait malgré tout un devoir de motiver personnellement ses agents, hommes ou femmes, chaque fois qu'il le pouvait, pour booster leur moral et les inciter à se dépasser.

Il demanda à son assistante de convoquer la jeune agente.

Chapitre 14

France, Paris, caserne des Tourelles, boulevard Mortier, siège de la DGSE, dimanche 29 août 2021, 7 h 30, heure locale

Karim, à peine arrivé, alluma, impatient, son ordinateur. Cela faisait plus de vingt-quatre heures que le message d'alerte et de recherche avait été diffusé auprès des services amis par les Totems[1].

Depuis les deux dernières missions effectuées par Karim, des relations spéciales s'étaient nouées entre la DGSE et le Guoanbu chinois. Le directeur général avait donc décidé d'envoyer également le message aux services chinois. Et ceux-ci, comme à leur habitude, se montraient d'une redoutable efficacité. Ils avaient analysé les vidéos de surveillance de tous leurs aéroports sur les trente derniers jours.

Leurs puissants algorithmes de reconnaissance faciale n'avaient pas tardé à identifier l'homme recherché malgré le fait qu'il se fût rasé la barbe et qu'il portât des lunettes. L'homme

1. Représentant de la DGSE en poste dans les pays en charge des relations avec les services amis.

était entré en Chine par Shenzhen, puis il avait pris un vol intérieur pour Shanghai, d'où il était reparti sur New York sur un vol de Turkish Airlines.

Le rapport du Guoanbu contenait une copie du passeport présenté par le voyageur, un passeport qatari au nom de Khalid. Les équipes du Guoanbu remarquèrent que d'autres passagers, provenant de différents pays du Moyen-Orient, étaient présents sur les mêmes vols.

Cela était inhabituel. Soit il s'agissait d'une délégation, mais alors ils étaient tous du même pays. Soit c'étaient des voyageurs isolés, mais il était rare qu'ils soient nombreux en même temps. Cela a mis la puce à l'oreille des équipes du Guoanbu qui les ont alors tracés.

Les vidéos de surveillance des aéroports les montraient même discutant entre eux. Sans aucun doute, ils se connaissaient et voyageaient ensemble. Pourtant, chacun avait pris un vol différent de Shanghai pour New York. Cela était éminemment suspect. Cela ressemblait de plus en plus au mode opératoire de l'attentat du 11 septembre 2001 de Ben Laden avec une équipe terroriste nombreuse.

Le Guoanbu était en train de retracer leur parcours complet pendant leur séjour en Chine. Un deuxième rapport serait envoyé dès que l'enquête serait achevée. Il devenait évident pour Karim que la cible était les États-Unis, mais impossible à ce stade de savoir où et quand. Quant au mode opératoire, il avait la conviction que des drones armés seraient utilisés, mais il n'en savait pas plus.

Par acquit de conscience, Karim se rendit à la direction technique où le drone saisi à Nancy avait été transféré pour examen. Le dimanche matin était un jour comme un autre, plusieurs équipes étaient affairés à leurs tâches.

Le responsable en charge lui indiqua quelle équipe s'était occupée de l'analyse du drone.

– Bonjour Paul, commandant Leclerc, en serrant la main du technicien. C'est vous qui avez analysé le drone saisi par les Douanes à Nancy ?

– Oui, commandant, répondit l'ingénieur, un peu intimidé.

– Avez-vous pu déterminer où ce drone a été fabriqué ?

– Oui, c'est un drone turc. Une des premières versions du Kargu-2. Je n'en avais d'ailleurs jamais vu auparavant.

Les soupçons de Karim se confirmaient. Mohamed Jaish avait, sans doute, voulu tester ce drone, mais sa fuite précipitée, après l'attentat manqué du Louvre, avait dû interrompre ses expérimentations. Selon toute probabilité, il avait cherché à le récupérer et avait demandé qu'une des filières de l'État islamique implantée en France le lui expédie.

Les douanes françaises avaient involontairement contrarié ce plan. Connaissant la pugnacité avec laquelle Mohamed Jaish avait préparé son projet d'attentat à la bombe sale, l'agent de la DGSE ne doutait pas une seconde que le terroriste avait un plan de rechange et que le projet se poursuivait.

Le simple fait que les membres identifiés de son réseau étaient tous partis pour New York laissait entendre, sans aucun doute possible, que leur cible était les États-Unis.

Karim se précipita chez le colonel Manjour.

Il fallait alerter sans délai la CIA, le FBI et le département du Homeland Security.

Chapitre 15

Corée du Sud, Séoul, Seocho-gu,
siège du NIS,
lundi 30 août 2021, 8 h 15, heure locale

Le cœur de Ae-Sook Min battait encore à un rythme élevé en s'asseyant devant son poste de travail. Pour son deuxième jour au NIS, elle avait été complètement paniquée lorsqu'elle avait été, à son arrivée le matin, convoquée au bureau du directeur.

Avait-elle commis une erreur ? une infraction au code de sécurité particulièrement drastique à cause de la menace nord-coréenne ? Certes, elle avait fêté la veille dans un restaurant, un délicieux barbecue coréen, son premier jour de travail au NIS. Elle n'était, comme le veut la tradition, qu'avec ses collègues. Ils avaient bu modérément, et à aucun moment parlé de leur travail. Ils étaient restés sur des sujets anodins discutant des dernières chansons à la mode ou de leurs dernières vacances.

Elle avait attendu avec angoisse dans l'antichambre du bureau du directeur sur une chaise inconfortable sous le regard suspicieux des deux gardes de sécurité debout de chaque côté de la porte du directeur.

Lorsque l'assistante était venue la chercher, elle pénétra dans le bureau du directeur les jambes légèrement flageolantes. Pourtant, c'était une sportive émérite, experte en taekwondo qu'elle pratiquait avec passion depuis son enfance. Elle avait franchi un à un les dix *keups*[1] et arborait fièrement sa ceinture noire deuxième dan.

Le directeur Park Jie-won lui parut plus jeune que sur les photos qu'elle avait vues de lui. Il affichait un sourire rassurant, ce qui calma un peu Ae-Sook.

– Bonjour agent Min. Je vois dans votre dossier que vous êtes parmi nous depuis deux jours. Soyez la bienvenue, dit-il avec bienveillance. Vous allez mettre à profit vos connaissances dans la reconnaissance faciale dans la mission que je vous confie. Nous avons reçu une demande d'assistance d'homologues français de la DGSE. Ils nous signalent qu'un dangereux terroriste de l'État islamique est en phase de préparation d'un attentat majeur.

Vous allez analyser les vidéos de surveillance de tous nos aéroports pour vérifier si ce terroriste a pénétré sur notre territoire.

Ae-Sook, concentrée, notait fiévreusement sur le petit calepin noir posé sur ses genoux les instructions de son directeur. Elle leva les yeux et demanda timidement :

– Sur quelle période, directeur ?

Park réfléchit quelques instants puis répondit :

– Trois mois devraient être suffisants. Vous trouverez dans ce dossier les éléments transmis par la DGSE ainsi que la photo numérique du terroriste. Mon assistante va vous remettre les fichiers vidéo des aéroports.

En même temps il lui tendit une boîte archive barrée d'un grand « secret-défense » imprimé en rouge et en diagonale.

1. « Grades ».

La jeune agente se leva précipitamment, manquant de faire tomber par terre son petit calepin, et prit le dossier des mains du directeur.

– C'est tout, agent Min, dit le directeur, mettant ainsi fin à l'entretien.

Ae-Sook salua le directeur d'une profonde courbette et se dirigea vers la porte chargée de son précieux dossier.

En la regardant sortir, Park se garda bien de lui dire qu'à son avis, tout ce travail ne servirait à rien. Que viendrait faire un terroriste islamiste en Corée ?

L'assistante lui remit une lourde pile de disques durs externes contenant les vidéos de surveillance des aéroports coréens. Lorsqu'elle posa son lourd fardeau sur son poste de travail, Ae-Sook se sentait sous pression. Elle devait faire honneur au NIS.

Chapitre 16

France, Roissy, aéroport Charles-de-Gaulle, lundi 30 août 2021, 17 h 15, heure locale

Dans le Boeing 777-300 d'Air France qui le conduisait à New York, Karim récapitulait dans sa tête les événements de ces dernières heures qui avaient provoqué son départ précipité pour les États-Unis. D'abord, les dirigeants de la CIA avaient immédiatement contacté la DGSE, à la suite de l'alerte reçue. Ils étaient surexcités.

Ils ne comprenaient pas comment, avec toute leur technologie, ils n'avaient pu ne pas détecter ce projet terroriste sur leur sol. Depuis le 11 Septembre, ils s'étaient juré de tout faire pour qu'un nouvel attentat de cette ampleur ne puisse plus se produire. Et pourtant, un tel projet se fomentait, et ils étaient sourds et aveugles.

Les puissants ordinateurs de la CIA et du FBI tournaient à plein régime pour traquer les cellules de l'État islamique implantées aux États-Unis non encorc identifiées. Les vidéos de surveillance des aéroports de New York avaient été visionnées et les logiciels de reconnaissance faciale n'avaient pas tardé à identifier Husam Waad dans les arrivées récentes. Il avait bien utilisé un vrai faux passeport qatari sous le nom de Khalid.

Les services du FBI avaient pu le suivre par les vidéosurveillances dans l'aéroport et sur le trottoir du terminal. Une voiture, une Toyota grise, avec deux individus de type moyen-oriental l'avait pris en charge. La plaque du véhicule s'était révélée fausse et les deux individus scannés par les logiciels de reconnaissance faciale n'étaient pas fichés. Ils étaient inconnus des services de sécurité.

Ce modèle de Toyota étant très répandu aux États-Unis, probablement une centaine de milliers, le FBI avait perdu sa trace sur l'autoroute menant à La Guardia. Seule certitude, ils ne roulaient pas en direction de New York City. Devant la gravité de la situation, le signalement du véhicule avait été donné à toutes les forces de police avec un avis de recherche prioritaire.

Du côté de la Chine, l'enquête menée par le Guoanbu avait permis de retracer l'itinéraire du groupe terroriste en Chine. Lorsque le siège de Shenzhen Damoda Intelligent Control Technology fut cerné par les véhicules de police toutes sirènes hurlantes, la directrice commerciale était à mille lieues de se douter qu'elle avait vendu une technologie de pointe à un terroriste recherché internationalement.

Le colonel Fu-Hsi du Guoanbu avait proposé une visioconférence avec Karim et le colonel Manjour. Il leur expliqua que la société chinoise avait vendu à ce Khalid un logiciel permettant de faire voler en essaim plus de trois mille drones simultanément. Le terroriste avait payé comptant par virement. Le compte se perdait dans un paradis fiscal.

Le mode opératoire de l'attentat se précisait. Il allait s'agir d'une attaque par un essaim de drones armés. Redoutablement efficace et extrêmement compliquée à contrer.

Le colonel Manjour remercia le colonel Fu-Hsi mettant fin à l'entretien. Il se tourna alors vers Karim.

– Mon garçon, vous partez demain matin aux États-Unis. Les Américains vous réclament. Ils vous veulent à leurs côtés pour mieux anticiper les actions de Mohamed Jaish. C'est vous qui le connaissez le mieux !

La nouvelle réjouit Karim. Il gardait un souvenir inoubliable du mois passé avec son unité de forces spéciales chez les Navy Seals à Coronado en Californie. Ils en avaient bavé à l'entraînement, mais avaient eu aussi de super moments avec leurs potes les Seals. Il adorait le mode de vie américain.

L'hôtesse d'Air France l'interrompit dans ses pensées. Elle lui tendait le plateau-repas pour son déjeuner.

– Que désirez-vous boire ? demanda-t-elle avec un charmant sourire.

Ce passager était visiblement à son goût. Karim remarqua aussitôt qu'elle ne portait pas d'alliance : une célibataire. Il pensa à Mei Ling et chassa aussitôt de son esprit l'idée de flirter avec cette attirante jeune femme.

Il regarda avec un déchirement la bouteille de Moulis, un Maucaillou 2015, un de ses vins préférés, qui trônait sur le chariot de service.

– Je vais me contenter d'un Perrier avec de la glace. J'ai beaucoup de travail qui m'attend à mon arrivée.

– Quel dommage ! répondit aussitôt l'hôtesse. Moi qui pensais que vous auriez un peu de temps libre pour vous distraire. New York est une ville qui me fait vibrer.

Elle le regardait intensément, guettant sa réaction. *Pas de doute*, se dit Karim, *elle me drague effrontément !* Elle était vraiment jolie avec une taille fine mettant en valeur la courbure de ses fesses et de sa poitrine. Son visage était fin avec de grands yeux en amande. Ses cheveux coiffés avec un chignon parachevaient de souligner le délicat ovale de son visage.

– Vous avez raison, c'est vraiment dommage ! J'aurai adoré profiter de cette ville vibrante, mais le devoir m'appelle, finit-il par répondre.

La stewardesse ne fit aucun commentaire. Elle posa avec une certaine brutalité le verre de Perrier rempli de glaçons sur la tablette déployé devant lui si bien que quelques gouttes d'eau débordèrent du verre.

Indifférente, elle regarda droit devant elle et poussa son chariot vers le passager suivant, un homme d'affaires d'une cinquantaine d'années qui la dévorait des yeux tout en observant la scène, amusé par son manège.

Il aurait visiblement aimé se retrouver à la place de cet homme qui pouvait se payer le luxe de repousser les avances d'une aussi jolie femme.

Chapitre 17

Mexique,
aéroport international Benito-Juárez de Mexico,
mardi 31 août 2021, 11 h 15, heure locale

Un agent aéroportuaire, au visage anguleux, avec des cheveux noirs gominés, attendait sur la passerelle d'où les passagers du vol Iberia de Madrid à Mexico tout juste arrivé commençaient à débarquer.

Le regard perçant et le visage dur du jeune agent inspiraient instinctivement la peur et certains passagers s'écartaient par réflexe, ne passant pas devant lui. Il ne tenait dans les mains qu'un panneau sur lequel était écrit un nom : « Mr. Ramon Sanchez ».

L'avion s'était presque complètement vidé lorsqu'un homme habillé d'un bermuda vert et d'une chemisette orange avec des silhouettes d'avions blancs imprimés dessus apparut à la porte de l'avion. Il s'arrêta puis ayant lu la pancarte avec son nom il s'approcha de l'agent : « Je suis Ramon Sanchez », dit-il dans un espagnol approximatif.

L'agent sans un mot mit son panneau sous le bras et indiqua au passager de le suivre. Au lieu de partir comme les autres passagers en direction des postes de contrôle de la police des frontières, puis de la livraison des bagages, ils prirent la direction opposée.

Lorsqu'ils arrivèrent au bout du couloir du terminal, l'agent s'approcha d'une porte sécurisée qu'il ouvrit avec son badge et ils descendirent l'escalier métallique menant sur le tarmac. Personne ne prêtait attention à eux, les bagagistes étant occupés à déplacer les chariots, vider les soutes des avions des containers à bagages des passagers ou au contraire les remplir.

L'agent mena le passager jusqu'à un container servant de vestiaire aux agents aéroportuaires. Après avoir vérifié que personne ne les regardait, il le tira par le bras hors du champ de la caméra de surveillance de la zone qu'il avait préalablement repérée.

Il lui tendit une salopette de travail au logo de MCS Aerocarga de Mexico ainsi qu'un badge de sécurité. Une fois rhabillés, l'agent et le passager se dirigèrent vers la sortie des employés.

L'aéroport travaillant vingt-quatre heures sur vingt-quatre, des milliers d'employés entraient et sortaient en permanence au gré de leur service et de leurs horaires de travail.

Les agents de sécurité postés sur les portails contrôlaient les personnels entrants, mais pas les personnels sortants. L'agent se dirigea vers un véhicule 4 × 4 Dodge Durango noir flambant neuf. Le passager et lui montèrent dedans. Trois hommes habillés de noir à la carrure impressionnante les attendaient. Mohamed Jaish *alias* Ramon Sanchez paraissait chétif à côté d'eux.

Celui assis sur le siège passager avant se retourna en souriant, faisant apparaître une dent en or, et s'adressa au passager :

– *Welcome to Mexico, Mr. Jaish. El Mencho is waiting for you. He will host you in his house until the containers arrived*[1].

1. « Bienvenue à Mexico, monsieur Jaish. El Mencho vous attend. Il vous hébergera dans sa résidence jusqu'à l'arrivée des containers. »

Mohamed Jaish opina de la tête. C'est ce qui avait été convenu. Les deux containers, celui contenant l'opium et celui contenant les miniroquettes, arrivaient sur le même porte-containers géant d'une compagnie maritime chinoise. Le cartel de Jalisco se chargeait de les récupérer.

Une fois celui contenant l'opium inspecté et la qualité confirmée, Mohamed Jaish repartirait avec les miniroquettes vers sa destination finale aux États-Unis par une des filières du cartel. En le gardant près de lui dans sa résidence, El Mencho ne faisait pas seulement acte de politesse. Mohamed Jaish lui servait d'otage contre toute mauvaise surprise.

La Dodge Durango démarra avec souplesse de la puissance de son V8. La circulation était infernale. Mohamed Jaish avait hâte d'arriver et de pouvoir prendre une douche.

Cela faisait cinq jours qu'il était parti de Libye sur un cargo turc reliant la ville libyenne de Zouara, à cent vingt kilomètres à l'ouest de Tripoli. Le cargo avait transporté clandestinement des armes au mépris de l'embargo et repartait avec un chargement de dattes pour le port espagnol d'Alicante.

Le cartel ayant des ramifications en Espagne avait organisé son arrivée clandestine puis son transfert jusqu'à Madrid où ils l'avaient fait embarquer sur un vol Iberia pour Mexico. Mohamed Jaish avait dû se transformer. Il avait rasé sa barbe et son crâne. Habillé en touriste, il était devenu méconnaissable.

Épuisé, la chaleur humide aidant, Mohamed Jaish s'endormit dans la voiture.

Chapitre 18

Corée du Sud, Séoul, Seocho-gu,
siège du NIS,
jeudi 2 septembre 2021, 18 h 54, heure locale

Cela faisait quatre jours que Ae-Sook Min visionnait à l'aide d'un logiciel de reconnaissance faciale les enregistrements de vidéosurveillance des aéroports. Elle voyait apparaître des étoiles lumineuses devant ses yeux à force de scruter l'écran d'ordinateur.

Son bureau, perdu dans l'immense plateau qui servait d'open space, était encerclé par d'autres bureaux, tous identiques. Sur le panneau de séparation, elle avait accroché des cartes postales reçues de ses amies, des figurines de Hello Kitty et de mangas qu'elle affectionnait.

Ses collègues avaient fini par se moquer d'elle, lui disant qu'elle était la chouchoute du directeur et qu'au lieu de travailler, elle avait le droit de visionner des séries télévisées toute la journée.

Soudain, l'écran se figea sur une image. Elle crut que son cœur allait s'arrêter. Le mot « Match » clignotait avec en dessous quatre-vingt-dix-sept pour cent, ce qui signifiait le taux de correspondance. Il n'était jamais de cent pour cent, mais quatre-vingt-dix-sept pour cent représentaient une quasi-certitude.

Elle regarda la photo envoyée par la DGSE française et l'image sur l'écran. Pas de doute, c'était le même homme. D'un geste rapide sur le clavier de son ordinateur, elle appela la copie scannée du passeport. C'était un passeport qatari au nom de Khalid. Elle regarda autour d'elle. Ses collègues, absorbés par leur tâche, n'avaient pas remarqué son état d'excitation provoqué par cette découverte.

Et maintenant, elle se trouva bête. Elle ne savait pas quoi faire. Le directeur était tellement convaincu qu'elle ne trouverait rien qu'il avait omis de lui dire que faire si elle trouvait quelque chose.

Obsédée par les règles de sécurité, elle n'osa même pas en parler à son chef de groupe. Elle ne savait même pas s'il était autorisé à en connaître. D'ailleurs, le fait que le directeur en personne lui ait confié cette mission l'incitait à penser qu'elle ne devait en référer qu'à lui.

Alors elle lança l'impression de la photo et du passeport, rangea proprement les deux documents dans une pochette du NIS avec le mot « SECRET » en rouge en diagonale sur la couverture de la pochette. Elle se leva et partit d'un pas décidé vers le bureau du directeur.

Arrivée au bureau de son assistante, elle tapa timidement sur le chambranle de la porte pour attirer son attention. Étonnée, l'assistante leva la tête et lui demanda ce qu'elle voulait. Ae-Sook Min expliqua sa découverte et demanda à voir le directeur.

L'assistante sourit devant tant de naïveté. Elle vérifia que le directeur n'était pas en communication et l'avertit de la requête du nouvel agent. Intrigué et amusé par l'initiative de la jeune recrue, il était rare que des agents fraîchement titularisés prennent des initiatives, il accepta de la recevoir malgré son emploi du temps chargé.

Ae-Sook Min avança à petits pas, le corps droit, mais la tête légèrement baissée en signe de respect, jusqu'à son bureau, sa pochette sous le bras.

– Eh bien, agent Min, vous avez demandé à me voir. Qu'y a-t-il ?

Tremblante, Ae-Sook prit sa respiration et répondit :

– Je viens rendre compte de la mission que vous m'avez personnellement confiée, monsieur le directeur, tout en tendant des deux mains avec fierté la pochette. J'ai trouvé l'homme recherché, monsieur le directeur. Puis-je solliciter respectueusement vos instructions, pour la suite ?

Debout devant le bureau, les pieds joints, le regard baissé vers le sol, elle attendait la réponse du directeur qui, stupéfait, examinait les documents.

Le directeur Park Jie-won ne s'attendait pas à une telle situation. Il devait cependant se rendre à l'évidence : c'était bien l'homme recherché. Mais que faisait-il en Corée ? La présence d'un terroriste islamiste sur le sol coréen l'inquiétait au plus haut point. Était-ce une nouvelle menace sur le pays qui se profilait ?

Il leva les yeux vers la jeune recrue.

– Félicitations, agent Min. Excellent travail !

La jeune femme se retenait pour ne pas pleurer. Un tel compliment de la part du directeur signifiait que son rêve d'être titularisé agent du National Intelligence Service allait se réaliser. Elle resta sans bouger attendant que le directeur lui donne ses instructions.

Il décrocha son téléphone et demanda que le commandant Kim vienne immédiatement dans son bureau. Quelques minutes plus tard, un officier en uniforme se présenta au bureau du directeur. La quarantaine, le visage fin, une carrure athlétique, le commandant Kim était un officier chevronné du NIS, ayant risqué sa vie en Corée du Nord. Une légende au sein de l'institution.

– À vos ordres, directeur, dit le commandant en saluant son supérieur.

– Commandant, je vous présente l'agent Min, en désignant du doigt Ae-Sook. Nous avons reçu un message d'alerte des services secrets français. Un attentat fomenté par l'État islamique est en cours de préparation. L'agent Min a découvert qu'un des membres importants de cette cellule était venu sur notre sol. Je veux savoir pourquoi, ce qu'il venait faire et qui il a rencontré. Prenez l'agent Min avec vous.

– À vos ordres, directeur.

Il salua et fit signe à Ae-Sook de le suivre.

Ne sachant que dire, elle fit une courbette et suivit l'officier qui partait à grandes enjambées. Au fond d'elle-même, elle était folle de joie. C'était sa première mission sur le terrain et en plus sous les ordres d'un des héros de la maison.

Ses parents auraient été fiers d'elle, mais, secret oblige, elle ne pouvait rien leur dire. Ils croyaient que leur fille était une obscure fonctionnaire du ministère de l'Intérieur au service du personnel.

Chapitre 19

États-Unis, New York, 415 East 71st Street,
station secrète de la CIA,
jeudi 2 septembre 2021, 9h54, heure locale

Dès le Boeing d'Air France connecté par la passerelle au terminal 1 de JFK, les passagers furent invités à rester assis. La cheffe de cabine s'approcha de Karim et lui glissa à l'oreille qu'il était attendu à la porte avant de l'avion.

Il attrapa sa valise cabine et se rendit à l'avant de l'avion sous le regard intrigué des passagers. Arrivé dans le galley, il frôla l'hôtesse qui l'avait dragué. Elle le regarda droit dans les yeux, intriguée, se demandant ce qu'il avait fait pour être accueilli par la police à son arrivée.

Deux officiers des douanes en uniforme attendaient avec deux hommes d'un bon mètre quatre-vingt-dix, la coupe de cheveux en brosse très militaire.

– *Commander Leclerc, nice meeting you ! My name is Jeffrey Moore, CIA. May I introduce you my colleague Diego Vasquez, Department of Homeland Security, Welcome to New York ! And thank you for your cooperation*[1].

1. « Commandant Leclerc, heureux de faire votre connaissance ! Mon nom est Jeffrey Moore, CIA. Puis-je vous présenter mon collègue Diego

Dès la passerelle, Karim ressentit la chaleur moite de la ville de New York. Sans qu'il puisse se l'expliquer, l'air lui paraissait plus dense qu'en Europe. Par les baies vitrées, il voyait le ballet des véhicules de service sur le tarmac. Le dépaysement était immédiat, tant la taille et la forme des engins étaient typiquement américaines.

Grâce à son escorte, Karim sortit du terminal en moins de cinq minutes. La nuit était tombée. Un énorme véhicule officiel noir les attendait. Ils démarrèrent en trombe toutes sirènes hurlantes. Ils allèrent directement à l'hôtel *Belaire Guest House* où une chambre avait été réservée pour Karim.

Celle-ci avait été rénovée récemment et avait une vue spectaculaire sur la ville. En une demi-heure, Karim était douché, rasé de frais et prêt à travailler. Il retrouva les deux agents au coffee shop en train de boire un café, bien que ce soit déjà la fin de l'après-midi.

– Ah, commandant Leclerc, vous voilà, dit Jeffrey Moore, l'agent de la CIA en voyant arrivant l'agent français. Bien installé ?

– Oui, la chambre est très confortable, merci, mais je vous en prie appelons-nous par nos prénoms. Je m'appelle Karim.

Les deux agents américains se regardèrent, interloqués.

– Karim, c'est un prénom arabe ? demanda sans détour Diego Vasquez, l'agent du Homeland Security.

Sans s'offusquer, Karim sourit et répondit :

– Oui, une partie de ma famille est née en Algérie. Mais je suis bien français, décida-t-il de préciser pour rassurer ses interlocuteurs.

– Désolé de vous avoir posé la question si directement, reprit Jeffrey, mais nous sommes sur les dents. On subit une pression terrible de Washington. Si un nouvel attentat se produisait

---

Vasquez du département de la sécurité intérieure. Bienvenue à New York ! Et merci pour votre coopération. »

sur le sol américain, les conséquences pourraient être catastrophiques. Certains de nos politiciens sont prêts à entrer à nouveau en guerre si nous sommes agressés. Et vous en connaissez les répercussions.

– Oui, répondit l'agent français. Je suis intervenu en Afghanistan et en Syrie, ajouta-t-il sans donner plus de détails.

Un silence s'établit quelques instants, chacun se remémorant dans sa tête des épisodes de ces guerres auxquelles ils avaient participé. Jeffrey rompit le premier le silence.

– Vous devez mourir de faim, Karim. Diego et moi vous proposons d'aller manger un bon steak new-yorkais chez *Morton's The Steakhouse.*

– C'est parfait, je vous suis.

Karim connaissait bien cette chaîne de restaurants américaine, qu'il avait fréquentée pendant son séjour chez les Navy Seals. Sa viande préférée était le *Porterhouse.* Un de ses compagnons d'armes lui avait expliqué la différence entre un *T-Bone steak* et un *Porterhouse.* Le steak *Porterhouse* se distingue par son grand filet. Il est coupé à l'endroit où se trouve le morceau central du filet. Rien que d'y penser, il en avait l'eau à la bouche.

Le dîner avait été pantagruélique. Toutefois les trois agents étaient restés sobres, buvant exclusivement de l'eau noyée dans des glaçons comme l'affectionnent les Américains.

Après le dîner, ses deux confrères rentrèrent chez eux. Karim, du fait du décalage horaire, n'avait pas sommeil et ressentait le besoin de marcher pour digérer son délicieux *Porterhouse.*

Il est facile de se diriger à New York, les grandes avenues de Manhattan étant parallèles et numérotées. La ville était comme dans son souvenir bruissant d'activités et baignée d'une douce chaleur.

Les jets de vapeur dans les rues, ces fumerolles photogéniques et véritable expérience sensorielle qui avaient marqué les films de Scorsese, avaient considérablement diminué.

Le vénérable fournisseur d'énergie de New York Con Edison distribuait de la vapeur dans son réseau de canalisations de près de cent soixante-dix kilomètres, constellé de 3 000 bouches d'accès. Il desservait quelques 1 700 immeubles de l'Empire State Building au siège des Nations unies, de la pointe sud de Manhattan jusqu'à la 96e Rue dans le West Side jusqu'à la 89e Rue dans l'East Side.

Time Square restait un spectacle dont Karim ne se lassait pas avec ses gigantesques panneaux lumineux devenus des écrans de télévision géants. Mais ce sont surtout les saltimbanques, déguisés en super-héros qui gagnaient leur vie en se faisant photographier avec les touristes enthousiastes, qui l'amusaient. Lui aussi, lorsqu'il était jeune, était fan des super-héros.

Il se rendit compte qu'instinctivement il observait avec attention les jeunes enfants qui virevoltaient autour de leurs parents, réclamant, malgré l'heure tardive, une glace, ou voulant être photographiés avec leur super-héros préféré. Il essayait de s'imaginer comme père avec ses propres enfants, Mei Ling à ses côtés, souriante et vigilante pour les enfants.

À regret, il regagna son hôtel. Le travail continuait tôt le lendemain. Ses deux acolytes américains passaient le prendre à sept heures du matin.

La station secrète de la CIA était juste à côté et ils s'y rendirent à pied. Le poste de sécurité vérifia le passeport diplomatique de Karim et lui confectionna un badge de sécurité visiteur. Ainsi équipé, il pénétra dans l'immeuble de la CIA qui semblait grouillé d'activités. Il fut conduit dans une salle de réunion.

Avant de s'asseoir, les trois se servirent un mug de café insipide au logo de la CIA. C'est Jeffrey qui engagea la réunion.

– Alors Karim, c'est vous qui connaissez le mieux ce *bastard*[1] de Mohamed Jaish. Parlez-nous de lui.

1. « Salaud ».

– C'est un dur. Il a été embrigadé par les talibans, il avait à peine douze ans. Ils l'ont formé à confectionner et manipuler des explosifs. Alors que neuf gamins sur dix finissent en charpie, lui a survécu. Devenu adolescent, son radicalisme s'est renforcé. Il a participé à l'exécution de dizaines d'Afghans qui s'opposaient aux talibans. Lorsque l'État islamique est apparu et le califat proclamé, il a rejoint leurs rangs. Avec son expérience des explosifs, al-Baghdadi, le chef proclamé du nouveau califat, l'a pris à ses côtés. Ils allaient rester très proches. Mohamed Jaish constituera des ateliers de fabrication de bombes artisanales sur tout le territoire de l'État islamique. Comme il n'a suivi aucune éducation, mais qu'il est très intelligent, il a réussi à s'entourer de membres qualifiés, ingénieurs, électroniciens, informaticiens, pour fabriquer des engins et des armes toujours plus sophistiquées. Ils ont construit des roquettes, des IED[1]. Très vite, il s'est intéressé aux drones. D'abord avec des caméras embarquées pour les avertir de la progression des troupes de la coalition engagée contre eux. Cela leur a permis de monter des embuscades meurtrières et des pièges. Puis il a cherché à armer des drones avec des grenades ou des explosifs bricolés dessus. Il a même commencé à constituer des essaims de drones pour saturer les défenses. Même les Russes ont été surpris et ont dû revoir complètement la défense de leurs bases en Syrie. Peu de temps avant que vous n'arriviez à localiser al-Baghdadi et que vos Delta Force ne le neutralisent, Mohamed Jaish a convaincu ce dernier de réaliser une bombe sale et de la faire sauter en Europe. La France a toujours été un symbole et a mené une guerre sans merci contre le terrorisme islamique radical. J'étais présent lorsqu'on a réussi à éviter le pire au musée du Louvre[2]. Il est déterminé, incroyablement intelligent, prêt à risquer sa vie,

1. Engins explosifs improvisés.
2. Voir *SPY 002 Opération Charlie.*

mais il n'est pas suicidaire. L'autre enseignement que l'on a tiré est sur la stratégie de l'État islamique. Ils ont certes perdu tout leur territoire en Irak et en Syrie, et ils ont perdu des milliers de militants, mais ils sont toujours là. Regardez en Afrique, au Sahel et au Nigeria ou en Somalie. Même en Afghanistan, ils sont affaiblis, mais il existe encore des zones qu'ils contrôlent. Regardez chez nous, en France, il a pu s'appuyer pour sa tentative d'attentat sur des cellules dormantes de l'État islamique dont on ignorait complètement l'existence. Ils ont recruté parmi nos nationaux et cela devient extrêmement complexe à détecter.

Jeffrey et Diego opinèrent de la tête. Diego prit la parole :

– Karim, selon vous, ce sont les États-Unis qui sont visés maintenant, pourquoi ?

– Abou Omar « le Turkmène » qui a succédé à al-Baghdadi veut frapper un grand coup pour asseoir son autorité et redonner une forte impulsion au recrutement de l'État islamique. Il veut réitérer un attentat spectaculaire sur le sol américain.

L'ombre de Ben Laden et des tours jumelles du World Trade Center flottait dans la pièce.

Karim poursuivit sa démonstration.

– On a intercepté, par hasard, dans le sud de la France le transport d'un drone avec des explosifs qui proviennent du même lot que celui utilisé par Mohamed Jaish pour amorcer sa bombe sale. On a remonté la filière jusqu'à un certain Husam Waad, un Syrien, l'adjoint le plus proche de Mohamed Jaish. Extrêmement qualifié, c'est devenu un expert en drones armés. Il a été repéré en Chine où il a acheté un logiciel extrêmement sophistiqué qui permet de coordonner un essaim de plusieurs milliers de drones. Comme vous le savez, il a réussi à venir jusqu'à New York avant de disparaître.

Les deux Américains, penauds, regardaient le bout de leurs chaussures.

– On est arrivés à la conclusion que c'est chez vous qu'un attentat se prépare. On est convaincus que le mode opératoire sera par l'utilisation d'un essaim de drones avec des explosifs, mais on ignore de quel type et avec quel drone, et surtout on ignore la cible et quand. Mais si Husam Waad est arrivé, c'est que l'attentat est imminent. Il ne pourra rester caché indéfiniment sans que vous le repériez.

Ils restaient silencieux, écrasés par la responsabilité qui pesait sur leurs épaules. Le silence fut rompu par un bip émis du portable crypté de Karim.

– Excusez-moi, messieurs, un message urgent de mon service.

Pendant que Karim entreprenait la lecture d'un long message, Jeffrey et Diego se resservirent du café et discutèrent à voix basse.

Sa lecture terminée, Karim interpella les deux agents.

– *Guys*, j'ai des nouvelles, hélas pas très bonnes. Nous venons de recevoir un rapport des services coréens. Ils ont découvert que Husam Waad *alias* Khalid avait fait un court séjour en Corée avant d'aller en Chine. Ils ont enquêté. Husam Waad était accompagné par une équipe de cinq jeunes du Moyen-Orient et d'Asie qui ont suivi un stage de pilotage de drones à grande vitesse chez un des champions coréens de la discipline. Mais surtout, ils ont acheté des casques de réalité virtuelle et des télécommandes de pilotage customisées pour augmenter les performances. C'est une pièce du puzzle supplémentaire. Imaginez que tout ou partie de l'essaim de drones vole à près de cent soixante-dix kilomètres-heure pour attaquer une cible. Vous n'auriez que quelques minutes, voire quelques dizaines de secondes pour réagir et tenter de les neutraliser.

Les deux agents blêmirent.

– *My gosh !* ne put s'empêcher de dire Diego.

Les trois hommes restèrent pensifs, réfléchissant comment parer la menace.

Jeffrey, le premier, se leva.

– Il nous faut plus d'infos, dit-il. Attendez-moi, il faut que je demande une accréditation spéciale pour Karim, et il sortit de la salle de réunion.

Une demi-heure plus tard, il revint, arborant un grand sourire.

– *I got it !*

Ils quittèrent l'immeuble de la CIA pour s'engouffrer dans un véhicule officiel noir qui démarra toutes sirènes hurlantes. Dix minutes plus tard, ils s'arrêtèrent devant un étrange gratte-ciel au 33 Thomas Street à Manhattan.

En sortant de la voiture, Karim leva les yeux vers le ciel. Le gratte-ciel en pierre marron n'avait aucune fenêtre ! C'était la première fois de sa vie qu'il voyait un bâtiment en plein cœur d'une ville rigoureusement sans fenêtre.

Il suivit les deux agents spéciaux. Il fallait s'annoncer devant un interphone muni d'une caméra digitale. Leur identité ayant été approuvée, ils furent autorisés à entrer. La sécurité sembla à Karim encore plus drastique que dans l'immeuble de la CIA.

On le dépouilla de son portable crypté et il dut vider ses poches avant de passer dans un scanner corporel de dernière génération. Même une tête d'épingle ne pouvait lui échapper.

Les contrôles passés, ils pénétrèrent dans un ascenseur. Pendant la montée, Karim se risqua à une question.

– Où sommes-nous ?

Jeffrey sourit et répondit :

– Bienvenue à Titanpointe. Cet immeuble appartient à la NSA. Elle dispose d'équipements ultraperfectionnés dévelop-pés avec AT&T qui lui permettent d'écouter le monde entier. Vous êtes privilégié. Vous êtes le premier non-Américain à être autorisé à pénétrer ici, en dehors des Anglais bien sûr, mais ce sont des cousins pour nous ! Et nous allons vous montrer notre caléidoscope.

L'ascenseur s'arrêta au vingt-cinquième étage. La porte s'ouvrit et Karim découvrit une gigantesque salle en forme de rotonde. Les murs étaient couverts d'écrans numériques où défilaient des images vidéo. Une bonne cinquantaine de postes de travail parsemait la salle avec des opérateurs munis de casques d'écoute.

Un jeune homme en jean et T-shirt arborant une tête d'alien s'avança vers eux.

– *Hi Jeffrey, Hi Diego !* dit-il, puis se tournant vers Karim : Mon nom est Jason Wilfrey, je dirige cette station. On est sous pression, donc je vais aller directement au but. Nos analystes ont épluché les rapports que vous nous avez adressés. Ils ont dressé une liste de mots et phrases clés et on est passés en phase d'écoute prioritaire, téléphones et mails, au niveau mondial. Tous les messages et conversations interceptés sont d'abord analysés par l'ordinateur avec un algorithme que nous avons mis au point. Les messages qualifiés d'« inquiétants » remontent ensuite à des équipes d'analystes. Quant aux photos, elles ont été entrées dans notre caléidoscope. Toutes les caméras du pays auxquelles on a accès lui sont connectées, et un logiciel développé par nous *screen* les images à grande vitesse.

Karim était impressionné par le concentré de technologies et de moyens dont ils disposaient. Il connaissait quelques techniciens de la boîte qui auraient tout donné pour être à sa place. Cela dit, avec des moyens beaucoup plus modestes, ils avaient réussi quelques tours de force.

Jason poursuivit :

– Pour l'instant, rien de significatif n'est remonté.

– Cela ne m'étonne pas, commenta Karim, on a affaire à de vrais pros de la clandestinité. Ils jouent leur vie à chaque seconde, alors pensez bien qu'ils sont très prudents et rompus à toutes les techniques pour échapper à notre surveillance. Il y a belle lurette qu'ils évitent d'utiliser les téléphones portables et les mails. Même les messageries cryptées, ils ne les utilisent plus, car ils savent que l'on a craqué les codes. Et pour la reconnaissance faciale, ne les sous-estimez pas. Ils se sont procuré des lunettes qui réfléchissent la lumière infrarouge pour aveugler les caméras. Ils ont même appris à brouiller le décodage en s'appliquant sur le visage des couleurs et motifs aléatoires, très contrastés pour confondre les systèmes avec des zones d'ombre et de lumière. Nous-mêmes, on utilise ces techniques pour nos agents sur le terrain. Heureusement, Husam Waad n'en avait pas, sinon vous n'auriez jamais eu la confirmation qu'il avait mis le pied sur le sol américain, conclut Karim.

Jason fixa Karim, éberlué. Petit génie de l'informatique, il n'avait aucune expérience du terrain et voyait les terroristes islamistes comme des êtres primaires et rustres. Il n'imaginait pas qu'il y avait parmi eux des ingénieurs et des experts en informatique !

Chapitre 20

**États-Unis, Peekskill, comté de Westchester,
État de New York, entrepôt de l'État islamique,
dimanche 5 septembre 2021, 6h47, heure locale**

Husam Waad était réveillé depuis six heures du matin. Le temps était doux et il avait regardé le lever du soleil sur la rivière Hudson. Le paysage était magnifique et si paisible ! Il avait pensé à sa petite sœur et ses parents. Il était sûr qu'ils auraient adoré ce lieu.

Cette pensée avait ravivé sa haine pour ce monde, où malgré ces crimes avérés et les atrocités commises par le régime de Bachar el-Assad, personne n'avait réellement bougé. Pas même les Américains.

D'un pas décidé, il regagna l'entrepôt où son équipe était en train de se réveiller. Ils avaient transformé les bureaux en un dortoir improvisé avec des lits de camp.

Heureusement, les sanitaires fonctionnaient encore et ils avaient de l'eau pour faire leur toilette.

Depuis leur arrivée, ils n'étaient pas sortis, restant confinés sur le site. Leur approvisionnement était assuré par la cellule logistique qui leur apportait quotidiennement ce dont ils avaient besoin. Dans un coin de l'entrepôt, rangés sur des palettes, étaient stockés cinq mille rouleaux de papier d'aluminium et près de mille bombes de peintures bleu ciel, blanches et grises.

Pendant la semaine qui venait de s'écouler, son équipe s'entraînait au pilotage des drones sur les simulateurs achetés aux Coréens et aux Chinois. Ils ne faisaient pas voler les drones pour ne pas attirer l'attention. Il suffirait que quelques adolescents du coin passionnés de drone viennent voir ce qui se passait et ils risquaient d'être découverts.

Husam Waad de son côté vérifiait et revérifiait la programmation GPS de la cible et la séquence d'attaque. C'était un travail complexe, à la limite de ses compétences, ce dont il était lucide. Mais les Chinois avaient conçu un logiciel très ergonomique. Ils étaient conscients que le succès de leur produit dépendait aussi de sa facilité d'utilisation par les clients potentiels.

Il était temps de révéler à son équipe quelle était leur cible.

– Venez tous ! hurla Husam en tapant dans ses mains.

Il les fit s'asseoir en demi-cercle et commença par une prière à la grâce d'Allah.

– Notre cible est la centrale nucléaire d'Indian Point. Notre frère, Mohammed Atta As-Sayed, qui est au paradis est le premier à l'avoir identifiée comme cible potentielle lorsqu'il préparait et coordonnait les attentats du 11 Septembre. À bord de son Piper Cherokee, où il apprenait à piloter, il avait par hasard survolé à plusieurs reprises la centrale nucléaire d'Indian Point, qui se trouvait sur son axe de vol vers New York. Il avait été d'abord frappé par le fait qu'il n'existait aucune interdiction de survol de la centrale et qu'aucun système de protection contre une attaque aérienne n'existait. Ensuite, en regardant plus attentivement la centrale lors d'un de ses passages, il avait vu que, contrairement au réacteur lui-même, la piscine de refroidissement ne semblait protégée que par un simple bardage. Sa formation d'architecte lui fit prendre conscience que c'était une grande vulnérabilité. Lors de ses contacts avec Al-Qaida en Afghanistan, il fit part de cette découverte. Le cheikh Oussama Ben Laden avait toujours été clair, y compris dans une interview à *Time Magazine*, que l'emploi d'une arme nucléaire avec ses conséquences apocalyptiques en termes de destruction, et de nombre de victimes potentielles, faisait partie de l'arsenal utilisable par Al-Qaida. Mohammed Atta dessina alors un plan de la centrale qu'il fit parvenir avec des photos au chef d'Al-Qaida. L'ordre ne tarda pas à lui parvenir. Sur les dix avions qu'il était prévu de détourner, l'un avait la centrale d'Indian Point pour cible. Hélas, la décision de clouer tous les avions au sol et de fermer l'espace aérien des États-Unis prise par les autorités américaines empêcha l'avion qui devait s'écraser sur la centrale de décoller. Nos frères qui étaient à bord ne furent jamais identifiés et réussirent à rejoindre la Syrie. Nous allons nous attaquer, à notre tour, à cette centrale et réussir là où nos frères d'Al-Qaida ont échoué.

L'équipe de Husam Waad écoutait, exaltée, le discours de leur chef, indifférent au fait que les seize millions d'habitants dans un rayon de quatre-vingts kilomètres, y compris ceux de New York, avaient échappé à un holocauste nucléaire.

Le choix de la centrale nucléaire comme cible avait été soigneusement étudié au plus haut niveau de la direction de l'État islamique. Husam Waad avait été convoqué chez Abou Omar « le Turkmène » pour préparer ce nouvel attentat nucléaire.

Amir Mohammed Saïd al-Salbi al-Mawla, surnommé Abou Omar al-Turkmani, dit Abou Omar « le Turkmène », était le nouveau chef de l'État islamique, successeur d'al-Baghdadi.

Celui-ci n'était pas arabe, mais turkmène. Et il avait besoin d'une action spectaculaire pour asseoir son autorité et faire renaître le califat.

Incarcéré en 2008 dans la prison américaine de Bucca où al-Baghdadi avait lui-même été détenu quatre ans plus tôt, il avait gardé une haine profonde des Américains, bien décidé à leur faire payer les humiliations et les souffrances qu'il avait subies.

Lorsque le califat fut proclamé à Mossoul en 2014 par al-Baghdadi, Abou Omar retourna à la ville irakienne de Tafar, à soixante-dix kilomètres à l'ouest de Mossoul, ville où il était né. Il vida la ville de sa population chiite et la remplit de « volontaires » étrangers. Les ateliers d'explosifs proliférèrent et il planifia de sanglants attentats.

Il jouait un rôle majeur dans la campagne djihadiste de liquidation de la minorité yézidie, par les massacres, l'expulsion et l'esclavage sexuel. Pas étonnant qu'il rejoignit le premier cercle de dirigeants de l'État islamique jusqu'à en devenir le nouveau chef après la mort d'al-Baghdadi.

Avec méthode, il commença à reconstituer les réseaux clandestins de l'État islamique, dans le cadre d'une stratégie de longue haleine, pour, le moment venu, dépasser le stade d'une guérilla de basse intensité pour revenir à un affrontement de haute intensité.

Expert du terrorisme de masse, Abou Omar « le Turkmène » n'en voulait pas à Mohamed Jaish d'avoir échoué dans son attentat en France, entrepris par son prédécesseur. Il avait un nouveau projet d'attentat majeur et il avait besoin de lui.

Il devait affaiblir son plus puissant ennemi, les États-Unis qui avaient mis à prix sa tête pour cinq millions de dollars, la même récompense offerte pour Ben Laden avant les attentats du 11 Septembre.

Assis devant un plateau chargé de fruits, de biscuits et de thé, Abou Omar écoutait Husam Waad décrire à Mohamed Jaish le plan conçu par Abou Omar « le Turkmène ». Au fur et à mesure des explications, Mohamed Jaish comprit que ce plan dépassait de loin celui qu'il avait tenté de mener en France.

Et pourtant, ses chances de réussite lui semblaient nettement supérieures !

Husam Waad avait étudié l'évolution de la centrale. Malgré les quatre-vingt-trois attaques perpétrées contre des centrales nucléaires au cours des soixante dernières années, aucune mesure de protection supplémentaire n'avait été prise à Indian Point.

Il est vrai que l'opérateur de la centrale, le groupe Entergy, perdait de l'argent dans l'exploitation de cette centrale depuis des années. Cela n'incite pas à faire des investissements dans la sécurité, jugés « non productifs ».

Si on rajoute l'efficacité du lobby nucléaire, le Nuclear Lobby Institute, avec le conflit d'intérêts existant au sein même de l'autorité de sûreté nucléaire américaine, chargé en même temps d'édicter les règles de sécurité des installations nucléaires avec son rôle de promotion de l'industrie nucléaire, on comprend facilement que les investissements de sécurité ne faisaient pas partie des priorités.

Husam Waad avait découvert que la centrale, qui était en fin de vie, devait être définitivement arrêtée en 2025, sa fermeture anticipée avait été décidée pour de vagues considérations écologiques, en vérité bien financières – Entergy ayant vendu la centrale au groupe Holtec International qui voulait commencer le démantèlement de la centrale au plus tôt.

C'est finalement en mai 2021 que le dernier des trois réacteurs avait été définitivement arrêté. Cela représentait pour l'État islamique une occasion inespérée.

L'arrêt du réacteur avait conduit à ce que plusieurs systèmes de sécurité soient déconnectés par mesure d'économie ce qui facilitait un attentat.

Mais surtout, elle avait été vidée de son combustible irradié, mis dans l'unique piscine du site, qui était pleine à ras bord du dangereux matériau fissile. S'ils réussissaient à déclencher un incendie dans la piscine cela provoquerait un feu nucléaire aux conséquences dévastatrices.

La centrale, bien qu'arrêtée, présentait en fait un danger encore plus grand !

Husam avait fini d'informer son équipe de ce qu'ils devaient savoir. Ils se levèrent et retournèrent s'entraîner à leurs simulateurs.

De son côté, Husam Waad vérifia une nouvelle fois les coordonnées GPS. Satisfait, il regarda le calendrier affiché sur le mur. La livraison du container contenant les drones turcs était prévue pour le lendemain.

Chapitre 21

États-Unis, Las Vegas McCarran Airport, Nevada,
Gold Coast Terminal,
lundi 6 septembre 2021, 9 h 50, heure locale

Cela semblait surréaliste à Karim. Il se trouvait dans l'aéroport de Las Vegas, capitale mondiale du jeu, mais bien dans un terminal militaire ultrasécurisé. Par la baie vitrée, il contemplait un Boeing à la livrée blanc et rouge d'une compagnie rigoureusement inconnue du public nommée Janet.

La semaine s'était écoulée de manière pesante à New York. La Maison Blanche était complètement paniquée par la crainte d'un nouveau 11 Septembre. Le nouveau conseiller national à la sécurité exigeait un rapport toutes les heures. Mais c'était le black-out complet.

Le soir, seul dans sa chambre, Karim échangeait des messages avec Mei Ling sur le portable prépayé qu'il avait acheté discrètement dans une boutique pour touristes de la 42e Rue. Elle allait bien et le bébé aussi. Elle commençait à ronger son frein, impatiente de retourner à Beijing et de reprendre son travail. Mei Ling ne cessait aussi de lui répéter qu'il lui manquait.

Hélas, son métier allait le tenir encore éloigné d'elle pour de nombreuses semaines au moins.

Le lendemain, la routine reprenait. Des milliers d'informations étaient vérifiées, des centaines de perquisitions réalisées, tous les informateurs du FBI et de la CIA étaient pressurés pour obtenir des pistes.

Les ordinateurs de la NSA étaient en surchauffe. Certains opérateurs devant le caléidoscope n'avaient pas résisté aux journées entières passées devant leur écran vidéo scrutant les moindres détails.

L'État islamique avait atteint un degré de professionnalisme dans la clandestinité qui était glaçant. Ils mettaient en échec les technologies les plus sophistiquées du monde.

La veille, dans la dernière vidéoconférence avec le conseiller national à la sécurité, le constat d'échec était patent. Ils étaient certains que la cellule terroriste chargée de mener l'attentat avait pris pied aux États-Unis, mais demeurait introuvable.

Et surtout, la cible restait totalement inconnue. Le seul élément acquis était le mode opératoire. Ils allaient utiliser un essaim de drones, peut-être à très grande vitesse, et les armer.

Puisque la neutralisation de la cellule terroriste restait, à ce stade, hypothétique, le conseiller national à la sécurité ordonna tout du moins de préparer les moyens de défense et de neutralisation des drones.

Les principaux gouvernements de la planète, y compris français, avaient donné leur accord pour mettre en commun les technologies et les matériels dont ils disposaient pour neutraliser des attaques en essaim de drones suicide.

Tard le soir, alors que Karim dégustait, avec Jeffrey et Diego, chez *Peter Luger Steak House* sur Broadway, un quartier entier de *spare ribs* de bœuf fondant, enrobé d'une délicieuse sauce barbecue et accompagné de frites croustillantes, ils reçurent un message urgent. Ils devaient prendre un vol pour Las Vegas à la première heure le lendemain. Des instructions leur seraient communiquées à l'aéroport. Tous trois se regardèrent, se demandant si leurs chefs étaient devenus fous.

L'annonce de leur vol par les haut-parleurs du terminal ramena Karim à la réalité. Il se retourna vers Jeffrey et Diego et les interrogea :

– Sérieux, les gars ! Il serait peut-être temps de me dire où on va et ce qu'on va faire !

Une file commençait à se former devant la porte d'embarquement. Il y avait environ la moitié de civils et l'autre moitié était composée d'aviateurs et militaires de l'armée de terre.

C'est Jeffrey qui répondit à voix basse tandis qu'ils avaient rejoint la file :

– Nous allons zone 51.

Karim le regarda, se demandant s'il se moquait de lui.

– Tu plaisantes ! Tu me fais marcher !

– Non, c'est tout à fait sérieux. C'est la principale base où l'on teste nos prototypes ultrasecrets. Très peu d'étrangers ont été autorisés à s'y rendre. Ton laissez-passer est signé par le président Biden en personne ! Et non, tu ne verras pas de soucoupes volantes ou de cadavres d'extraterrestres, rajouta-t-il en riant.

– Et pourquoi va-t-on là-bas ?

– Au Pentagone, ils ont analysé la menace d'attaque par drones en essaim dont certains, voire tous, pourraient atteindre des vitesses supérieures à cent soixante-dix kilomètres-heure. Sur un essaim composé de plus de trois mille drones, nos systèmes actuels seraient inopérants. C'est au-delà des capacités humaines. Ils en étaient déjà conscients et ils avaient déjà donné plusieurs budgets à la Darpa pour développer de nouveaux systèmes d'interception pilotés par l'intelligence artificielle. Les prototypes sont en cours de test sur la zone 51. On doit donner notre avis dessus et imaginer un mode opératoire efficace lorsque l'on pourra les déployer dès que l'on aura identifié la cible.

Avec sa formation d'ingénieur à l'École polytechnique, Karim était conscient que dans bien des domaines, la réalité avait dépassé la fiction. Là, il était en plein dedans. D'ailleurs il avait participé à plusieurs briefings au sein de la DGSE qui suivait avec attention les nouvelles technologies développées par les start-up. Il patienta jusqu'à l'atterrissage pour poser les questions qui se bousculaient dans sa tête, bien que tous les passagers et l'équipage fussent astreints au secret-défense.

Le Nellis Range Complex, dans lequel se trouvait le Tonopah Test Range, le vrai nom de la zone 51, avait été créé à l'origine pour effectuer les premiers tests de la première bombe atomique.

Depuis, la base n'avait cessé de s'étendre, devenant immense et accueillant tous les projets les plus secrets de l'armée américaine comme le SR-72, le successeur du célèbre SR-71 Blackbird, à l'époque l'avion le plus rapide du monde. Selon certaines sources, le nouvel appareil serait capable de voler à une vitesse hypersonique de plus de Mach 5, c'est-à-dire environ sept mille quatre cents kilomètres-heure.

Karim se demandait dans lequel des hangars devant lesquels il passait se cachait le mystérieux appareil.

Dans le Humvee, qui était venu les chercher au terminal d'arrivée, Jeffrey commenta :

– Nous nous dirigeons vers le nord de la base où se trouvaient les Groom Lake and Tonopah Test Range/Sandia Labs. Le projet développé par la Darpa prévoit d'équiper des microdrones avec un système de pilotage autonome géré par une intelligence artificielle, capable de les coordonner entre eux pour voler en formation, mais être aussi capable de s'adapter instantanément aux circonstances. Ainsi, si l'un des microdrones est abattu ou simplement dysfonctionne, l'intelligence artificielle va reconfigurer automatiquement l'essaim et redistribuer la tâche prévue pour le microdrone à ceux restants. Le mode opératoire retenu jusqu'à présent est une flotte de cent vingt microdrones autonomes, largués par trois avions de combat F-35. Lorsque nous arriverons sur le site, les ingénieurs vont débuter une nouvelle phase de tests dans laquelle sera combiné un système de surveillance avec des satellites à basse orbite. L'objectif était de réduire considérablement le temps nécessaire pour identifier, traquer et détruire les menaces aériennes. La précision apportée par ces intelligences artificielles connectées aux satellites devrait, selon les ingénieurs de la Darpa, osciller entre quatre-vingt-dix-huit et quatre-vingt-dix-neuf pour cent.

Karim dans son for intérieur se demandait si toute cette technologie futuriste serait suffisante pour déjouer les plans de Mohamed Jaish. Il avait appris à ne pas sous-estimer ses adversaires.

L'État islamique comptait dans ses rangs des ingénieurs et des informaticiens formés par les meilleures universités américaines et européennes, capables de beaucoup de créativité pour compenser les faibles moyens dont ils disposaient.

Aussi, Karim se dit qu'il allait devoir rester très pragmatique dans son évaluation des systèmes qu'il allait voir opérer.

Chapitre 22

Mexique, Mexico City,
zona Rosa, *The Foxy's Bar*,
mardi 7 septembre 2021, 23 h 46, heure locale

The Foxy's Bar, situé dans le quartier de zona Rosa à Mexico City, bordé au nord par le Paseo de la Reforma et au sud par l'avenue Chapultepec, était bondé malgré le fait qu'on était en début de semaine. Il faut dire que ce célèbre bar à strip-tease avec ses *tables dance* attirait une foule d'amateurs, mexicains ou étrangers.

Étrangement, le carré VIP était presque vide, à peine une vingtaine de personnes. Un homme était au centre de toutes les attentions. Il était entouré de dix gardes du corps à la musculature impressionnante, qui arrivaient difficilement à dissimuler sous leurs blousons leur FN P90, un pistolet-mitrailleur compact avec un chargeur de cinquante cartouches. Ils disposaient d'une puissance de feu extraordinaire capable de provoquer un véritable massacre.

L'homme s'appelait Nemesio Oseguera Cervantes, plus communément appelé El Mencho, le chef du cartel de Jalisco, le plus brutal de tous les cartels. Ce narcotrafiquant était le criminel le plus recherché du Mexique et l'un des plus recherchés aux États-Unis.

Il ne semblait pas tellement s'en soucier. Entouré de quatre jeunes femmes entièrement nues qui prenaient des poses toutes plus obscènes les unes que les autres, il avait décidé de fêter la plus grosse affaire qu'il ait jamais réalisée.

Le container de vingt tonnes d'opium brut avait été débarqué sans encombre, les douaniers de service ayant reçu un pot-de-vin, pour fermer leurs yeux, qui leur permettait de faire vivre leur famille pour le reste de leurs jours. Ils savaient aussi que s'ils disaient quoi que ce soit, leur famille et eux n'auraient plus que quelques heures à vivre.

Une fois mis en lieu sûr, le container était vidé et l'opium conduit discrètement dans les laboratoires du cartel pour alimenter le marché américain en héroïne pure. Avec une telle quantité de cette substance, El Mencho estimait sa future fortune à près de quatre milliards de dollars.

Alors, ce soir-là, il était décidé à faire la fête et le champagne Cristal Roederer en magnum à mille dollars la bouteille coulait à flots. À ses côtés se tenaient ses plus proches adjoints qui participaient eux aussi à la fête, désignant du doigt des filles en dehors du carré VIP pour qu'elles les rejoignent dans ce qui s'apparentait de plus en plus à une orgie.

Rodriguez Ortiz s'était extrait de dessous deux jeunes Mexicaines ivres mortes affalées nues sur lui.

– Je vais aux chiottes, hurla-t-il à El Mencho pour se faire entendre dans le vacarme assourdissant de la musique.

Ce dernier, occupé à boire du champagne qui coulait sur le pubis ouvert d'une jeune Américaine allongée impudiquement sur une table, fit à peine attention à son adjoint.

Rodriguez Ortiz sortit du carré VIP en titubant, comme s'il était ivre, sous le regard goguenard des gardes du corps. Il se dirigea vers les toilettes hommes. Les urinoirs étaient tous occupés, mais les cabines étaient presque toutes libres. Au grand soulagement de Rodriguez, la troisième cabine en partant de l'entrée l'était.

Il s'enferma dedans et souleva le couvercle du réservoir. Il retira une pochette étanche dans laquelle se trouvait un téléphone portable prépayé. Il le sortit de sa pochette et envoya un long message sur le numéro préenregistré. Il s'assura que le message était bien parti et il remit le téléphone dans la pochette, puis le tout dans le réservoir.

Il prêta l'oreille et, par sécurité, actionna la chasse d'eau. En ouvrant la porte, il fit mine de réajuster son pantalon. Mais personne ne fit attention à lui. Il repartit pour le carré VIP.

Rodriguez Ortiz était un agent infiltré de la DEA[1]. Il était fils d'émigrés mexicains ; ses parents avaient travaillé dur pour obtenir la nationalité américaine. Il avait pu suivre des études à l'université. Mais un drame était survenu dans sa famille. Son jeune frère était tombé dans la drogue et s'était laissé entraîner dans un gang.

Malgré ses efforts et ceux de ses parents, ils ne parvinrent pas à le sortir de la spirale infernale. Son jeune frère décéda le jour de ses vingt ans, tué dans une rixe entre bandes rivales de narcotrafiquants. Rodriguez décida de rentrer à l'Académie de police où il fut vite repéré par des agents de recrutement de la DEA.

Alors qu'il fut titularisé, ils lui proposèrent d'emblée une mission d'infiltration à haut risque : infiltrer le cartel de Jalisco. À la dernière tentative, la couverture de l'agent qui l'avait précédé avait été compromise à la suite d'une communication insuffisamment sécurisée. Le malheureux termina découpé vivant à la tronçonneuse, dans la plus pure tradition des narcotrafiquants.

Ses morceaux mis sous vide furent envoyés par la Poste au siège de la DEA : avertissement sans frais.

Cela ne découragea pas Rodriguez. C'était un gang affilié au cartel de Jalisco qui était responsable de la mort de son jeune frère. Après une année complète de préparation intensive, il partit pour Mexico. Il commença en bas de l'échelle, bénéficiant

1. Drug Enforcement Administration.

d'informations de la DEA et des *Federales* mexicains pour monter rapidement dans la hiérarchie du cartel.

Deux ans après, il était devenu un des adjoints d'El Mencho. Mais il restait d'une extrême prudence. Il ne s'autorisait des communications que très rarement, restant parfois des semaines sans donner de ses nouvelles. Il n'avait rien sur lui qui puisse le trahir. Au fur et à mesure qu'il progressait dans l'organisation du cartel, il identifiait peu à peu les lieux fréquentés habituellement par ses membres.

La DEA déposait dans des caches convenues à l'avance des téléphones portables prépayés avec un numéro ne servant qu'une fois, où il pouvait envoyer des messages. Si une réponse était attendue, il devait attendre la prochaine communication, car le téléphone contiendrait déjà le message de réponse.

En regagnant le carré VIP, Rodriguez était content. Il venait de prévenir la DEA de l'arrivée du container d'opium en provenance d'Afghanistan et du lieu où il était entreposé. Dans quelques heures, El Mencho verrait ses rêves de fortune s'évanouir en fumée.

Mais Rodriguez avait aussi transmis l'information sur un second container chargé de miniroquettes pour drones. Ignorant ce qui se tramait, il avait suivi le protocole et, s'agissant d'armes, il avait demandé que l'information soit transmise à l'ATF[1]. Il prévenait que le container devait être transporté clandestinement aux États-Unis, mais il ignorait par quel itinéraire. Le cartel disposait de multiples filières.

Un détail supplémentaire l'avait frappé : El Mencho avait hébergé un homme de type moyen-oriental chez lui, fait tout à fait unique. Intrigué, Rodriguez avait essayé discrètement d'en connaître la raison. Il avait compris qu'il était le vendeur de l'opium et qu'il était venu recevoir le prix demandé.

1. Bureau of Alcohol, Tobacco, Firearms and Explosives.

Mais au grand étonnement de Rodriguez, il n'entendait pas parler d'une somme d'argent qui aurait dû être colossale compte tenu de la taille du chargement. Or il n'y avait rien : ni virement bancaire ni cash. Et puis les deux containers arrivèrent chez El Mencho. Il était présent pour leur ouverture, tout comme le « vendeur ». Rodriguez, un peu en retrait, observait avec attention.

Le premier container contenait l'opium. Un chimiste du cartel vint en contrôler la qualité. Il confirma que c'était une qualité de premier choix. El Mencho exultait. Il prit le vendeur dans ses bras avec une chaleureuse accolade typique des Sud-Américains. Mohamed Jaish eut un petit mouvement de recul, mais finalement se laissa faire.

Puis ce fut au tour du second container d'être ouvert. Il était rempli de réfrigérateurs de type américain. Intrigué, El Mencho ordonna l'ouverture de l'un d'eux. Il éclata de rire en découvrant le contenu du réfrigérateur. Il vit les miniroquettes pour drone. Il en prit une dans sa main. Il demanda au vendeur de lui expliquer ce que c'était.

Rodriguez s'approcha pour mieux entendre. Il écouta les explications du vendeur. Mais ce dernier se garda bien d'expliquer ce qu'il comptait en faire. Il parla seulement d'un banal trafic d'armes. Le vendeur demanda à partir le soir même. Tout à son euphorie, El Mencho donna son accord. Il lui annonça qu'en témoignage de sa satisfaction, il faisait rajouter dans le container un lot d'armes automatiques dont, il était sûr, le vendeur saurait tirer profit. Il devait le considérer comme un bonus.

Cette information parvint à l'ATF, comme demandé. Mais contrairement à l'époque de l'attentat du 11 Septembre, la communauté des dix-sept agences de renseignements travaillait aujourd'hui de manière coordonnée. L'information fit donc le tour des agences, quasi instantanément, déclenchant un tsunami de panique.

Chapitre 23

États-Unis, Nevada, Tonopah Test Range,
mercredi 8 septembre 2021, 13 h 45, heure locale

Karim terminait, non sans mal, avec les équipes du laboratoire et de l'industriel, de définir un protocole opérationnel pour contrer une attaque massive de drones en essaim.

Mais pour abattre un essaim de quatre mille drones, avec un taux de réussite de quatre-vingt-dix-neuf pour cent, les ressources nécessaires étaient considérables.

Il ne fallait pas moins de trente avions de combat F-35 chargés de trente microdrones chacun pour atteindre, selon les simulations, ce taux de quatre-vingt-dix-neuf pour cent. Mais le problème, c'est que cela laissait encore quarante drones susceptibles d'atteindre leur cible.

Il n'était pas possible d'affecter plus de F-35, les capacités de calcul de l'intelligence artificielle étant déjà à leurs limites. Elle ne pourrait gérer plus de microdrones. Karim, pragmatique, avait proposé de rajouter des équipes de tireurs d'élite postées autour de la cible lorsqu'elle serait identifiée.

Jeffrey eut un instant d'hésitation. Mais devant l'ampleur de la menace, il jugea préférable d'informer Karim d'un autre projet secret développé sur le site.

– Tu as raison, Karim, les tireurs d'élite sont une bonne option pour détruire quelques drones isolés. Mais pour quarante drones, le risque qu'ils en manquent plusieurs est élevé. Nous avons un autre projet dont le développement est terminé et la mise en service prévue d'ici quelques mois. Il s'agit d'un *Directed Energy Maneuver Short-Range Air Defense* (DE M-SHORAD). C'est une arme laser haute puissance intégrée sur un véhicule blindé 8×8 Striker. Ces blindés sont équipés d'un phaser HPWS – *High Power Microwave System* – qui est conçu spécifiquement pour la neutralisation d'essaims de drones par la génération d'un faisceau d'énergie électromagnétique large en arc-en-ciel. Nous disposons de six de ces engins qui sont aérotransportables.

Karim était bluffé par le niveau technologique des Américains. On nageait en pleine science-fiction et pourtant, c'était bien réel !

Le téléphone de Jeffrey bipa, un nouveau message était arrivé. Il le consulta aussitôt et son visage se renfrogna. Il fit part à Karim du contenu du message : c'était l'info obtenue par l'agent infiltré de la DEA.

Karim réagit aussitôt.

– Nous avons reçu un mémo de nos services de renseignements militaires au sujet de ces microroquettes. Elles ont une puissance de destruction considérable. Elles sont fabriquées en Turquie. Si je me souviens bien, elles ont été conçues pour équiper un drone de nouvelle génération également fabriqué par une entreprise turque. Laissez-moi appeler mon siège, je vais me le faire confirmer.

Un bureau avec un téléphone crypté fut mis à sa disposition. Il appela le colonel Manjour et lui expliqua les dernières informations reçues. Il demanda de vérifier auprès du renseignement militaire si son hypothèse était la bonne.

Vingt minutes plus tard, la ligne sonna. Le colonel Manjour était au téléphone. Il donna à Karim les données techniques concernant le nouveau drone. Karim notait soigneusement les données sur un bloc en papier de couleur jaune avec des lignes, communément répandu dans les bureaux américains.

Il raccrocha et rejoignit Jeffrey et l'équipe du laboratoire. Ces données techniques étaient précieuses pour mieux contrer l'essaim de drones turcs en connaissant ainsi leur capacité d'évolution et de coordination.

Restait maintenant à identifier la cible. Karim informa Jeffrey que la DGSE tentait de savoir où les drones avaient été expédiés par l'entreprise turque. Il était certain que ces appareils ne pouvaient traverser seuls l'Atlantique. Ils avaient donc été expédiés soit par avion, soit par bateau.

Jeffrey, de son côté, confirma que la NSA avait intégré cette nouvelle information dans son algorithme de recherche. Parviendraient-ils à localiser les drones à temps ? Rien n'était moins sûr !

Chapitre 24

États-Unis, Peekskill, comté de Westchester, État de New York, entrepôt de l'État islamique, vendredi 10 septembre 2021, 19 h 50, heure locale

Husam Waad essuya la sueur de son front. Le container de drones était arrivé la veille. Sa jeune équipe et lui avaient entrepris de les décharger et de les programmer pour leur mission. La vision des quatre mille drones posés sur le sol de l'entrepôt grand comme un terrain de football était dantesque.

Selon ses calculs, Mohamed Jaish devait arriver dans les quarante-huit heures. Pour des raisons de sécurité, il avait été prévu de ne pas communiquer pour ne pas se faire repérer par les puissants systèmes d'écoute américains.

Husam Waad donna ses instructions pour le lendemain. Il prit un rouleau de papier d'aluminium et leur montra comment le mettre autour du drone. L'aluminium perturberait les systèmes de détection des Américains.

Puis il prit une bombe de peinture de chaque couleur et peignit sur l'aluminium un motif de type camouflage. Cela rendrait la détection visuelle des drones beaucoup plus difficile. Le camouflage choisi leur permettrait de se fondre dans le ciel.

Une fois ce travail effectué, il ne resterait plus qu'à équiper les drones des miniroquettes et ils seraient fin prêts à exécuter le plus grand attentat de l'histoire de l'humanité !

Chapitre 25

France, Paris, caserne des Tourelles, boulevard Mortier, siège de la DGSE, salle n° 2 du département informatique, vendredi 10 septembre 2021, 13 h 53, heure locale

Léo Martin, du haut de ses vingt et un ans, était un petit génie de l'informatique repéré et recruté par la DGSE. Il avait accepté leur offre, attiré par les challenges qui l'attendaient et un accès quasi sans limites à tous les matériels les plus fous et les plus chers.

Comble du bonheur pour lui, il pouvait même imaginer de nouveaux matériels, et comme par magie, la DGSE arrivait à les faire fabriquer soit dans leur propre atelier, soit en collaboration avec des industriels du secteur.

Le challenge du jour qui lui avait été assigné était de pénétrer le système informatique d'un groupe turc appelé STM. On lui avait expliqué, sans donner de détails, que la DGSE soupçonnait le groupe terroriste État islamique de projeter un attentat avec des drones suicide appelés Kargu-2 fabriqués par cette société turque.

Il devait rechercher en priorité une grosse commande de plusieurs milliers d'appareils et tenter d'en identifier l'acheteur et surtout la destination. Ce qui était loin d'être une tâche facile.

La société étant considérée comme faisant partie des industries de défense en Turquie, elle bénéficiait du soutien du ministère de la Défense pour protéger ses systèmes informatiques des cyberattaques. C'était précisément le genre de défi qu'il adorait relever !

Léo se mit à la tâche avec enthousiasme. Ses doigts semblaient flotter sur le clavier de son ordinateur doté d'un écran géant. Il était tellement absorbé par son travail qu'il ne vit même pas passer l'heure du déjeuner.

Enfin il poussa un cri de victoire qui fit se retourner ses collègues travaillant dans l'open space. Malgré les réticences d'ordre sécuritaire, la DGSE avait fini par admettre que les open spaces permettaient une plus grande efficacité, les informaticiens pouvant s'aider les uns les autres à surmonter des difficultés.

Léo avait réussi, sans se faire repérer, à entrer dans le système d'information de l'entreprise. Il s'était fait passer pour un service de pompiers qui voulait tester le drone pour surveiller des départs de feu. Lorsqu'il reçut le devis du service commercial de la société STM, il renvoya à l'adresse e-mail du commercial une demande de précision complémentaire contenue dans un fichier joint.

En ouvrant le fichier, qui avait échappé au système antivirus de l'entreprise, par un logiciel mis au point par Léo, le commercial téléchargea sans le savoir un *malware* dans le système informatique de l'entreprise.

Léo avait maintenant accès à toutes les données de l'entreprise. Il commença par consulter l'historique de la gestion de production assistée par ordinateur. Il ne tarda pas à repérer une grosse commande de quatre mille drones, pour laquelle la mention URGENT avait été mise, et dont la production était achevée.

Il releva le nom de l'acheteur, une société dénommée Bosphore International Import-Export, basée à Istanbul.

Puis il rechercha si cette commande avait été expédiée. Bingo ! se dit-il dans sa tête. Trop facile ! La commande avait été expédiée dans un container à destination d'un entrepôt sur le port d'Istanbul appartenant à la société qui l'avait passée.

Léo appela son chef de poste.

– Guillaume, c'est Léo. Ça y est, j'ai passé les pare-feux et j'ai pu entrer dans leur système d'information. J'ai trouvé le nom de l'acheteur de ce lot de quatre mille drones, c'est la société dénommée Bosphore International Import-Export.

Léo poursuivit et fit un compte rendu détaillé de ses recherches.

– Bravo Léo, répondit Guillaume, c'est du beau boulot. Mais continue de creuser encore plus loin. Il faut chercher ce que la société d'import-export a fait du container et surtout où elle l'a expédié.

Léo repartit dans les entrailles d'Internet pour entrer dans le système informatique de la société Bosphore International Import-Export.

Pendant ce temps, le chef de poste communiqua aux analystes le nom de la société. Ils ne tardèrent pas à la relier à un trafiquant d'armes connu et ayant des liens amicaux avec le président Erdogan, un dénommé Erkan Sahin.

Pour les analystes, le puzzle commençait à prendre forme. Mais il manquait la pièce principale : la cible ! Une attaque d'un essaim de drones armés pouvait virtuellement concerner toutes les cibles d'importance des États-Unis et elles étaient nombreuses.

Depuis la Maison Blanche, en passant par le Capitole ou le Pentagone, la statue de la Liberté à New York ou Wall Street, sans oublier les centrales nucléaires, les objectifs ne manquaient pas. Il n'était pas possible de tous les protéger. Il fallait trouver le bon !

Chapitre 26

États-Unis, Peekskill, comté de Westchester, État de New York, entrepôt de l'État islamique, dimanche 12 septembre 2021, 14 h 10, heure locale

Husam Waad, debout dans l'entrepôt, surveillait le travail de sa jeune équipe en train d'entourer les drones de feuilles d'aluminium et de peindre un camouflage dessus à la bombe. Toujours aux aguets, il entendit au loin le bruit d'un camion sur la route reliant l'entrepôt à l'US Route 9 permettant de relier New York à Peekskill.

Il sortit de l'entrepôt pour observer. Dans un nuage de poussière, il vit se rapprocher le museau bardé d'accessoires en chrome d'un énorme camion américain de couleur bleu métallisé. Il apercevait, accrochée derrière, une remorque avec un container au logo d'une compagnie maritime chinoise.

C'était Mohamed Jaish, il avait réussi à passer ! Husam Waad vivait dans l'angoisse de voir le FBI débarquer en force. Mais, de toute façon, ils n'auraient rien pu faire pour s'y opposer. Ils ne disposaient ni d'armes ni d'explosifs.

Certes, ils auraient pu demander à la cellule logistique de s'en procurer. Mais le risque de se faire repérer aurait été trop grand.

L'énorme camion s'arrêta dans un crissement de freins et le souffle des systèmes pneumatiques. Mohamed Jaish jaillit de la cabine, souriant, et se précipita dans les bras de Husam Waad.

– Mohamed, mon frère, Allah est grand. Tu as réussi !

– Bien sûr, mon frère, Allah est le plus grand. Grâce à lui nous vaincrons.

Les cheveux et la barbe de Mohamed Jaish avaient repoussé, mais restaient encore relativement courts. Le chauffeur mexicain du cartel de Jalisco était descendu à son tour et attendait les instructions. Il avait hâte de repartir. Un autre chargement l'attendait et chaque transport lui rapportait dix mille dollars. Alors il n'avait pas de temps à perdre !

La jeune équipe accourut et salua respectueusement Mohamed Jaish. Puis ils allèrent chercher les deux chariots élévateurs présents dans l'entrepôt et s'attelèrent à décharger le container. Ils en avaient jusqu'à la nuit.

Pendant ce temps, Husam Waad proposa à Mohamed Jaish et au chauffeur de se restaurer. Un des jeunes, avec un talent de cuisinier, avait préparé un ragoût de bœuf avec du riz. Mohamed Jaish avala goulûment son repas en regardant avec satisfaction l'impressionnante armada de drones posée sur le sol.

Pendant que le chauffeur avalait dans un coin son repas, se plaignant qu'il n'y avait pas de bières pour boire, Husam demanda discrètement à l'oreille du terroriste :

– Le chauffeur voit tous nos drones. N'y a-t-il pas un risque qu'il parle ?

La bouche pleine, il lui répondit :

– Pas d'inquiétude, il fait partie du cartel de Jalisco. Ces types sont muets comme des tombes. S'ils parlent, le cartel leur coupe la langue et massacre leur famille. Crois-moi, il n'y a rien à craindre.

Rassuré, Husam laissa son chef terminer son repas. Mohamed Jaish, tout en mangeant, regardait les drones alignés dans le hangar. Le camouflage impressionnant leur donnait vraiment l'air d'une flotte de combat, celle de l'État islamique, pensa-t-il avec fierté. Dès le lendemain, ils armeraient les drones avec les miniroquettes. Le but était proche !

Chapitre 27

**États-Unis, New York, 415 East 71st Street,
station secrète de la CIA,
lundi 13 septembre 2021, 8 h 20, heure locale**

Karim, Jeffrey et Diego étaient de retour à la station secrète de la CIA à New York. Compte tenu de l'urgence, un Learjet de la CIA était venu spécialement les chercher sur la base de Nellis pour les ramener directement à New York.

Dans tous les États-Unis, c'était le branle-bas de combat. Tous les avions de combat de l'US Air Force F-35 présents sur le sol américain avaient été affectés en priorité à une potentielle intervention contre l'attaque prévue de drones.

Les pilotes révisaient le protocole opérationnel tandis que les mécaniciens chargeaient les microdrones dans les avions et installaient l'intelligence artificielle dans le puissant ordinateur de bord de chaque appareil.

Les planificateurs avaient regroupé les appareils sur des bases, qui leur permettaient d'intervenir sur tout le territoire dans les quinze minutes. Heureusement, l'US Air Force avait déjà été livrée de plus de cinq cents F-35, ce qui était juste suffisant.

Quant aux blindés 8×8 Striker équipés de laser et de phaser, leur affectation était complexe du fait qu'ils n'en disposaient que de six exemplaires. Il fut décidé d'en positionner deux à Washington, deux à New York et deux à Los Angeles.

Des hélicoptères CH-47 Chinook, ces énormes engins d'assaut à double rotor, étaient prêts à les déposer au plus près de la zone d'intervention.

Les groupes d'intervention du FBI, du Homeland Security Department et les SWAT[1] de la police de chaque État américain étaient en état d'alerte maximum.

Dans la salle de réunion, sur l'écran géant, le dispositif était affiché en temps réel. La tension était palpable dans la pièce. Plus le temps passait, plus l'attentat était imminent.

La protection des centrales nucléaires demeurait un casse-tête absolu. Impossible de protéger les soixante-cinq centrales nucléaires en service. Elles étaient toutes en alerte attentat. Les industriels faisaient semblant de croire que les enceintes de confinement pouvaient aisément résister à une attaque de drones.

Les experts nucléaires avaient recommandé de mobiliser les forces de pompiers avec leurs unités spécialisées et de les associer aux unités NRBC (nucléaires, radiologiques, bactériologiques et chimiques) de l'armée.

Le conseiller national à la Sécurité ne décolérait pas. Il ne comprenait pas comment une poignée de terroristes pouvait échapper à la plus grande communauté de renseignements du monde. Les dix-sept agences américaines n'employaient pas moins de cent mille agents.

Avec diplomatie, le nouveau directeur de la CIA, William Burns, rappela que tous les satellites et systèmes d'écoute les plus sophistiqués sont impuissants contre une poignée de

1. Special Weapons and Tactics.

terroristes déterminés, rompus aux techniques de clandestinité. Rappelez-vous Ben Laden, avait-il rajouté, il nous a échappé pendant plus de dix ans.

Seul le renseignement humain peut obtenir des résultats. Mais infiltrer ces petits groupes est presque impossible. Ils se connaissent depuis des années et un nouveau venu serait tout de suite suspecté.

L'écran s'animait régulièrement comme dans un jeu vidéo. Mais on n'était pas dans un jeu vidéo, on était dans le monde réel où la vie de millions de personnes était en jeu…

Chapitre 28

France, Paris, caserne des Tourelles, boulevard Mortier, siège de la DGSE, salle n° 2 du département informatique, mardi 14 septembre 2021, 15 h 33, heure locale

Léo Martin avait les yeux qui clignaient de fatigue. Il n'était pas rentré chez lui dormir. Il n'avait pas quitté son poste de travail. Vers quatre heures du matin, épuisé, il s'était écroulé sur son clavier sans s'en rendre compte.

Ce fut sa collègue Sophie qui, en arrivant pour prendre son poste le matin, l'avait trouvé dormant à poings fermés. Elle lui avait doucement secoué l'épaule pour le réveiller. Léo se sentait honteux. Lui qui voulait jouer les super-héros pour sauver le monde, il s'était endormi comme un vulgaire bébé.

Il se remit au travail avec d'autant plus d'ardeur que ce satané pare-feu continuait à lui résister. Mais là, il sentait qu'il était proche de réussir. Il ne se trompait pas. Quelques minutes plus tard, le pare-feu victorieusement franchi, il accédait aux fichiers de l'entreprise Bosphore International Import-Export.

Il trouva alors rapidement la trace de la réception à l'entrepôt et se plongea dans les bordereaux d'expédition.

Léo avala une canette de Red Bull pour se redonner de l'énergie et continua à fouiller les fichiers. Il regarda les expéditions de la société sur les quatre dernières semaines. Un seul container avait été expédié aux États-Unis. Selon le manifeste de transport, il était destiné à une société de fabrication de mâts d'éoliennes basée à Peekskill dans le comté de Westchester, dans l'État de New York.

Léo avala une nouvelle gorgée de Red Bull, songeur. Il décida de poursuivre ses investigations. Le porte-containers appartenait à un armateur turc, Erkan Sahin. Léo se précipita dans le bureau de Guillaume, son chef.

– Guillaume, j'ai trouvé. C'est un dénommé Erkan Sahin qui est derrière cette commande.

– Nom de Dieu ! s'exclama Guillaume en saisissant le rapport de recherche que lui tendait son jeune collaborateur. Beau travail Léo.

Il se leva précipitamment et partit, le rapport de recherche entre les mains, vers la salle de crise.

Il devenait évident qu'Erkan Sahin était au centre de ce trafic. Il était à la fois propriétaire de la société d'importation et du porte-containers. Rien de plus facile pour lui de transporter ce container aux États-Unis.

Le rapport de la DGSE sur cette découverte fut envoyé en message prioritaire à la CIA. Une copie était envoyée en parallèle sur le portable crypté de Karim.

Chapitre 29

**États-Unis, New York, 415 East 71st Street,
station secrète de la CIA,
mardi 14 septembre 2021, 9 h 47, heure locale**

Le bip du téléphone crypté de Karim retentit. Il lut le rapport émis par la DGSE. Ils avaient réussi à identifier le lieu de livraison des drones. Karim partagea tout de suite l'information avec Jeffrey et Diego.

Jeffrey saisit la télécommande et rechercha la carte de la région qui s'afficha sur l'écran géant.

– Cette ville de Peekskill vous dit quelque chose ? Y a-t-il quelque chose de particulier là-bas ? demanda Karim.

– Oui, répondit Jeffrey. La ville est située à soixante-cinq kilomètres au nord de New York. New York est donc totalement hors de portée de ces drones qui ne peuvent parcourir que cinq kilomètres, n'est-ce pas, Karim ? La seule chose dont je me souvienne, car cela m'a marqué lorsque j'étais gosse, c'est qu'une météorite était tombée sur une voiture. Cela avait fait la une de l'actualité à l'époque.

Les trois hommes restèrent silencieux, continuant à scruter la carte.

– Et ce point-là, qu'est-ce que c'est ? demanda Diego.

Jeffrey actionna la télécommande pour agrandir le point. Un encadré avec la photo d'une centrale nucléaire apparut avec, marqué en dessous : « Central nucléaire d'Indian Point ».

– Est-ce que cela peut être la cible ? demanda Karim.

– Cela m'étonnerait, la centrale est fermée, répondit Diego. Cela fait des années qu'elle était en sursis. Elle comportait trois réacteurs, le dernier a été fermé en mai, je crois.

Karim réagit aussitôt.

– Donc le combustible est encore sur place ! Pouvez-vous vérifier avec votre autorité de sûreté nucléaire ?

Jeffrey appela aussitôt. Il s'entretint pendant près d'une heure avec le directeur de cette autorité. En raccrochant, il était devenu blême.

– Tu as raison, Karim, non seulement il y a bien du combustible nucléaire dans la centrale, mais aussi que tout le combustible présent dans le dernier réacteur qui vient d'être fermé a été transféré dans la piscine de refroidissement. Le directeur m'a dit être en conflit depuis des années avec les industriels, et notamment la société qui exploitait la centrale. Autant le réacteur est protégé par l'enceinte de confinement, autant la piscine de refroidissement n'a aucune protection. Elle est recouverte d'un simple bardage. C'est pour cela que, dans le monde, la plupart des exploitants ont été forcés d'opter pour un stockage à sec pour le refroidissement dans des containers sécurisés, ce qui coûte beaucoup plus cher.

– Quel est le risque ? demanda Karim.

– Eh bien, poursuivit Jeffrey, lorsque les crayons de combustible nucléaire sont retirés du cœur du réacteur, ils continuent de dégager de la chaleur. Il faut alors les entreposer dans une piscine de désactivation dont l'eau sert à la fois à les refroidir et à constituer une barrière aux rayonnements qu'ils émettent comme un « blindage liquide ». Le niveau de la piscine doit être constamment contrôlé et sa température ne doit pas dépasser 25 °C. Faute d'apport d'eau ou si la piscine n'est plus étanche et que le niveau baisse, l'eau va commencer à bouillir puis à s'évaporer. Les crayons de combustible irradiés vont alors fondre et prendre feu, répandant leurs produits de fission directement dans l'atmosphère. Cela devient un feu nucléaire.

Le silence qui s'installa était lourd de sous-entendus.

Karim le premier réagit.

– Jeffrey, pouvez-vous faire évaluer les conséquences d'un feu nucléaire et savoir comment l'éteindre si cela est possible ? Diego, si notre hypothèse est la bonne et que cette centrale est la cible, cela veut dire qu'ils sont à moins de cinq kilomètres de la centrale. Il faut que l'on sache où, mais en étant extrêmement prudents. Il ne faut pas les alerter. S'ils paniquent, ils peuvent lancer l'attaque immédiatement et nous ne sommes pas prêts à riposter. S'ils comptent utiliser les quatre mille drones, cela doit se voir !

Jeffrey et Diego se précipitèrent sur leurs téléphones. S'ensuivirent des échanges animés.

– *Vasquez, Department of Homeland Security, I want to speak to Sheriff Doug Mac Callistair, right now ! It is a national security emergency*[1].

Jeffrey raccrocha le premier. Il annonça à Karim qu'un drone de surveillance RQ-4B Block 20/30 d'une autonomie de trente-six heures allait décoller d'ici quinze minutes et cercler la zone à haute altitude. Il avait demandé le repositionnement d'un satellite d'observation. Cela prendrait moins d'une heure.

Jeffrey reprit son téléphone et passa un nouvel appel.

Diego raccrocha à son tour.

1. « Vasquez, département de la Sécurité intérieure, je veux parler au shérif Doug Mac Callistair, immédiatement ! C'est une urgence de sécurité nationale. »

– Le shérif m'a rapporté qu'un Arabe du Qatar avait récemment acheté à un de ses amis un entrepôt désaffecté près de la rivière. Il avait été sur place et l'homme lui a dit qu'ils fabriquaient des mâts d'éoliennes. Le shérif n'a rien vu de suspect, mais n'a pas visité l'entrepôt. Je lui ai dit de rester à l'écart. Inutile qu'il donne l'alerte si ce sont nos terroristes. Je vais faire envoyer une équipe d'intervention du FBI pour surveiller le site à distance.

Jeffrey posa son téléphone.

– C'est la panique à la Maison Blanche ! Ils ont été mis en téléconférence avec les spécialistes nucléaires du Pentagone. Selon leurs modèles de simulation, qu'ils utilisent pour évaluer les conséquences en cas de conflit nucléaire, en cas de feu nucléaire non maîtrisé, dans le meilleur des cas, ce sont treize millions de personnes résidant sur une surface de soixante mille kilomètres carrés qu'il faudrait déplacer. Dans le pire des cas, ce sont trente-cinq millions de personnes sur une surface de deux cent cinquante mille kilomètres carrés. Le coût de décontamination dépasserait l'entendement. Sans compter toutes les conséquences économiques et sociales, et bien sûr politiques !

Jeffrey semblait effondré. Il était convaincu que leur hypothèse était la bonne. Il pensa à sa famille. Elle résidait en plein dans la zone de contamination potentielle. Il aurait aimé les rejoindre. Mais son devoir lui imposait de rester à son poste. D'autant plus que c'était là qu'il pouvait sans doute mieux les protéger.

Dans les heures qui suivirent, le plan de riposte se précisa. L'escadrille de F-35 alloués à la défense de la zone où se trouvait la centrale nucléaire d'Indian Point décolla pour se relocaliser à la base aérienne de Hancock Field Air National Guard Base à côté de New York.

Les F-35 avaient suivi un plan de vol à l'écart de la centrale pour ne pas avertir les terroristes. Sur leur nouvelle base, ils étaient à huit minutes de vol. Après le ravitaillement, les pilotes étaient remontés dans leurs cockpits, sanglés, prêts à décoller.

Des équipes spécialisées sur le nucléaire avaient été acheminées en urgence et repositionnées à une vingtaine de kilomètres de la centrale, en toute discrétion. Les hôpitaux de tout l'État de New York avaient été mis en alerte et tous les personnels soignants réquisitionnés.

Deux Chinook, ces énormes hélicoptères de transport de forme allongé avec deux rotors pour la propulsion, avaient déposé les deux blindés 8×8 Striker équipés du laser et du phaser près de la route North Liberty Drive, sur la rive opposée à la centrale de la rivière Hudson. Ils étaient capables de couvrir l'ensemble de l'espace au-dessus de la centrale.

Des équipes de tireurs d'élite s'étaient positionnées en mode furtif autour de la centrale. Enfin, les casernes de pompiers avaient été mises en alerte dans un rayon de cinquante kilomètres autour de la centrale et commençaient à converger vers elle, le plus discrètement possible.

Il restait à repérer où les terroristes étaient tapis, prêts à frapper. Or, ni le drone ni le satellite n'avaient repéré quoi que ce soit. Est-ce que Karim et ses collègues s'étaient trompés ? Leur hypothèse était-elle erronée ?

Chapitre 30

États-Unis, Peekskill, comté de Westchester, État de New York, entrepôt de l'État islamique, mercredi 15 septembre 2021, 20 h 18, heure locale

Mohamed Jaish et Husam Waad étaient debout côte à côte, contemplant le coucher de soleil sur la rivière Hudson. Les rayons du soleil se reflétaient dans les flots avec des éclats entre le doré et l'orange. En Syrie aussi ils avaient des paysages aussi beaux.

Tous deux devaient penser la même chose. Ils avaient décidé de lancer l'attaque le lendemain. Les drones étaient prêts. Les miniroquettes avaient été installées. Tous les systèmes de pilotage avaient été vérifiés et calibrés.

À la même heure demain, ils seraient morts. Soit ils échouaient, et ils ne se faisaient pas d'illusion sur la réaction des Américains, ils deviendraient des hommes à abattre, soit ils réussissaient et ils seraient déjà morts, irradiés.

Le soleil couché, la nuit s'était installée à la lumière blafarde d'une pleine lune. Mohamed Jaish et Husam Waad, épuisés par le travail et la tension de ces derniers jours, décidèrent d'aller dormir. Ils devaient prendre des forces pour le lendemain afin d'être dispos pour la tâche immense qui les attendait.

Ils déployèrent leur tapis de prière face à La Mecque et prièrent Allah de leur donner la force d'anéantir tous ces mécréants pour sa gloire. La prière terminée, ils partirent se coucher sans prêter attention au jeune Walid qui ne dormait pas encore.

Peut-être était-ce l'effet de la pleine lune, de la tension de la journée ou de la responsabilité qui serait la sienne le lendemain à piloter le groupe de drones à très grande vitesse, il n'arrivait pas à dormir. Il savait qu'il serait mort demain.

D'un côté, il était fier de mourir pour le djihad. Sa famille serait fière de lui. D'un autre côté, il mourait d'envie de leur parler une dernière fois. Mais Husam Waad avait été très strict : pas de téléphone. Au début, il s'en était passé sans problème.

Mais maintenant que l'échéance approchait, il se sentait seul dans un pays étranger et hostile, il ressentait de manière irrésistible le besoin de communiquer.

Aussi, lorsque le camion transportant les miniroquettes était arrivé, il avait essayé de parler avec le chauffeur du cartel. Pendant les longues heures qu'a duré le déchargement, il avait vu que le chauffeur était fasciné par les drones posés sur le sol.

– C'est chouette, ces engins, dit le chauffeur à Walid, les bras encombrés de cartons. Ils ont quelle autonomie ?

– Cinq kilomètres et trente minutes d'autonomie, répondit Walid en souriant.

Encouragé par la réponse, le chauffeur continua ses questions :

– Et quelle charge peut-il transporter ?

– Au moins dix kilos.

– Et c'est difficile à piloter ?

– Non, un jeu d'enfant. Comme dans les jeux vidéo. Pourquoi vous intéressez-vous à ces drones ?

– Ben, je transporte d'habitude clandestinement de la drogue du Mexique aux États-Unis. C'est très dangereux. Les contrôles à la frontière sont de plus en plus nombreux et les gardes-frontières américains utilisent aussi de plus en plus de drones et de radars terrestres. Si je me fais prendre, j'en ai au bas mot pour vingt ans dans une prison fédérale de haute sécurité. J'ai vu à la télé que Amazon commençait à faire des livraisons avec des drones. Je me dis que ce serait un bon moyen, beaucoup moins risqué. Mais en me renseignant dans les boutiques, je me suis aperçu que la plupart des modèles avaient une charge utile insuffisante et surtout une autonomie trop faible. Vous savez où on peut se procurer cet engin ?

Walid, sans réfléchir, s'entendit répondre :

– Comme tu le vois, on en a beaucoup. Si tu veux, je t'en mets un discrètement dans ton camion pour toi. Mais en échange, tu me donnes ton téléphone portable. Le mien ne marche plus.

Walid ne pouvait lui avouer que pour des raisons de sécurité le sien lui avait été confisqué. Le chauffeur répondit aussitôt qu'il était d'accord. Il n'avait que des téléphones prépayés intraçables et, à son retour, de toute façon, il le jetterait et en prendrait un autre. Il plongea la main dans sa poche et glissa le portable dans celle de Walid.

Profitant de la pause déjeuner où Mohamed Jaish était entouré par toute l'équipe comme une star, Walid porta sans se faire voir un drone dans la cabine du camion, qu'il recouvrit de la couverture du chauffeur au cas où quelqu'un regarderait par la fenêtre. Il regagna prestement le groupe. Sa disparition n'avait été remarquée par personne. Au pire, ils penseraient qu'il avait été aux toilettes.

Walid, allongé sur son lit de camp, tapota la poche de son pantalon. Le téléphone était là. Il se convainquit que s'il n'appelait qu'un court instant, le temps de dire à ses parents qu'il pensait à eux et qu'il les aimait, le risque était minime.

Il regarda sa montre. Il était deux heures du matin. Mohamed Jaish avait dit que l'opération débuterait à six heures. Ils allaient tous se réveiller vers cinq heures pour faire ensemble la prière du matin. Walid leva la tête et regarda ses compagnons. Ils dormaient tous.

Avec précaution, il se glissa hors du lit et se dirigea lentement vers une des portes de l'entrepôt, proche des toilettes. Il se dit que si quelqu'un se réveillait, il pourrait prétexter le fait d'aller aux toilettes. Mais personne ne se réveilla. Il sortit de l'entrepôt et s'en éloigna suffisamment pour ne pas être entendu.

Il composa le numéro de la maison de ses parents qui vivaient à Mossoul en Irak sans réfléchir au décalage horaire. Ses parents venaient de terminer leur petit-déjeuner et la mère répondit aussitôt. Walid reconnut sa voix et des larmes lui montèrent aux yeux. D'une voix pleine de sanglots, il parla :

– Maman ? C'est moi, Walid.

Chapitre 31

États-Unis, Woodbury, État de New York,
Americas Best Value Inn Central Valley,
jeudi 16 septembre 2021, 2 h 36, heure locale

L'hôtel *Americas Best Value Inn Central Valley* avait été réquisitionné par les autorités et ses occupants évacués vers d'autres hôtels de la région. Karim et ses collègues américains étaient arrivés dans la soirée au milieu d'intenses préparatifs.

Un poste de commandement mobile du FBI avait été installé sur la grande pelouse en face de l'hôtel. Plus loin, une piste sommaire d'atterrissage avait été aménagée où avaient atterri quatre hélicoptères Black Hawk à la livrée noire avec un énorme FBI en lettres blanches écrit sur les flancs.

Un groupe d'intervention d'une cinquantaine d'hommes du FBI avait pris ses quartiers dans l'hôtel. Des containers de toutes sortes s'amoncelaient dans les couloirs du bâtiment. Le personnel gardait son calme malgré l'ambiance guerrière qui régnait et s'était fait un devoir de servir du café aux agents.

L'hôtel était situé à moins de vingt miles de Peekskill et à peu près à la même distance de la centrale d'Indian Point. Karim fut réveillé par des coups frappés à sa porte. Il avait décidé de dormir tout habillé, prêt à intervenir. La montée d'adrénaline le réveilla instantanément et il ouvrit la porte de sa chambre. Jeffrey se tenait debout, nerveux.

– La NSA a intercepté il y a moins de dix minutes un appel vers l'Irak. L'appel a été très court, mais ils essaient de le localiser très précisément. Ils sont sûrs, en tout cas, qu'il provient de la région. Cette fois, on les tient !

Ils se précipitèrent vers le *command car*. À l'intérieur, on se serait cru dans un vaisseau spatial. Des écrans d'ordinateurs couvraient tous les murs. Quatre opérateurs, casque sur la tête, surveillaient les écrans, donnant des ordres brefs et précis.

Les ordinateurs de la NSA traçaient l'appel. Il provenait d'un téléphone prépayé, ce qui ne facilitait pas le repérage, mais confrontés au problème depuis des années, les ingénieurs avaient fini par trouver le moyen de localiser le téléphone, cela prenait juste plus de temps.

L'attente sembla interminable à Karim. Cela faisait plus d'une heure qu'ils attendaient quand, soudain, un des opérateurs leva le bras. Ils se précipitèrent derrière lui, les yeux rivés sur l'écran de contrôle. L'image du satellite zoomait lentement vers un point situé le long de la rivière Hudson.

Quand l'image se stabilisa, ils virent le toit d'un entrepôt dont la taille semblait aussi grande qu'un terrain de football. Ils ne voyaient aucun véhicule, seulement un vieux hors-bord amarré à un petit ponton en bois sur la rivière.

Jeffrey se tourna vers Karim, surexcité.

– Ce doit être l'entrepôt dont nous a parlé le shérif !

– Ces terroristes connaissent nos moyens de détection. Ils sont capables d'échapper à des satellites et des drones. Il ne fallait pas s'attendre à ce qu'ils étalent à la vue de tous leurs drones. Cet entrepôt, c'est plutôt malin. Il est idéalement placé au bord de la rivière, et vu sa taille, il doit bien pouvoir en contenir quelques milliers. Ils doivent pouvoir les faire décoller rapidement. Mais il nous faut une reconnaissance. On ne peut agir sans être sûrs, et il faut savoir à quoi s'attendre. L'équipe d'intervention du FBI est-elle arrivée sur place ? Peuvent-ils faire une reco[1] ?

Jeffrey demanda à l'officier en charge. Deux minutes plus tard, il répondait par l'affirmative. L'équipe était prévenue et se mettait en route.

Dans le *command car*, l'angoisse montait. Arriveraient-ils à neutraliser les terroristes à temps ? Ou une catastrophe nucléaire était-elle imminente ?

1. Action de reconnaissance.

Chapitre 32

États-Unis, Peekskill, comté de Westchester,
État de New York,
entrepôt de l'État islamique,
jeudi 16 septembre 2021, 5 h 04, heure locale

Walid dormait du sommeil du bienheureux. Un de ses camarades lui secoua le pied pour le réveiller. C'était l'heure de la prière. Walid, à moitié endormi – il n'avait pu dormir que moins de trois heures –, se leva et partit aux toilettes s'asperger le visage d'eau pour se réveiller.

Le groupe était déjà en place pour la prière quand il les rejoignit, le tapis de prière sous le bras. Mohamed Jaish tourna lentement la tête et lui adressa un regard noir réprobateur. Un frisson glacial parcourut le dos de Walid.

Il posa son tapis de prière et s'agenouilla. La prière pouvait commencer.

Tapi à la lisière de la forêt bordant le terrain de l'entrepôt, le premier-maître Carlson, tireur d'élite appartenant à la 197e brigade d'infanterie, basée à Fort Benning, en Géorgie, était parfaitement camouflé et totalement invisible. Il ajusta sa puissante lunette de visée couplée en Bluetooth à son ordinateur portable grâce auquel il pouvait retransmettre l'image de sa visée par satellite.

Il voyait nettement un groupe d'hommes rassemblés sur la rive en train de prier. Sans aucun doute des musulmans. Il s'attarda sur le visage de chacun d'eux, appuyant sur sa télécommande pour prendre à chaque fois un cliché.

Il consulta les photos numériques qui lui avaient été envoyées par le commandement. Pas de doute, c'était bien le groupe terroriste recherché. Il avait formellement reconnu Mohamed Jaish et Husam Waad.

Il demanda des instructions. Devait-il tenter de les neutraliser ? La réponse fut immédiate.

– Négatif, répondit le commandement. Restez en stand-by. Le groupe d'intervention est en route. Les unités de riposte vont se positionner.

Chapitre 33

États-Unis, Hancock Field Air National Guard Base,
jeudi 16 septembre 2021, 5 h 37, heure locale

Une très légère brume flottait sur la base qui se réveillait doucement. Le ciel était bleu et le soleil se levant commençait à déployer ses rayons ardents qui pénétraient à travers la large verrière des F-35 alignés sur le tarmac.

Le colonel Cooper, sanglé sur le siège de son F-35, somnolait, bercé par la douce chaleur qui envahissait le cockpit. Cela faisait près de trois heures qu'il avait pris son tour de veille. Il serait relevé à six heures précises.

Une voix nasillarde de la tour de contrôle le réveilla brusquement.

– *Scramble*[1], alerte rouge, coordonnées disponibles. Activez vos transpondeurs ADS-B afin de corréler les données obtenues par le système Twinvis.

– Roger, répondit le colonel Cooper en poussant la manette des gaz, tandis que de la main gauche il activait les transpondeurs.

1. « Décollage immédiat. »

Les coordonnées de la cible se chargeaient automatiquement dans l'ordinateur de bord par le système de liaison de données de l'avion à très grande capacité.

Moins d'une minute plus tard, l'énorme turboréacteur Pratt & Whitney F135 de quarante mille livres de poussée, le plus puissant ayant jamais équipé un avion à réaction, propulsa le chasseur multirôle dans les airs. À une cadence accélérée, les trente F-35 de la flottille décollèrent.

Une fois en formation, ils se dirigèrent à pleine puissance vers Indian Point.

Chapitre 34

**États-Unis, Peekskill, comté de Westchester,
État de New York,
entrepôt de l'État islamique,
jeudi 16 septembre 2021, 5 h 55, heure locale**

La prière terminée, le groupe se mit aussitôt en action. Ils avaient soigneusement programmé la séquence de décollage pour éviter toute collision des drones entre eux. Les portes de l'entrepôt ouvertes, les premières rangées de drones décollèrent et ils se positionnèrent en vol stationnaire au-dessus de la rivière.

Les rangées de drones se succédaient au décollage. En moins de cinq minutes, le ciel fut obscurci par les quatre mille drones en vol stationnaire. Husam Waad jeta à Mohamed Jaish un regard empli de fierté. Il avait réussi un tour de force ! Mohamed Jaish lui ordonna de lancer l'attaque. Les drones mettraient sept minutes pour atteindre la centrale. Ils allaient entrer dans l'histoire.

Des bruits de puissants moteurs avec des crissements de pneus sur le terre-plein devant l'entrepôt se firent entendre. Le groupe d'intervention du FBI venait d'arriver, quelques minutes trop tard. Les drones ne représentaient plus que de minuscules points dans le ciel. Mohamed Jaish et Husam Waad saisirent les kalachnikovs généreusement offertes par El Mencho et ouvrirent aussitôt le feu sur les agents en train de débarquer de leurs véhicules blindés.

Karim, en tenue de combat, essuya une rafale de kalachnikov, mais réussit à s'abriter derrière la porte blindée du véhicule.

– Pas de mal ? cria Jeffrey.

– Non, ça va. Les F-35 sont en place ?

– Oui, tout le dispositif est prêt. Prions Dieu que cela soit suffisant.

Un tir nourri se dirigeait vers le groupe d'intervention qui ripostait tant bien que mal en s'abritant derrière leurs véhicules blindés.

– On est à découvert ici ! cria Karim. Il faut que le tireur d'élite fasse diversion !

– OK ! répondit Jeffrey en faisant un signe de la main.

Tandis que les balles sifflaient autour de lui, le jeune Walid, son casque de réalité virtuelle sur la tête, pilotait le premier groupe de drones à très grande vitesse. Il voyait la rivière défiler et apercevait au loin les trois réacteurs de la centrale.

La flottille de F-35 était arrivée au-dessus de la centrale et cerclait en position d'attente. Le radar sophistiqué des chasseurs ne tarda pas à repérer l'essaim de drones en approche.

Appliquant strictement le protocole prévu, le colonel Cooper donna l'ordre à ses pilotes d'éjecter les microdrones. Les petits engins, sitôt en dehors de l'avion, s'interconnectèrent et se mirent aux ordres de l'intelligence artificielle embarquée dans les appareils.

Walid eut un mouvement de recul instinctif lorsqu'il vit dans son casque les premiers F-35. La présence de ces chasseurs le surprit. Mais il resta concentré sur le pilotage de ses drones.

Le colonel Cooper prit conscience avec angoisse que les drones des terroristes avançaient à grande vitesse vers la centrale. Il espérait que l'intelligence artificielle serait à la hauteur pour les contrer.

La première vague de drones, malgré leur vitesse, fut percutée par les microdrones, dont la charge explosive acheva de détruire chacun d'eux.

Walid, surpris et aveuglé par les explosions dans son casque, eut à nouveau un mouvement de recul. Il n'avait pas vu les microdrones. La seconde et dernière vague de drones à grande vitesse s'approchait dangereusement de la centrale.

L'intelligence artificielle, calculant qu'elle n'avait plus le temps nécessaire pour intercepter tous les drones, décida d'adopter une stratégie différente. Elle regroupa tous les microdrones devant la trajectoire de la seconde vague et les mit en vol stationnaire, alignés pour former un mur.

La seconde vague « s'écrasa » contre le mur de microdrones, anéantissant toute la vague.

Décontenancé, n'ayant plus de drones à piloter, Walid retira son casque et prit conscience de la situation. Les balles ricochaient sur la dalle de ciment de l'entrepôt dans un bruit strident autour de lui, projetant des éclats dans toutes les directions. L'un d'eux atteignit sa joue, qui se mit instantanément à saigner abondamment.

Il aperçut Mohamed Jaish et Husam Waad combattant avec férocité. Il rassembla son courage et saisit une kalachnikov pour les rejoindre tandis que ses camarades continuaient de surveiller l'attaque de l'essaim de drones sur la centrale.

Il n'avait pas l'habitude ni l'entraînement de porter une lourde arme de guerre. En allant se positionner, il trébucha. Par réflexe, il se releva.

À huit cent cinquante mètres de là, le premier-maître Carlson tentait désespérément d'aligner une cible dans son viseur. Mais les tireurs étaient bien embusqués et expérimentés.

Ils tiraient de courtes rafales, se remettaient à l'abri, puis tiraient à nouveau après s'être déplacés, empêchant ainsi le tireur d'élite de savoir où ils réapparaîtraient. En une fraction de seconde, il aperçut une tête dans son viseur.

Instinctivement, il appuya sur la détente de son fusil équipé du XACT System de la société TrackingPoint. Le mini-ordinateur calculait automatiquement la trajectoire de tir en fonction du vent et de la distance, augmentant la probabilité d'atteindre la cible de trente à soixante-dix pour cent.

La tête du jeune Walid éclata comme une pastèque trop mûre, projetant des éclats d'os et de matières cervicales autour de lui. Il s'effondra, mort. Mohamed Jaish tourna la tête, sans aucun sentiment pour la mort du jeune djihadiste. Il en avait envoyé des centaines comme lui à la mort sans état d'âme.

Ce qui lui importait, c'est qu'il avait instantanément reconnu un tir de sniper. Il fit signe à Husam Waad qu'il était temps de se replier vers la rivière, abandonnant les jeunes concentrés sur les drones.

Le gros de l'essaim arrivait sur la centrale. L'intelligence artificielle lança tous ses microdrones dans la bataille. Les jeunes pilotes tentaient d'esquiver les attaques, mais la réaction de l'intelligence artificielle était plus rapide.

Quelques joggers matinaux courant sur la rive de l'Hudson s'arrêtèrent, abasourdis par le spectacle. Une vraie bataille aérienne de drones se déroulait dans le ciel ponctué d'explosions. Ils comprirent vite que ce n'était pas du spectacle et coururent se mettre à l'abri, non sans sortir leur smartphone pour filmer la scène et la poster sur les réseaux sociaux.

Pendant ce temps, en étant couvert par Husam Waad qui continuait de tirer vers le groupe d'intervention, Mohamed Jaish atteignit le ponton, détacha l'amarre du hors-bord et fit démarrer le moteur.

Entendant le rugissement, Husam Waad arrêta de tirer et partit en courant, courbé, vers le ponton.

De sa position, Karim l'avait vu aller vers la rivière. Sans hésiter, armé d'un Glock 17 nouvellement en dotation au FBI, que lui avait confié Jeffrey et que Karim connaissait bien car c'était également son arme de service, il bondit en avant, traversant l'entrepôt en courant.

En arrivant de l'autre côté sur la rive, il aperçut Husam qui atteignit le ponton. Il ajusta son Glock et tira. La balle frappa Husam Waad à la jambe droite. L'homme s'effondra dans un cri de douleur, mais se releva aussitôt en traînant sa jambe blessée. Mohamed Jaish pressait Husam Waad de le rejoindre sur le bateau.

Karim avait repris sa course et plongea sur Husam Waad alors que celui tentait de monter sur le bateau. Sans hésiter, Mohamed Jaish poussa la manette du moteur à fond, faisant bondir littéralement le hors-bord en avant.

Déséquilibrés, Karim et Husam Waad tombèrent à l'eau. Un féroce combat se déroula dans l'eau. Malgré sa blessure à la jambe, Husam Waad se battait avec l'énergie du désespoir. Soudain, Karim sentit une violente brûlure au bras gauche. Du sang commençait à rougir l'eau.

Husam Waad avait réussi à sortir un poignard de sa ceinture et c'était une estafilade sur le bras gauche de Karim qui avait provoqué cette sensation de brûlure. Entraîné au corps à corps, Karim réussit à désarmer son adversaire par une torsion de son bras et à le maîtriser en à se glissant dans son dos. Il passa son bras autour du cou du terroriste en l'étranglant jusqu'à ce qu'il perde connaissance.

Pendant ce temps, le colonel Cooper surveillait son écran de contrôle. L'intelligence artificielle, utilisant tous les capteurs disponibles, comptait simultanément le nombre de drones de l'essaim restant à détruire et le nombre de microdrones restant à disposition pour le faire.

Le stock de microdrones était épuisé. Sur les quatre mille drones composant l'essaim d'attaquants, il n'en restait plus que vingt-sept encore en vol, mais c'était largement assez pour provoquer une catastrophe nucléaire.

Chapitre 35

**États-Unis, Peekskill, comté de Westchester,
État de New York, rivière Hudson,
jeudi 16 septembre 2021, 6h21, heure locale**

Le moteur du hors-bord poussé à fond, Mohamed Jaish se retourna vers l'entrepôt. Le groupe d'intervention du FBI avait investi le bâtiment. Il distinguait les survivants à genoux, les mains sur la tête.

À côté du ponton, Husam Waad, toujours vivant, bien que blessé, était hissé hors de l'eau par cet agent aidé de deux membres des forces d'intervention. Il l'avait reconnu. C'est le même homme qui était à sa poursuite au Louvre, en France. Il se dit qu'il était dangereux et qu'il fallait trouver un moyen de l'éliminer.

Mais pour cela, il devait d'abord s'en sortir. Il regarda vers le ciel, sachant que quelque part en haut, un drone et des satellites étaient en train de l'observer. Il tendit l'oreille. Des hélicoptères étaient en approche. Il devait agir, dans quelques minutes, il serait trop tard.

La rivière Hudson faisait une courbe. Une fois celle-ci dépassée, il aperçut un ponton au pied d'une maison blanche en bois, volets fermés, entourée de la forêt. Sans doute une résidence secondaire. Sans hésiter, il fila vers le ponton. Le bruissement des hélicoptères de combat se rapprochait.

Le hors-bord heurta violemment le ponton. Mohamed Jaish n'avait pas l'habitude des bateaux. C'était plutôt un homme du désert. Sans prendre le temps de l'amarrer, il sauta sur le ponton et s'enfuit, à l'abri de la forêt.

Chapitre 36

États-Unis, centrale nucléaire d'Indian Point, État de New York, jeudi 16 septembre, 6 h 25, heure locale

Les vingt-sept drones encore intacts de l'essaim et rescapés de la seconde vague poursuivaient leur route. Leur système de pilotage autonome les conduisait vers les coordonnées de la cible.

Le colonel Cooper donna l'ordre à son escadrille de rentrer à la base. Ils n'avaient plus de microdrones et la vitesse du F-35 était trop élevée pour qu'il puisse abattre les drones restants.

De plus, il ne voulait pas que ses appareils, qui avaient coûté la bagatelle de deux cents millions de dollars pièce, soient abattus par un tir accidentel de laser.

Turboréacteurs en puissance maximale, l'escadrille s'éloigna d'Indian Point.

Au sol, les équipages des deux blindés 8×8 Striker étaient en position. Leurs radars de poursuite activés, ils avaient accroché leurs cibles, les vingt-sept drones encore en vol.

Le commandement ordonna d'activer les phasers qui perturbèrent le système de vol autonome en essaim des drones. Certains commencèrent à adopter une trajectoire hiératique et s'abîmèrent dans l'Hudson. Mais une quinzaine continuait sa trajectoire, prête à plonger sur la cible.

Les lasers des Striker entrèrent en action. Les fins traits lumineux des lasers à haute puissance frappèrent des drones un à un, provoquant à chaque fois un cri de joie au sein des équipages.

Mais les ingénieurs avaient sous-estimé la consommation des lasers. Au bout de trois minutes, il ne restait plus d'énergie disponible pour les actionner. Et il restait encore cinq drones à abattre dans les minutes qui suivaient.

Le commandement central ordonna aussitôt aux snipers prépositionnés autour de la centrale de tenter leur chance. C'était loin d'être une tâche facile. D'abord, la distance était énorme. Ensuite, les snipers n'étaient pas entraînés au tir vers le ciel. Ils maîtrisaient mal le sens du vent à la verticale. Enfin, ils s'étaient rendu compte que les drones étaient enveloppés d'un étrange revêtement, peint avec un camouflage habile, qui rendait très difficile leur détection à l'œil.

Une première détonation retentit, suivie d'une explosion. Le drone tomba en morceaux. Plus que quatre drones. Il y eut une nouvelle détonation, mais rien ne se passa. Le tireur l'avait manqué.

Puis deux détonations coup sur coup se firent entendre, suivies de deux explosions. Seuls deux drones continuaient de voler. Ils étaient arrivés au-dessus de la piscine de la centrale.

Les rotors des deux quadricoptères se mirent à tourner encore plus vite et leur trajectoire s'inclina vers le sol. Parfaitement ciblés, les deux drones explosèrent à proximité d'un des murs de la piscine. Celui-ci, éventré par les explosions, offrit une brèche d'où l'eau commença à s'écouler.

Une course contre la montre était engagée pour éviter le feu nucléaire. Les équipes NRBC qui avaient été rapprochées de la cible convergeaient vers elle avec des pompes et des tuyaux pour prélever l'eau de l'Hudson et la déverser en permanence sur le combustible irradié.

En même temps, ils devaient à tout prix empêcher l'eau irradiée de s'écouler dans la rivière. L'expérience de Fukushima avait permis le développement de nouveaux systèmes qui pouvaient être montés dans des délais très courts.

À la Maison Blanche, on suivait minute par minute la lutte engagée pour éviter le feu nucléaire et la propagation de l'eau irradiée.

Chapitre 37

États-Unis, Woodbury, État de New York,
***Americas Best Value Inn Central Valley*,**
jeudi 16 septembre 2021, 8 h 17, heure locale

Karim avait été soigné au poste médical avancé. Sa blessure au bras était superficielle, mais restait douloureuse. On lui donna un calmant pour atténuer la douleur.

Il s'était changé après son bain forcé dans l'Hudson et rejoignit le *command car*, où il retrouva Jeffrey et Diego. Les deux hommes l'accueillirent chaleureusement.

– *Well done, Karim ! It was risky but at least you caught one of these bastards*[1] *!*

– A-t-on des nouvelles de Mohamed Jaish ?

– Il a disparu dans la nature. La dernière fois qu'on l'a vu, il a débarqué du hors-bord et s'est enfoncé dans la forêt. Le drone et le satellite l'ont perdu. On a bouclé le secteur aussi vite que l'on a pu et lancé une chasse à l'homme. Mais même les chiens n'ont pas retrouvé sa trace. C'est incroyable !

---

1. « Bien joué, Karim ! C'était risqué, mais au moins tu as attrapé un de ces salopards ! »

– Ils sont organisés. Je ne serai pas étonné qu'il y ait une cellule dormante de l'État islamique susceptible de l'accueillir et de le cacher, affirma Karim.

Il vit le visage de Diego blêmir. L'idée qu'une cellule dormante de l'État islamique puisse avoir échappé au Homeland Security Department lui donnait des cauchemars.

La journée s'écoula entre les nouvelles régulières des équipes spécialisées pour maîtriser le risque de feu nucléaire et les rapports des équipes à la poursuite de Mohamed Jaish.

Des barrages avaient été établis sur toutes les routes dans un rayon de cent kilomètres. Tous les hélicoptères disponibles avaient été mobilisés et sillonnaient le ciel à la recherche du fugitif devenu le plus recherché des États-Unis.

Naturellement, les médias, alertés par ce déploiement de force inhabituel, venaient aux nouvelles. Le FBI fit un communiqué disant qu'ils étaient à la recherche d'un terroriste dangereux dont la présence avait été détectée sur le sol américain, mais que sa cellule avait été neutralisée. Tout risque était écarté.

Les spécialistes des médias du FBI réussirent à convaincre les journalistes de passer à autre chose pour des raisons de sécurité nationale.

Vers vingt-trois heures, alors que tous étaient épuisés, vint la nouvelle rassurante des équipes NRBC. Ils avaient réussi à colmater la brèche de la piscine et avaient rétabli le bon niveau d'eau pour garantir le refroidissement continu des crayons de combustibles usagés.

Ils allaient être évacués dans les prochaines semaines dans des containers sécurisés et la piscine vidée de son eau radioactive.

La fuite d'eau provenant de la piscine après l'explosion provoquée par les deux drones restants avait été modérée. L'essentiel de l'eau avait imbibé la terre autour de la piscine. Il fallait la décontaminer, mais la surface restait modeste.

Seuls quelques filets d'eau avaient ruisselé dans l'Hudson, mais les prélèvements effectués montraient que le seuil de radioactivité restait en dessous des normes autorisées.

Épuisés, ils décidèrent d'aller dormir. Le lendemain, la traque de Mohamed Jaish se poursuivrait.

Chapitre 38

**États-Unis, État de New York,
Constitution Marsh Audubon Center and Sanctuary,
vendredi 17 septembre 2021, 8 h 17, heure locale**

Mohamed Jaish gardait son sang-froid. Il avait atteint la réserve naturelle de Constitution Marsh et s'y était caché pour la nuit. Heureusement, en cette période de l'année, la température était déjà élevée et l'humidité, bien que désagréable, restait supportable.

La réserve était encore fermée à cette période de l'année et il ne risquait pas de tomber sur des visiteurs. Pour la même raison, les rangers chargés de garder le parc avaient réduit leurs patrouilles.

Il savait qu'une horde de policiers et d'agents du FBI et d'autres agences de renseignements étaient à sa poursuite. Des nuées d'hélicoptères sans doute équipés de caméras thermiques balayaient le ciel au-dessus de lui.

Sa fuite n'était pas improvisée. Au cours des mois de préparation de cet attentat, il avait envisagé la possibilité que le site choisi pour préparer les drones puisse être découvert. Il ne sous-estimait jamais ses adversaires. C'est la raison pour laquelle il était encore en vie.

Il avait demandé à la cellule logistique de l'État islamique de New York de se procurer un hors-bord d'occasion et de l'amarrer, plein effectué, au ponton.

Pour communiquer à distance, il se connectait sur un jeu vidéo en ligne, équipé d'une messagerie instantanée. Les messages n'étaient pas stockés en mémoire et s'effaçaient automatiquement dès qu'une réponse était envoyée, ou que l'on se déconnectait du jeu.

Ensuite, il avait étudié sur Google Maps l'environnement de l'entrepôt et préparé un itinéraire de fuite qu'il avait gravé dans sa mémoire. S'il devait prendre la fuite avec le hors-bord, il savait qu'il pouvait débarquer après le premier virage de l'Hudson. Google Maps montrait bien le ponton devant une maison.

Toujours sur le même site, il avait repéré un enclos avec des chevaux à quelques centaines de mètres de la maison avant la lisière d'une forêt. Il pourrait s'enduire de crottin de cheval, ce qui effacerait son odeur pour les chiens et lui donnerait un début de camouflage.

Lorsqu'il atteindrait les marécages de la réserve naturelle, il pourrait se nettoyer et poursuivre sa fuite à l'abri de l'eau. Il continuerait à marcher plein sud, évitant les zones urbaines truffées de caméras de surveillance.

Il devrait se procurer de la nourriture uniquement dans des distributeurs automatiques. La cellule logistique lui avait fourni une carte de crédit suffisamment alimentée pour tenir un mois.

Il devrait aussi sans doute voler des vêtements ou en acheter, en ayant bien vérifié qu'aucune caméra n'était installée dans le magasin. En marchant dix kilomètres par jour, il devrait atteindre New York en une semaine. Il avait une adresse où se rendre, organisée par la cellule logistique qui le prendrait alors en charge pour tenter de l'exfiltrer des États-Unis.

Celui qui était devenu son ami, El Mencho, accepterait peut-être de l'aider moyennant un peu plus d'opium.

Chapitre 39

États-Unis, Washington,
Maison Blanche, Bureau ovale,
vendredi 17 septembre 2021, 9 h 25, heure locale

Le président Joe Biden acheva la lecture du rapport que son conseiller à la Sécurité nationale, Jake Sullivan, lui avait remis le matin même sur la tentative d'attentat qui avait eu lieu à la centrale nucléaire d'Indian Point.

Silencieux, Jake Sullivan attendait la réaction du président. Ce dernier posa le rapport sur son bureau et enleva ses lunettes, pensif.

– Eh bien, Jake, on n'est pas passés loin d'un nouveau 11 Septembre ! Je croyais qu'on avait écrasé ces vipères de Daesh ?

– Ils ont perdu leurs territoires en Irak et en Syrie. Notre coalition leur a infligé de lourdes pertes. Mais ils sont retombés dans la clandestinité. Ils continuent à fomenter des attentats à la bombe et des assassinats. Ils restent très dangereux ! En Afrique, ils s'étendent comme un cancer malgré le travail formidable que font les *Frenchies*. On les épaule du mieux que l'on peut, mais on ne peut déployer de troupes au sol, comme vous le savez. Vous n'avez pas donné l'autorisation.

– On a déjà du mal à sortir d'Afghanistan, l'opinion publique américaine ne comprendrait pas qu'on ouvre un nouveau front en Afrique. Surtout avec la montée du racisme dans la population. Et puis il faut que l'on se débarrasse de cette foutue Covid. À propos des *Frenchies*, cet agent français est un vrai héros ! Et les services français ont fait un sacré boulot. Sans eux, on était dans la merde ! Je vais appeler le président Macron pour le remercier et lui dire que je souhaite rencontrer son agent, le commandant Leclerc. À ce propos, a-t-il un lien de parenté avec le général Leclerc de la Seconde Guerre mondiale ?

– Absolument, monsieur le président, son arrière-grand-père était le cousin du général Leclerc.

– Ah, c'est comme chez nous, chez les militaires, c'est une tradition familiale ! Bon, revenons à ce dossier, toujours pas de trace de ce Mohamed Jaish ? C'est incroyable que vous n'arriviez pas à l'arrêter avec les moyens dont nous disposons !

– Ces terroristes sont aguerris, malins et bien organisés, et ils apprennent vite. Regardez Ben Laden, on a mis dix ans pour le retrouver !

– Dieu nous préserve de mettre autant de temps pour le neutraliser, soupira le président. Maintenant, parlons du rôle joué par les Turcs dans cette affaire. Qu'en pensez-vous, Jake ?

– Le rôle de ce trafiquant turc, Erkan Sahin, est indéniable. La CIA a retracé les transactions sur ses comptes. Il a touché cent millions de dollars d'un compte répertorié comme appartenant à l'État islamique.

– Et Erdogan ?

– Nous ne pensons pas qu'il soit l'instigateur à un quelconque niveau de cet attentat. Mais nous savons que votre décision de suspendre la livraison des chasseurs F-35 l'a mis dans une colère noire et l'a considérablement fragilisé vis-à-vis des généraux de l'armée turque. Erkan Sahin est de ses amis. Il a même fait livrer clandestinement des armes aux Israéliens par son intermédiaire.

– Erdogan joue sur tous les tableaux. Même avec l'État islamique. Il fait arrêter leurs membres, mais en même temps leur fait livrer des armes.

Le président Biden eut une moue de dégoût.

– Il nous paraît impossible, poursuivit Jake Sullivan, que le président Erdogan n'ait pas donné son autorisation pour cette livraison de drones et de miniroquettes. Est-ce qu'il savait l'utilisation qui en serait faite ? Cela, on ne le sait pas, pas plus s'il savait que leur destination était les États-Unis. Mais cela ne paraîtrait pas illogique de penser qu'il ait voulu nous montrer que la suspension des livraisons de nos chasseurs F-35 l'énervait beaucoup !

Joe Biden réfléchissait. Puis il se décida.

– On ne peut s'en prendre directement au président Erdogan. Même si ses agissements sont condamnables et qu'il nous menace de se rapprocher de Poutine, il reste à ce jour membre de l'Otan. Mais je veux lui envoyer un message clair lui indiquant qu'il a franchi la ligne rouge en laissant un de ses amis être complice d'une attaque directe contre nous. Jake, faites-moi préparer un *executive order* pour la CIA. Je veux que ce Erkan Sahin soit éliminé. Bon, maintenant je vais appeler le président français.

Chapitre 40

France, Paris, caserne des Tourelles, boulevard Mortier, siège de la DGSE, bureau du directeur général, samedi 18 septembre 2021, 20h30, heure locale

Bernard Émié, le directeur général de la DGSE, ne s'installa pas derrière son bureau, mais sur le fauteuil en face, à côté du colonel Manjour, signe de l'estime qu'il lui portait.

À cette heure tardive où les bureaux s'étaient vidés, le directeur général avait enlevé sa veste et déboutonné son col de chemise, lui donnant un air décontracté.

– Je viens d'avoir le président au téléphone. Le président Biden l'a appelé et l'a chaleureusement félicité pour le rôle joué par le service pour déjouer l'attentat de l'État islamique. Il a loué l'acte héroïque du commandant Leclerc. Il a demandé à le recevoir à la Maison Blanche pour le féliciter en personne. Le président a donné son accord. Nous partons demain après-midi par le vol d'Air France pour Washington pour assister à cette cérémonie. Pensez à lui apporter son uniforme d'apparat, je ne pense pas qu'il l'ait emporté dans ses bagages. C'est une cérémonie officielle et le protocole exige qu'il le porte.

Le colonel Manjour sourit. *Sacré Karim, reçu à la Maison Blanche, rien que ça !* pensa-t-il en son for intérieur.

– Maintenant, parlons de l'opération Cassandre, sujet sur lequel je voulais vous voir, continua le directeur général.

L'opération Cassandre était le nom de code attribué à la tentative de pénétration du Guoanbu par le retournement de la générale Tao.

– Nous savons tous deux que la liaison amoureuse qu'entretient le commandant Leclerc avec la générale Tao a pris une nouvelle tournure avec l'annonce de la grossesse de la générale. D'un commun accord, nous avons donné notre autorisation, non sans arrière-pensée. Tout ce que nous pourrons apprendre d'une source de ce niveau est précieux. Vous savez comme moi combien il est difficile de recruter des sources en Chine. Mais les Chinois ont le même objectif que nous et ils sont parvenus ces dernières années à recruter certains de nos agents. Je ne vous cache pas que la direction de la sécurité est vent debout contre cette relation et fait le siège de mon bureau, surtout depuis ce nouvel événement. Ils m'ont demandé officiellement de mettre fin à cette opération et d'ordonner au commandant Leclerc de rompre sa relation. S'il ne s'exécutait pas, cela mettrait fin à sa carrière dans le service.

Le colonel Manjour, en vieux routier du service, s'attendait à cette situation. Il resta silencieux, continuant d'écouter.

– Je connais la confiance que vous portez au commandant Leclerc, poursuivit Bernard Émié, et je reconnais bien volontiers que ses états de service sont exemplaires. La question de confiance que je vous pose est : pensez-vous le commandant Leclerc susceptible de basculer si cette relation se poursuit ?

Le colonel Manjour redoutait cette question depuis le début de cette affaire. D'un côté, il avait défendu Karim et pesé de son autorité pour que cette liaison soit consentie. Il le connaissait bien et n'avait pas l'ombre d'un doute sur sa loyauté.

Mais il savait aussi que les hommes restent des hommes, et les sentiments sortent du domaine du rationnel. Il décida de faire une réponse honnête, mesurée.

– Monsieur le directeur, je ne nierai pas qu'un retournement ne peut être exclu, mais je le qualifierais, connaissant le commandant Leclerc depuis près de dix ans, de hautement improbable. Il est loyal, patriote, profondément attaché à son pays et à l'histoire de sa famille. Je suis convaincu que, s'il ne se sentait pas capable de rester loyal, il en tirerait lui-même les conséquences.

– Je partage votre avis, colonel, mais je voulais l'entendre de votre bouche. Je vais donc confirmer la poursuite de cette mission, contre l'avis de la direction de la sécurité, dès que le commandant Leclerc aura eu cette rencontre avec le président Biden. Je vous laisse lui annoncer la nouvelle en lui disant d'être extrêmement vigilant. Nous allons pouvoir aussi travailler avec les Américains pour pourchasser Mohamed Jaish. Après tout, il est devenu maintenant aussi leur ennemi numéro un !

Chapitre 41

Turquie, Istanbul, rive du Bosphore, villa d'Erkan Sahin, dimanche 26 septembre 2021, 18 h 30, heure locale

Erkan Sahin était détendu. Ses affaires étaient florissantes. Avec son expert-comptable, il venait d'analyser la profitabilité du marché conclu avec le dénommé Khalid qu'il n'avait vu finalement qu'une fois dans sa vie.

Déduction faite des dix millions de dollars versés à une société-écran de la famille du président Erdogan, il lui était resté un profit net de cinquante-six millions de dollars. La meilleure affaire de sa vie.

Il avait décidé de profiter de la vie pour ce week-end. Trois nouvelles filles fraîchement débarquées de Beyrouth l'attendaient, vêtues de leurs seules nudités, dans sa somptueuse piscine.

Pour dîner, il prévoyait de se faire une orgie de caviar, suivie de *dolmas*[1], de *börek*[2], et de terminer par un festival de *baklava*, *lokum* et *künefe*[3]. Au diable son régime !

1. « Légumes farcis ».
2. « Feuilletés ».
3. Pâtisseries.

Arrivé au bord de la piscine, il contempla les ravissantes jeunes femmes en train de discuter dans l'eau, de vraies bombes atomiques ! Il sentit une violente érection monter dans son bas-ventre.

N'y tenant plus, il se déshabilla entièrement, arborant fièrement son pénis tendu vers le ciel.

Sur la rive opposée, le premier-maître Carlson et son équipier, parfaitement camouflés dans un bosquet, observaient la scène. Son équipier lui confirma une dernière fois la vitesse du vent. Le premier-maître ajusta le réglage de son tout nouveau fusil de précision Barrett de type MRAD.

La tête d'Erkan Sahin remplissait l'optique de la lunette de visée. Calmement, le premier-maître Carlson appuya sur la détente. Il vit clairement dans son viseur la moitié de la tête de l'homme partir en arrière sous l'impact, dans une gerbe de sang et de matières cervicales.

L'*executive order* présidentiel avait été exécuté.

Chapitre 42

États-Unis, Washington, 4101 Reservoir Road,
ambassade de France,
mardi 28 septembre 2021

Dans l'ambassade de France, aux lignes blanches épurées de son design moderne, régnait encore peu d'activité en cette heure matinale. Une voiture de l'ambassade était venue à leur hôtel chercher le directeur général de la DGSE, le colonel Manjour et l'officier de la DGSE. Le véhicule s'était arrêté à l'entrée. Ils grimpaient maintenant le flanc de la colline auquel le bâtiment principal était adossé, se dirigeant vers l'entrée principale.

L'air était doux et les massifs de fleurs disposées dans le jardin embaumaient. Karim ressentait encore à son bras la brûlure de l'estafilade durant son combat avec le terroriste. Le matin même, un infirmier militaire était venu lui changer son pansement et appliquer une crème cicatrisante.

Après l'arrestation de Husam Waad, il avait participé à son interrogatoire. Le prisonnier était un dur. Il n'avait pas desserré les lèvres, résistant à toutes les manœuvres et les menaces pour le faire parler. Quant à Mohamed Jaish, il restait introuvable, bien qu'inscrit sur la liste des terroristes les plus recherchés du FBI.

Dès le lendemain de l'attentat, sur ordre du président Joe Biden, les autorités américaines avaient préparé la cérémonie officielle souhaitée par la Maison Blanche pour la remise de la médaille d'officier de la *Legion of Merit* à Karim Leclerc pour son acte de bravoure et sa contribution à l'échec de l'attentat qui menaçait le pays.

Le directeur général de la DGSE, Bernard Émié, accompagné du colonel Manjour, était arrivé la veille.

La cérémonie s'était déroulée en petit comité dans le Bureau ovale du président américain Joe Biden.

La délégation française entourant Karim, en uniforme d'apparat, était conduite par l'ambassadeur de France. Du côté américain, le conseiller à la Sécurité nationale, les directeurs de la CIA, du FBI, du Homeland Security, de la NSA et de l'ATF étaient présents.

Les compagnons de Karim dans la traque de Mohamed Jaish, Jeffrey Moore de la CIA et Diego Vasquez du Department of Homeland Security avaient été également conviés afin qu'il leur soit remis un diplôme d'honneur pour saluer leur action.

Karim fut impressionné par le côté tant empathique qu'autoritaire de Joe Biden. La cérémonie achevée, ils furent conviés à déjeuner, mais sans la présence du président américain, occupé à batailler sur ses réformes contre les républicains du Congrès.

Le directeur général et le colonel Manjour partirent après le déjeuner à Langley, le siège de la CIA, pour une séance de travail avec le directeur et ses proches collaborateurs. Karim, encore sous l'emprise des sédatifs pour calmer la douleur de sa blessure au bras, fut autorisé à rentrer à l'hôtel pour prendre du repos.

Le petit groupe était parvenu à l'entrée principale. L'ambassadeur qui avait été averti de leur arrivée les attendait. Il les conduisit à son bureau et leur offrit un café.

– Messieurs, commença l'ambassadeur, c'était une belle cérémonie et je vous adresse à nouveau nos félicitations, commandant

Leclerc. Vous faites honneur à notre nation et à votre illustre ancêtre, le maréchal Leclerc !

Karim ressentit une émotion sincère en entendant ces paroles. Sa modestie personnelle le laissait peu enclin à entendre des éloges. Mais la référence à sa famille revêtait à ses yeux une réelle importance. Toute sa vie, il avait tout fait pour être digne du nom qu'il portait.

– Merci monsieur l'ambassadeur, vos mots me touchent sincèrement. Mais je n'aurais rien pu faire seul. C'est à notre service entier que revient le mérite de cette victoire sur le terrorisme.

Discrètement, Bernard Émié consulta sa montre. Le geste n'avait pas échappé à l'ambassadeur qui mit fin aux échanges d'amabilités.

– Bien, messieurs, nous avons tous du travail, je vous fais conduire dans notre salle de réunion sécurisée au sous-sol.

Il prit congé de ses visiteurs, et l'assistante de l'ambassadeur les conduisit dans la salle de réunion sécurisée et repartit en fermant la porte vitrée et insonorisée. La salle était sans fenêtres, seulement éclairée par un plafond en LED, meublée d'une table de réunion noire ovale avec des fauteuils autour. Sur le mur faisant face à la porte d'entrée était accroché un grand écran vidéo doté d'une caméra mobile permettant des visioconférences.

Ils s'assirent et Bernard Émié, le visage fermé, prit la parole :

– Commandant Leclerc, la direction de la sécurité s'oppose à la poursuite de l'opération Cassandre depuis l'annonce que la générale Tao attendait un enfant. Pour eux, c'est un piège grossier dans lequel vous ne devez pas tomber.

Karim sentit ses veines se glacer. Il ne se faisait pas d'illusion. S'il recevait l'ordre de mettre fin à sa relation avec Mei Ling, il serait devant un choix terrible : soit ne plus voir la femme qu'il aimait et qui plus est attendait un enfant de lui, soit c'était la fin de sa carrière à la DGSE.

Le directeur général poursuivit :

– Vous savez que plusieurs de nos agents se sont fait piéger et croupissent maintenant en prison. Nous avions l'habitude de laver notre linge sale en famille, mais devant l'ampleur de la menace, nous avons changé notre position et mes prédécesseurs n'ont pas hésité à actionner la justice. Tout écart suspect sera sévèrement sanctionné quels que soient vos états de service.

J'ai néanmoins décidé, compte tenu de l'enjeu que représente cette opération, de la poursuivre malgré l'avis négatif du contre-espionnage.

Karim se sentit comme libéré d'un carcan.

– Vous allez donc devoir mener de front deux missions. Retrouver Mohamed Jaish et l'éliminer, et la mission Cassandre pour laquelle vous reporterez directement et uniquement au colonel Manjour qui me tiendra informé. Je vous fais confiance, commandant Leclerc.

– À vos ordres, directeur, se contenta de répondre Karim.

Bernard Émié consulta à nouveau sa montre.

– Bien, il est l'heure de nous rendre à l'aéroport, notre avion pour Paris ne nous attendra pas.

Chapitre 43

Mali, Ansongo, 95 km de Gao,
à mi-chemin entre Gao et la frontière nigérienne,
dimanche 17 octobre 2021, 9 h 25, heure locale

Accroupi au pied du mur de terre ocre de sa modeste hutte, Moussa Ousmane Camara semblait surveiller ses quelques chèvres qui broutaient les rares touffes d'herbe présentes sur le sol.

Son boubou fait en bogolan, un tissu traditionnel issu d'une technique ancestrale propre aux peuples originaires du groupe mandé, avec des tons variant entre le blanc, le noir et des nuances de marron et d'ocre, le rendait, de loin, presque invisible, il se confondait avec les paysages désertiques.

En réalité, derrière son turban lui masquant une grande partie du visage, il observait avec attention un 4×4 Toyota Land Cruiser qui s'était arrêté devant la case à palabres du village. Le chauffeur était resté au volant malgré la chaleur montante. Un homme, visiblement le chef, était sorti du véhicule accompagné de deux autres, armés de kalachnikovs, ses gardes du corps.

Dans un geste lent, Moussa saisit son téléphone portable de la poche droite de son boubou. Il le dirigea vers son visage et la reconnaissance faciale ouvrit automatiquement l'appareil. Il appuya sur le rond noir de l'écran ouvrant l'appareil photo et l'orienta discrètement vers le véhicule.

Il prit une série de photos de celui-ci, notamment la plaque d'immatriculation, et attendit que le groupe ressorte pour les prendre également en photo. Il avait reconnu, parmi les gardes du corps, un homme du village qu'il connaissait assez bien.

Au bout d'une heure, les trois hommes ressortirent de la case à palabres, accompagnés par le chef du village. Ils étaient de face par rapport à Moussa, qui fit discrètement plusieurs clichés de ces hommes.

Le 4×4 repartit ensuite dans un nuage de sable ocre. Sous l'effet de la chaleur, Moussa était assoiffé. Il saisit un mug métallique un peu cabossé posé sur le sol et avala le bissap[1] encore frais, les derniers glaçons ayant fondu sous le soleil. Désaltéré, il reprit son téléphone et envoya les photos au numéro préenregistré.

Moussa ignorait que l'homme qui le payait pour observer ce qui se passait dans le village et envoyer des photos n'était pas un journaliste, comme il le prétendait, mais un agent de la DGSE. Ce qui comptait pour lui, c'était que l'argent gagné lui permettrait d'enrichir son troupeau en rachetant quelques chèvres.

---

1. * Boisson typique du Mali faite à partir des calices des fleurs séchées d'un arbuste, le dah ou « hibiscus ». Une fois secs, les calices sont bouillis avec de l'eau et sucrés pour atténuer le petit goût amer.

Chapitre 44

France, Paris, caserne des Tourelles, boulevard Mortier, siège de la DGSE, section Sahel, dimanche 17 octobre 2021, 12 h 07, heure locale

Yann Leduc, analyste à la section Sahel, était de permanence ce dimanche 18 juillet. Le service tournait au ralenti, naturellement pour un dimanche, mais aussi parce que l'effet des premiers congés d'été se faisait ressentir sur les effectifs.

Il regarda sa montre : douze heures sept. Encore une vingtaine de minutes et il se précipiterait à la cantine pour déjeuner. Il mourait de faim et son ventre en révolte émettait des gargouillis sonores. Il avait vu au menu le plat du jour, des légumes farcis provençaux qu'il adorait. Cela lui rappelait sa ville natale de Nice. Sa mère les préparait merveilleusement, mais elle n'était plus de ce monde.

Son écran géant émit un bip lui signalant l'arrivée d'un nouveau message. Il provenait de Boubou 17 de son nom de code, un « honorable correspondant ». La DGSE avait tissé un réseau d'un millier de correspondants à travers le Sahel qui étaient ses yeux et ses oreilles sur le terrain.

Le message ne contenait que des photos. Après que le puissant logiciel pare-feu eut vérifié les photos et confirmé qu'elles ne contenaient pas de virus, Yann les téléchargea dans le dossier de Boubou 17 et commença immédiatement leur analyse.

Il remarqua la photo du 4×4 et entra le numéro de plaque minéralogique dans la base de données des véhicules. Quelques secondes plus tard, une fiche apparut sur l'écran. Le véhicule avait déjà été identifié comme appartenant à un groupe djihadiste, par une équipe du 13e RDP, le régiment des dragons parachutistes devenu maître dans la reconnaissance et le recueil de renseignements, en observation dans l'Adrar des Ifoghas, un paysage lunaire au milieu du désert au nord-est du Mali, et qui s'étend vers le sud de l'Algérie.

Une lumière rouge s'était allumée dans la tête de Yann. Il regarda ensuite les photos des individus qui étaient d'une très bonne qualité. Les smartphones utilisés par la DGSE et donnés à leurs correspondants avaient été boostés sur la qualité des optiques des appareils photo précisément pour faciliter leur exploitation.

Il fit une capture d'écran des visages et les rentra dans le logiciel de reconnaissance faciale. Sur les trois individus photographiés, deux – les gardes du corps armés – n'étaient pas connus du service. En revanche, le troisième faisait partie du top 3 des terroristes les plus recherchés : Abdelmalek Droukdel.

Yann fit apparaître sa fiche à l'écran. Le visage d'un homme barbu apparut, coiffé d'un turban couleur taupe. Ses yeux noirs renfoncés donnaient de la dureté à son visage plutôt attrayant.

Il s'agissait d'Abdelmalek Droukdel, membre du comité directeur d'Al-Qaida, commandant de l'ensemble des groupes quaïdistes d'Afrique du Nord et de la bande sahélienne.

Né dans un quartier pauvre de la grande banlieue d'Alger en 1970, il intègre les groupes islamiques armés (GIA) en 1993. Il devient à la fin des années 1990 un des membres fondateurs du Groupement salafiste pour la prédication et le combat (GSPC) algérien.

Lorsque le président Abdelaziz Bouteflika, élu en Algérie en 1999, réussit à convaincre la plupart des groupes armés de rendre les armes, le GSPC refuse catégoriquement. Il se rapproche alors d'Al-Qaida. Son affiliation à Oussama Ben Laden est officialisée en 2006. Le GSPC est alors rebaptisé Aqmi (Al-Qaida pour le Maghreb islamique).

Abdelmalek Droukdel, devenu l'émir d'Aqmi, veut alors étendre son pouvoir au Sahel dès octobre 2011. Il y parviendra à travers Ansar Dine, dirigé par Iyad Ag Ghali, qui prendra le contrôle du nord du Mali. Son expansion est stoppée à partir de janvier 2013 par l'opération internationale menée par la France. Mais Abdelmalek Droukdel poursuit, malgré tout, ses activités.

Il crée, en mars 2017, le groupe de soutien à l'islam et aux musulmans, le GSIM[1], qui regroupe plusieurs formations djihadistes liées à Aqmi, et en confie la direction à Iyad Ag Ghali. Cette alliance est responsable des principaux attentats terroristes perpétrés dans le Sahel.

Yann comprit que c'était du lourd ! Il avertit aussitôt son chef de section qui s'empressa de rappeler toute l'équipe en urgence, interrompant pour beaucoup le traditionnel déjeuner familial du dimanche.

Yann envoya en message flash les photos à la DRM[2] avec leur localisation GPS.

Il regarda sa montre. Il était dans les délais. La DRM pourrait dérouter un des drones MQ-9A Block 5 Reaper basé à Niamey au Niger pour tenter de retrouver le 4×4 et le prendre en filature grâce à ses capteurs améliorés et son autonomie poussée à près de quarante heures de vol en continu.

---

1. Groupe de soutien de l'islam et des musulmans (ou JNIM en arabe).
2. Direction du renseignement militaire.

Chapitre 45

Golfe de Guinée, *Le Dupuy-de-Lôme*,
navire de renseignement Marine nationale,
mardi 19 octobre 2021, 10 h 09, heure locale

Le capitaine Louis Bridier, confortablement installé dans son fauteuil au poste de commandement climatisé de la frégate *Le Dupuy-de-Lôme*, contemplait la mer d'un bleu profond sous un soleil de plomb. Ce bâtiment de la Marine nationale, d'un blanc immaculé, était le nouveau navire de recueil de renseignements électromagnétiques, opéré conjointement par la direction du renseignement militaire et la DGSE.

Le capitaine était heureux d'effectuer cette mission en Méditerranée orientale, au large de la Syrie. Ces derniers mois, il était dans une mission à risque, dans la mer Noire, depuis le début de la crise en Ukraine. Il était à l'écoute de la Russie et de la province de Crimée, disputée entre Moscou et Kiev.

Les règles de navigation en vigueur dans cette zone l'empêchaient de rester plus de vingt et un jours. Une rotation avait donc été mise en place avec une frégate américaine, l'*USS Taylor*, pour assurer la continuité des écoutes. Régulièrement, des navires russes tournaient autour d'eux avec des attitudes menaçantes, éprouvantes pour les nerfs.

Là, au large de la Syrie, ils étaient au calme.

Un matelot lui apporta un mug de café brûlant qu'il commença à déguster à petites gorgées. Sa boisson avalée, il décida de se rendre dans les entrailles du navire au centre d'écoute. Le navire, bardé d'antennes de toutes sortes, était surmonté de deux gigantesques dômes, l'un sphérique comme un ballon de football, l'autre comme une sphère à facettes triangulaires, un dôme géodésique.

Rien ne pouvait échapper à ces puissantes antennes. Et c'était bien là le problème. Il fallait pouvoir trier parmi les millions d'écoutes interceptées celles qui présentaient de l'intérêt pour les services. Le capitaine Bridier était qualifié pour commander *Le Dupuy-de-Lôme*. Ancien officier du commandement interarmées de l'espace (CIE), il avait piloté le programme Satcom.

Après avoir descendu plusieurs échelles de coursive et parcouru un long couloir, il arriva devant une porte blindée sécurisée. Il approcha son visage d'une caméra où le système de reconnaissance faciale combiné à une analyse rétinienne confirma son identité. La lourde porte s'ouvrit en coulissant.

La salle des opérations était une vraie fourmilière. Devant plusieurs rangées de consoles surchargées d'écrans et de claviers, des dizaines d'opérateurs, des écouteurs sur la tête, analysaient des écoutes sélectionnées par l'intelligence artificielle à partir des mots-clés régulièrement mis à jour par la DRM et la DGSE.

Le capitaine était arrivé depuis à peine une demi-heure qu'un officier s'approcha de lui, une feuille à la main.

– Commandant, je crois qu'on a tiré le jackpot, regardez cela !

Le capitaine de frégate Bridier saisit la feuille qui lui était tendue et lut. La conversation originelle était en arabe, mais avait été traduite automatiquement et vérifiée par un des traducteurs à bord. Il comprit d'emblée l'importance du message qu'ils avaient intercepté. Il ordonna sa transmission immédiate à la DRM et la DGSE.

Il allait y avoir de l'agitation dans le Sahel.

Chapitre 46

France, Paris, caserne des Tourelles, boulevard Mortier, siège de la DGSE, section Sahel, mercredi 20 octobre 2021, 22 h 07, heure locale

Le colonel Manjour apposait son badge sur la serrure électronique de la porte menant à la section Sahel lorsque son téléphone portable sonna à sa ceinture. Un peu énervé, il le prit pour répondre tout en poussant la porte de son épaule.

– Manjour ! aboya-t-il dans le téléphone. Ah, c'est vous, monsieur le directeur ! Désolé, mais comme vous le savez, les choses se bousculent. Oui, je viens d'arriver à la section Sahel. Je fais le point avec eux et je vous rappelle.

Tout en raccrochant, il aperçut Philippe Mathieu, le chef de section Sahel, penché vers l'écran d'un des analystes. Le colonel Manjour reconnut Yann qu'il avait vu à de nombreuses reprises ces derniers mois, lors des multiples réunions de crise qui s'étaient tenues sur le Sahel.

Il appréciait cet analyste, gros travailleur, ayant une culture étonnante des pays composant le Sahel, cette bande d'Afrique s'étendant de l'Atlantique à la mer Rouge et comprenant le Burkina Faso, le Mali, la Mauritanie, le Niger et le Tchad.

Le colonel Manjour interpella le chef de section avec autorité.

– Mathieu ! Il faut que l'on fasse un point. Cela s'agite beaucoup au Château (faisant ainsi allusion au palais de l'Élysée). Le président est très inquiet de ce qui se prépare et veut un plan d'action.

Philippe Mathieu se releva en tapant amicalement sur l'épaule de Yann et en l'invitant à le rejoindre. Il serra la main du colonel Manjour et ils se dirigèrent vers une petite salle de réunion vitrée et insonorisée.

Ils prirent place autour de la table et Philippe Mathieu servit un café au colonel Manjour le temps que Yann connecte son ordinateur portable à l'écran géant installé sur le seul mur de la pièce.

– Alors, où en est-on ? demanda, impatient, le colonel Manjour.

Philippe Mathieu fit signe à Yann de prendre la parole.

– Tout a commencé dimanche lorsque l'on a reçu une série de photos prises par une de nos sources au Mali. Sur celles-ci, on a identifié Abdelmalek Droukdel que l'on cherche depuis des années. On ignore qui il a rencontré, mais cela devait être très important pour qu'il se déplace ainsi, avec une escorte composée d'un chauffeur et de deux gardes du corps. J'ai immédiatement lancé un ordre de mission prioritaire pour dépêcher un de nos nouveaux drones MQ-9A Block 5 Reaper à sa poursuite. Malheureusement, malgré ses nouveaux capteurs, on a perdu sa trace. Et puis hier, notre navire de renseignement *Le Dupuy-de-Lôme*, qui est posté en Méditerranée orientale, a intercepté une communication provenant d'un téléphone satellite. C'est devenu extrêmement rare, car les terroristes savent que nous les écoutons. Mais il y a des cas où ils n'ont pas le choix. Leurs communications sont alors très courtes et en langage codé. On a réussi à déchiffrer celle-là. Il confirmait une réunion de l'état-major d'Al-Qaida au Maghreb islamique à laquelle seraient présents les trois principaux chefs d'Aqmi : Abdelmalek Droukdel, Iyad Ag Ghali et Amadou Koufa, un Peul[1] émir de la katiba Macina, un groupe très présent dans le centre du Mali. De plus, et c'est une énorme surprise, il annonce la venue d'un représentant de l'État islamique. Ils ne prononcent pas son nom, mais on ne peut exclure que ce soit Mohamed Jaish.

– Ce salopard a réussi à passer à travers les mailles du filet de la CIA pour sortir des États-Unis ! s'exclama le colonel Manjour. Poursuivez Yann.

– Al-Qaida et l'État islamique sont engagés dans une guerre de pouvoir sans merci pour le leadership du terrorisme islamique. S'ils décidaient de s'allier, ce qui serait une première, et une menace de premier ordre. On ignore où la réunion se tiendra, mais on sait que ce sera le 30 novembre. On a là une occasion unique de porter un coup fatal à Al-Qaida au Maghreb islamique et d'empêcher cette alliance de tous les dangers, s'enthousiasma Yann.

– Très bien, enchaîna le colonel Manjour, c'est du beau travail, mais tant que l'on ne sait pas où se tiendra cette réunion, mon équipe ne pourra rien faire.

Philippe Mathieu décida d'intervenir.

– On a un début de plan, mais il n'est pas encore finalisé, dit-il prudemment.

Le colonel Manjour l'interrompit aussitôt :

– Allez-y, Mathieu, crachez le morceau !

– Comme je viens de vous l'annoncer, colonel, c'est un début de plan. On n'a pas encore vérifié tous les aspects sur sa faisabilité, ni l'évaluation des risques. Les écoutes électromagnétiques sont trop aléatoires. On prend le risque qu'ils ne communiquent jamais le lieu par ce moyen. Le seul moyen d'être certains de

1. Les Peuls sont traditionnellement des pasteurs transhumants, allant des zones arides au delta du fleuve Niger.

connaître le lieu de la rencontre, c'est d'avoir un homme à nous infiltré.

Le colonel Manjour le regarda comme s'il avait proféré une ineptie.

– Vous êtes un grand malade, Mathieu ! explosa-t-il. Vous voulez que j'envoie un de mes hommes dans la gueule du loup ! C'est une mission suicide !

Mathieu attendit quelques secondes que le colonel Manjour se calme avant de reprendre :

– Colonel, nous sommes parfaitement conscients que ce serait une mission à haut risque, mais franchement, dans le délai imparti et l'urgence, nous ne voyons que cette option. Laissez-moi vous expliquer ce que nous avons en tête.

Résigné, le colonel Manjour se concentra sur les explications du chef de section.

– Nous savons que les chefs d'Al-Qaida sont extrêmement méfiants. S'ils ont réussi à nous échapper jusqu'à présent, c'est bien qu'ils font preuve d'une vigilance absolue. Personne ne peut les approcher ; il faut qu'ils soient connus d'eux depuis des années et en qui ils ont une confiance absolue. Ils évitent au maximum les portables et les téléphones satellites, et font effectuer des contrôles systématiques sur tous ceux qui les approchent pour détecter des micros ou des traceurs. On est partis de l'hypothèse que notre infiltré devait pouvoir les approcher au plus près, en un mot, être présent à leurs côtés et être porteur d'un traceur indétectable, voire d'une caméra.

Le colonel Manjour regarda Mathieu interloqué.

– L'homme invisible ne fait pas partie de mes effectifs, ne put-il s'empêcher de dire ironiquement.

Mathieu ne releva pas et poursuivit ses explications.

– La seule solution est de remplacer un des gardes du corps par un homme à nous. La source qui nous a envoyé les photos d'Abdelmalek Droukdel nous a informés qu'il connaissait bien l'un de ses gardes du corps qui l'accompagnaient. C'est un homme de son village âgé d'une trentaine d'années. Notre source nous a dit que cet homme avait le visage horriblement déformé et qu'il le cachait en permanence sous son chèche[1]. On a interrogé l'équipe médicale. Selon eux, il pourrait s'agir d'une neurofibromatose, une maladie génétique assez rare qui déforme le visage. On essaie de le confirmer. Le grand avantage est que personne ne l'approche. Lui-même, sans doute traumatisé par son apparence et la réaction que sa vision suscite, ne recherche pas le contact. Cela limite considérablement les risques de voir notre agent démasqué. Grâce aux photos qui intègrent une nouvelle technologie, on a pu estimer les mesures anthropométriques du garde du corps et on les a comparées à celles de vos agents dans notre base de données. Un nom est ressorti : le commandant Leclerc. C'est lui qui s'approche le plus de notre homme.

Le colonel Manjour ne réagit pas laissant Mathieu continuer ses explications.

– Notre idée est de kidnapper discrètement ce garde du corps et le remplacer par le commandant Leclerc. Notre source nous a dit que l'homme, du fait de sa maladie, n'enlève jamais son chèche en présence d'autres personnes. Le commandant Leclerc parle parfaitement arabe sans accent même s'il est plus prudent qu'il ne parle pas. Nous ignorons si son timbre de voix est proche ou non de celui du garde du corps. Nous avons fait des tests et le chèche déforme beaucoup la voix. Cela devrait passer.

Le colonel Manjour décida d'intervenir.

– Admettons que cela soit réalisable, comment pourra-t-on le suivre et écouter ce qu'ils se disent ?

---

1. Foulard en coton porté par les Touaregs qu'ils s'enroulent sur le visage et la tête pour se protéger de la chaleur et de la sécheresse du désert.

– Vous savez que le service technique a mis au point des micros avec leur batterie que l'on peut incruster dans la masse. Les gardes du corps sont équipés principalement de kalachnikovs AK-47. Le service technique nous a confirmé que l'on pouvait inclure dans la crosse de l'arme une microcaméra ainsi qu'un traceur GPS. Ils seront indétectables. Cela nécessitera évidemment que la crosse soit orientée en direction de ceux que l'on veut filmer. Le seul inconvénient, c'est que si notre agent est séparé de son arme, on ne pourra plus le suivre.

Le colonel Manjour resta songeur. En théorie, cela pourrait marcher. Mais son expérience lui rappelait qu'il n'y avait pas de théorie qui tienne sur le terrain.

– On a revu le plan avec le bureau des légendes, poursuivit Mathieu. Selon eux, il faut *a minima* un mois de préparation pour un agent expérimenté. C'est également le délai nécessaire pour qu'il se fasse pousser une barbe d'une longueur suffisante. On est aussi en train de travailler sur la couleur des yeux. Celle du garde du corps est marron, selon notre source. Celle du commandant Leclerc est verte. Pour changer sa couleur, il lui faudra des lentilles qu'il pourra porter plusieurs jours, voire une semaine. Pas question qu'il emporte un kit de nettoyage de lentilles. Cela le trahirait !

Le colonel Manjour réfléchit. Par bien des aspects, ce plan semblait réalisable. Mais les risques étaient considérables.

Si son agent était démasqué, le mieux était la mort, le pire, la torture, les mutilations ou une décapitation filmée sans compter sur l'hypothèse d'être aspergé d'essence dans une cage et brûlé vif comme le malheureux pilote jordanien qui avait été capturé.

– Bien, je vais y réfléchir et vous faire part de ma décision.

Le colonel Manjour regagna son bureau et enjoignit à son assistante de demander au commandant Leclerc de venir.

Quelques minutes plus tard le jeune officier se présenta à son bureau.

– Vous m'avez fait demander d'urgence, mon colonel, que se passe-t-il ?

– Oui, Karim, cela s'agite fort au Sahel. Le Mali est devenu un vrai chaudron. Notre équipe sur place s'est fait mener en bateau par le colonel Assimi Goïta. Il commandait les forces spéciales maliennes et était devenu vice-président. On était rassurés de pouvoir s'appuyer sur un homme comme lui. On n'a pas fait gaffe, lorsque le nouveau gouvernement a été nommé par le président de transition Bah N'Daw et son Premier ministre Moctar Ouane, deux des proches d'Assimi en avaient été exclus. Cela n'a fait ni une ni deux. Le colonel Assimi Goïta a réuni son état-major dans le camp Soundiata-Keïta de la ville de garnison de Kati et il a fomenté un coup d'État sous notre nez sans que l'on s'en aperçoive, le deuxième en moins d'un an ! Il a arrêté aussitôt le président et le Premier ministre, puis il a obtenu leur démission contre leur libération. Les deux ne se sont pas fait prier. Mais le pire, c'est que Assimi Goïta nous tient responsables de cette exclusion. Pour nous « punir », il s'est rapproché des mouvements terroristes présents dans le pays, les mêmes qu'il pourchassait avec ses hommes à nos côtés. Il a déclaré qu'il fallait discuter avec eux pour rétablir la paix dans le pays. *Bullshit*, oui ! explosa le colonel Manjour. Discuter avec des islamistes radicaux ! Et il a ordonné à l'armée malienne de ne plus coopérer avec notre force Barkhane. Du coup, notre président a menacé de retirer nos soldats. Bref, on est dans un chaudron sur un feu brûlant.

Karim était interrogatif. Ce n'était pas dans les habitudes du colonel Manjour de tourner autour du pot, même si, en l'occurrence, c'était un « chaudron ».

– Et qu'est-ce que vous attendez de moi, colonel ? demanda Karim.

Le colonel Manjour le regarda droit dans les yeux. L'agent y lut une pointe de tristesse.

– Voilà, mon garçon, en reprenant son ton paternaliste, c'est une mission difficile et très dangereuse. Pas question, bien entendu, de vous y envoyer si vous n'êtes pas volontaire. Mais je crains que l'on n'ait pas vraiment le choix. On a peut-être retrouvé la trace de Mohamed Jaish. Il est apparemment parvenu à regagner le Mali. Il doit participer à une réunion extraordinaire de l'état-major d'Aqmi.

– Je ne comprends pas, intervint Karim, autant que je sache, Al-Qaida et l'État islamique sont des ennemis jurés. Comment se fait-il qu'ils se rencontrent ?

– C'est toute la question. Sans doute à la suite de cette nouvelle situation politique au Mali, les chefs d'Aqmi ont planifié cette rencontre physique début septembre pour définir leur position et leur stratégie à venir. Est-ce qu'ils veulent proposer à l'État islamique une alliance pour déstabiliser définitivement l'État malien et éliminer la nouvelle junte au pouvoir ? S'ils y arrivent, ils pourraient recréer au Mali un califat comme en Irak et Syrie. Ce serait un scénario cauchemardesque. Une autre option est que la nouvelle junte, qui prône le dialogue avec les mouvements terroristes, cherche à ce que les mouvements s'unissent pour avoir un seul interlocuteur dans la négociation. Si c'est le cas, ils jouent avec le feu et risquent de se brûler.

– Sait-on où se tiendra cette réunion ? demanda Karim.

– Nous ne savons pas encore où, ni ce qui sera discuté. Non seulement on doit connaître ce qui se trame, mais on doit tout faire pour éliminer Droukdel et ses acolytes. On a réussi à identifier un de ses gardes du corps. Sa corpulence est identique à la vôtre. Notre plan est de l'enlever et que vous le remplaciez. Vous serez alors aux premières loges pour savoir ce qui se passe.

Karim regarda, ébahi, le colonel Manjour.

– Mais c'est du suicide ! Je ne tiendrai pas deux minutes. C'est de la folie pure !

– Ne vous emballez pas, mon garçon. Je ne vous ai pas encore tout dit. Ce garde du corps est atteint d'une maladie génétique assez rare, la neurofibromatose, qui déforme le visage. Il le cache en permanence sous son chèche et évite tout contact avec les gens. C'est un solitaire. Nous pensons que sur une période courte de quelques jours, maximum une semaine, vous pourrez donner le change.

Karim resta silencieux, analysant dans sa tête la dangerosité de la mission, mais aussi les enjeux. Plusieurs de ses camarades étaient morts, principalement à cause d'IED, ces explosifs improvisés, placés par Aqmi. Et deux de ses compagnons avaient été amputés de leurs jambes. Il avait toujours voulu punir les responsables.

Un bref instant, son nouveau statut de père lui traversa la tête. Mais Mei Ling lui avait promis de se faire avorter après son départ. Son instinct de soldat refit surface aussitôt.

– Bien, colonel, je suis volontaire. Décidément, vous voulez ma mort, dit-il en plaisantant.

Chapitre 47

**République populaire de Chine, Pékin,
14, rue Dongchang'an (East Chang'an Street),
siège du Guoanbu, ministère de la Sécurité de l'État,
vendredi 22 octobre 2021, 14h20, heure locale**

Mei Ling était inquiète. Elle venait d'être brusquement convoquée par le ministre Geng Huichang à son bureau à Beijing. Une heure après avoir reçu cette convocation, une voiture officielle venait la chercher à la villa de l'île de Hainan où elle poursuivait, forcée, sa convalescence pour la conduire à l'aéroport où un Learjet du Guoanbu l'attendait.

En disant au revoir à Qiong qui s'occupait si bien d'elle, Mei Ling remarqua avec étonnement que celle-ci ne semblait pas surprise de son départ. Savait-elle quelque chose ? Mei Ling n'était toutefois pas naïve. Elle n'ignorait pas que Qiong renseignait le Guoanbu sur ses faits et gestes. Mais était-elle plus qu'une informatrice ?

En tout cas Mei Ling s'interrogeait sur la raison de cette soudaine convocation. Il s'était peut-être passé quelque chose de grave. Mais ce n'était pas dans les journaux chinois qu'elle pourrait l'apprendre. La censure y veillait.

Elle avait tenté d'en savoir plus auprès de Fu-Hsi qui assurait l'intérim en son absence. Bizarrement, il n'avait pas répondu à son message. Sans doute était-il très occupé aussi par cette urgence ?

Dans l'avion qui la ramenait de Hainan, Mei Ling se remémorait les dernières semaines passées avec Karim. Décidément, elle était vraiment amoureuse de cet homme.

Elle aurait tout donné pour garder cet enfant, mais il avait raison. Dans leur position, quel avenir pourraient-ils lui donner ? Et Mei Ling était une professionnelle trop expérimentée pour ne pas savoir que le Guoanbu ferait tout pour utiliser ce moyen de pression sur cet agent français. L'occasion serait trop belle.

Elle avait décidé de cacher sa grossesse à ses supérieurs. Une de ses amies de l'université était devenue un médecin réputé du Beijing United Family Hospital, situé sur le quatrième périphérique de Beijing. Elle savait pouvoir lui faire confiance. Elle prévoyait de lui demander un avortement discret dans une des petites cliniques dépendant de l'hôpital.

Sitôt avait-elle atterri à l'aéroport militaire de Beijing, une voiture officielle la conduisit au siège du Guoanbu. Dans les couloirs qui menaient au bureau du ministre Geng Huichang, elle croisa avec bonheur plusieurs de ses collaborateurs, ravis de la voir complètement rétablie.

Arrivée au bureau du ministre, elle se fit annoncer par l'officier aide de camp de ce dernier. Quelques minutes plus tard, elle fut introduite dans l'imposante pièce de travail de Geng Huichang. Il était assis à son bureau en train d'écrire, comme à son habitude.

Mei Ling remarqua, posées sur le bureau, les deux imposantes maquettes des J-20 et J-31, les deux nouveaux avions furtifs de cinquième génération de l'armée de l'air chinoise.

Derrière lui figuraient des maquettes de la fusée Longue Marche et de la nouvelle station spatiale chinoise. Mei Ling savait que Geng Huichang était passionné de maquettes et fier d'exhiber ainsi la puissance de la technologie chinoise.

Geng Huichang saisit un des tampons encreurs posés sur son bureau et apposa son sceau en bas du document qu'il venait de terminer. Il leva les yeux et sourit à Mei Ling tout en se levant.

– Mei Ling, vous êtes éblouissante. Je suis heureux de vous voir ainsi rétablie. Venez vous asseoir à côté de moi, dit-il en désignant un profond canapé. Voulez-vous une tasse de thé ? Après ce long vol, vous devez en avoir besoin !

Mei Ling accepta et alla s'asseoir sur le canapé.

– Racontez-moi tout, mon enfant, continua Geng Huichang d'une voix mielleuse. Avez-vous aimé notre merveilleuse île de Hainan ?

– Oui, le temps était magnifique et les bains de mer m'ont fait beaucoup de bien.

– Tant mieux, tant mieux. Et votre idylle avec le commandant Leclerc ?

Mei Ling se raidit. Elle était sur un terrain dangereux. Elle savait qu'elle devait peser chaque mot.

– Il a été très attentionné avec moi. Nous sommes restés dans une relation purement privée et comme nous nous y sommes engagés, nous n'avons abordé aucun sujet professionnel. Vous devez sans doute le savoir, rajouta Mei Ling en faisant allusion aux micros qui devaient sans nul doute truffer la villa.

Elle avait quand même pris soin de vérifier qu'aucune caméra n'était dissimulée qui aurait pu filmer leurs ébats ? *Et Karim avait fait de même en arrivant…*, pensa-t-elle dans sa tête.

– Je m'en réjouis, poursuivit Geng Huichang.

Mei Ling eut soudainement le sentiment de voir en lui un chat tournant autour d'une souris.

– Et vous n'avez rien d'important à me dire ?

Mei Ling crut que son cœur allait s'arrêter de battre. Elle connaissait trop Geng Huichang pour ne pas comprendre qu'il savait son secret. Elle prit peur.

En dehors de Karim, elle n'en avait parlé à personne. Surtout pas à Qiong qui travaillait pour le Guoanbu. Elle réalisa soudain que pendant son coma, son retour de Russie, elle avait dû subir de nombreux examens. Nul doute que sa grossesse avait été détectée.

Elle avait conscience de ce qui se passerait si elle tentait de lui mentir, aussi elle se lança :

– Si, dit-elle à voix basse, comme si quelqu'un d'autre pouvait entendre, mais ils étaient seuls dans la pièce. J'ai découvert que j'étais enceinte. Un accident involontaire. Mais rassurez-vous, je vais me faire avorter.

Elle affronta le regard de Geng Huichang qui était devenu glacial.

– Mais quelle merveilleuse nouvelle ! Vous allez voir le bonheur que c'est d'être parent. Moi-même comme vous le savez, j'ai deux fils.

Mei Ling prit brutalement conscience du message qu'il venait de lui adresser. Pas question d'avorter. Il voulait qu'elle garde cet enfant. Ses réflexes professionnels bousculèrent son cerveau. Ils voulaient utiliser l'enfant à naître pour piéger l'agent français. Cela voulait dire pour elle trahir Karim.

Elle regarda Geng Huichang avec des yeux implorants. Mais le visage du ministre s'était fermé. Il avait cet air dur qu'elle connaissait lorsqu'il avait pris une décision et qu'il entendait qu'elle soit exécutée sur-le-champ. Elle retint des larmes qui s'apprêtaient à couler de ses yeux. Ne pas montrer de faiblesse, lui avait-il appris.

Geng Huichang se leva, mettant fin à l'entretien.

– Votre santé m'importe beaucoup, lui dit-il en la raccompagnant à la porte, je souhaite recevoir un rapport hebdomadaire de votre médecin sur l'évolution de votre grossesse. Vous avez bien compris que vous devez garder le secret le plus absolu. Lorsque vous sentirez que votre grossesse risque d'être apparente, vous partirez dans une clinique nous appartenant. Vous serez officiellement en mission secrète pour expliquer votre absence.

Sur le pas de la porte, Mei Ling se retourna vers Geng Huichang et le salua militairement sans un mot. Elle était prise au piège !

Chapitre 48

**France, Paris, caserne des Tourelles, boulevard Mortier,
siège de la DGSE, bureau des légendes,
samedi 23 octobre 2021, 8 h 04, heure locale**

Le patron du bureau des légendes, Mathieu Laborde, accueillit Karim en personne et lui présenta son équipe en charge de construire sa légende.

– Commandant, je vous présente Sophie et Denis qui vont assurer votre préparation pour cette mission. Ils vont vous conduire à l'appartement assigné pour vous.

Karim serra la main de Sophie et Denis, et salua Mathieu Laborde.

– Bien, je vous suis, dit Karim. À partir de maintenant, ma vie est entre vos mains.

Karim ne plaisantait pas. Ce n'était pas sa première mission sous couverture et il savait que la qualité de la préparation était fondamentale. C'est un travail qui requiert une grande minutie. La moindre faille, le moindre oubli peut compromettre sa couverture.

Dans la formation qu'il avait reçue, il se souvenait du cas d'une agente sous couverture comme archéologue en Iran. Elle était censée être née à Chartres. Elle avait été arrêtée alors qu'elle se trouvait à proximité d'un site sensible. Elle avait gardé son sang-froid et répondait de manière crédible et cohérente pendant son interrogatoire.

Malheureusement pour elle, l'officier qui menait l'interrogatoire était très expérimenté. Il envoya une copie du passeport de la jeune femme à l'agent de la Vevak[1] en poste à l'ambassade d'Iran à Paris.

Ce dernier interrogea le service d'état civil de la mairie de Chartres. L'équipe en charge de la couverture avait oublié de mettre une « alarme » sur le nom de couverture de l'agent. Le service d'état civil répondit que ce nom ne figurait pas sur la liste des naissances.

L'agente fut soumise à un intense interrogatoire. Déstabilisée par l'annonce de cette erreur sur son lieu de naissance, elle finit par craquer et croupissait depuis dans une prison iranienne.

Karim prenait donc avec beaucoup de sérieux cette préparation, d'autant plus qu'il était conscient de l'extrême dangerosité de sa mission.

Arrivé à l'appartement assigné pour la préparation, il s'installa dans une des chambres, Sophie et Denis firent de même. Puis ils se retrouvèrent dans le salon. Au centre étaient installés une grande table de travail et deux écrans géants posés sur des socles.

Ils s'assirent autour de la table, Sophie et Denis disposant chacun d'un ordinateur portable devant eux. Sophie prit la parole :

– Bon, Karim, on va être francs avec vous, nous n'avons jamais été confrontés à une configuration pareille. D'abord, nous allons avoir un mois, peut-être moins, pour vous préparer alors que nous y consacrons une année en moyenne. Ensuite, nous préparons une légende en partant de rien. Là, vous devez remplacer un homme existant. C'est-à-dire qu'on doit vous

1. *Vezarat-e Ettela'at va Amniyat Keshvar* : ministère du Renseignement et de la Sécurité nationale iranien.

apprendre le plus possible sur lui. Or, pour l'instant, on ne sait pratiquement rien sur lui. Depuis une semaine, nos satellites *Pléiades 1A* et *1B* balaient le Mali quotidiennement. Comme vous le savez, ils nous fournissent une nouvelle génération d'images à très haute résolution, on peut détecter des objets de moins d'un mètre. On a affecté également un de nos nouveaux drones MQ-9A Block 5 Reaper sur zone. De plus, toutes nos sources sont en alerte maximum et deux équipes du 13e RDP sont sur place à la recherche de renseignements. Ce sont les meilleurs. Ils trouveront. Nous recevrons les informations en temps réel. À nous de les prendre en compte. Vous devrez les mémoriser dans un délai très court.

Karim acquiesça, totalement concentré.

– Sur le plan physique, vous avez la même stature. À partir d'aujourd'hui, vous vous laissez pousser la barbe. Peu de temps avant votre insertion, on vous en rajoutera artificiellement si nécessaire. Ne vous inquiétez pas, les implants seront totalement identiques à votre barbe naturelle. Pour vos yeux qui sont verts, nous devrons vous mettre des lentilles de contact pour les colorer en marron comme notre cible. Avez-vous déjà porté des lentilles de contact ?

– Non, jamais, répondit Karim.

– Dans ce cas, nous devrons commencer dès aujourd'hui pour vous accoutumer à les porter. Comme ce ne sont pas les lentilles correctives, nous avons développé une nouvelle génération de lentilles de contact que vous pourrez porter sans les changer pendant trois semaines, maximum quatre semaines. Après, vous devrez impérativement les retirer sous peine de risquer une infection des yeux.

– J'espère que la mission sera terminée lorsque je devrai le faire. Je me vois mal retirer des lentilles de contact au milieu d'un des groupes terroristes les plus sanguinaires de la planète ! commenta Karim, l'air grave.

– Comme vous le savez, poursuivit Sophie, notre cible est atteinte d'une maladie génétique, la neurofibromatose, qui déforme le visage. Nos médecins se sont penchés sur la question. Nous n'avons pas encore de photos de la cible, mais nos médecins sont formels. Les déformations du visage sont importantes, trop grandes pour être recréées par du maquillage. Nous pensons que le risque est trop grand de vous envoyer là-bas sans déformation du visage. Ce serait votre arrêt de mort si votre chèche tombait.

Un frisson glacial parcourut le dos de Karim. Comment comptaient-ils lui déformer le visage ?

Denis sentit que Karim s'était crispé. Il intervint :

– Rassurez-vous, Karim, on ne va pas vous charcuter le visage. Dès que l'on disposera de photos du sien, on vous fera des injections de macrolane et d'hyacorp. Ce sont des acides hyaluroniques d'origine non animale spécialement conçus pour remodeler la silhouette. Sous forme de gel transparent et visqueux, ces produits sont biocompatibles, car formés de molécules naturellement présentes dans le corps. De ce fait, les risques de rejet n'existent pas.

Plutôt inquiet, Karim demanda :

– Combien de temps dure l'effet de ces injections ?

– Ne vous inquiétez pas, au moins douze mois !

– Et quand la mission sera terminée, comment je reviens de la forme de Quasimodo à mon propre visage ?

Il y eut un silence gêné. Sophie regarda Denis, puis se lança :

– À vrai dire, c'est la première fois que l'on va utiliser ces produits dans le cadre d'une mission. Les médecins nous assurent qu'en quelques semaines ils arriveront à retirer l'essentiel des produits et que le reste s'éliminera naturellement. Comme vous êtes jeune, votre peau devrait retrouver sa fermeté. Au pire, il faudra pratiquer un peu de gymnastique pour votre visage.

À moitié rassuré, Karim fixa Sophie droit dans les yeux.

– Vous avez d'autres bonnes surprises comme celles-là ?

– Nous savons que leur langue de communication est l'arabe, ce qui ne vous posera pas de problème. Il se peut aussi qu'ils parlent français. Mais comme vous le savez, c'est la langue officielle du Mali, mais elle n'est pas parlée par la majorité de la population. Ils parlent le bambara. C'est une langue mandée pratiquée au Burkina Faso, en Côte d'Ivoire, en Gambie, en Guinée, en Guinée-Bissau et au Sénégal. Il va falloir qu'on vous apprenne quelques rudiments de cette langue, suffisamment pour que vous puissiez dériver la conversation en arabe.

– Bon, je vois que l'on a du pain sur la planche, intervint Karim, mi-figue mi-raisin. Est-ce que l'on sait au moins comment je m'appelle ?

– Pas depuis longtemps. Une de nos sources, originaire du village, commence à nous faire remonter de l'info. Notre homme s'appelle Mamadou Kounta. Son père est décédé. Il a une petite sœur qui vit avec sa mère. C'est une chance pour nous, car il prend soin d'elles, d'après notre source, et vient les voir régulièrement.

– Et quel est le plan ?

– Il faut qu'on le localise ainsi qu'Abdelmalek Droukdel. Lorsque Mamadou Kounta ira voir sa mère et sa sœur, à son retour, une équipe des forces spéciales le kidnappera et vous prendrez sa place.

Karim resta perplexe. Cela ne lui semblait pas très sophistiqué comme plan.

– Admettons, et comment vous me suivez et comment je communique ?

Denis se lança dans une longue description des moyens techniques prévus. Tout en l'écoutant, Karim pensait à Mei Ling. Elle devait être en train d'avorter, seule, et il ne pouvait être à ses côtés.

Chapitre 49

Mali, Bamako, square Patrice-Lumumba,
ambassade de France,
dimanche 24 octobre 2021, 8 h 47, heure locale

Pascal Lecornu, le chef du PLR[1] de la DGSE au Mali, ne décolérait pas depuis le coup d'État du colonel Assimi Goïta. En poste depuis un an, il pensait avoir trouvé ses marques.

Issu d'une famille africaine installée en France depuis trois générations, il avait réussi le concours d'entrée à Saint-Cyr. Une fois diplômé, il fut contacté par la DGSE et décida de faire carrière en son sein. Le poste de PLR au Mali était une promotion importante pour sa carrière et une vraie marque de confiance de la part de ses supérieurs.

Il pensait avoir noué des liens étroits avec le colonel Assimi Goïta, ayant même été invité par lui à quelques parties un peu chaudes en compagnie de splendides jeunes femmes.

Mais il s'était lourdement trompé. Le colonel était ambitieux et manipulateur. Il avait réussi à monter son coup d'État sans que rien filtre. Pascal Lecornu avait aussitôt été convoqué à

1. Poste de liaison et de renseignements.

Paris pour s'expliquer : un moment désagréable dont il se souviendrait longtemps.

Heureusement pour lui, les succès qu'il avait rencontrés dans la lutte contre les groupes djihadistes avaient plaidé en sa faveur. Sa stratégie d'essaimer des sources à travers le pays avait été payante.

D'ailleurs, depuis que l'une d'entre elles avait repéré Abdelmalek Droukdel, le siège le harcelait pour obtenir le plus d'informations possible sur un certain Mamadou Kounta, un des gardes du corps de Droukdel.

Non sans appréhension, il avait envoyé son agent traitant de la source à Ansongo, sous prétexte de faire un reportage sur le Mali profond. Il devait revenir de sa mission dans la matinée. Pascal Lecornu consulta nerveusement sa montre. Il jeta un regard par la fenêtre de son bureau, situé au premier étage.

Ce dimanche matin, tout était calme. Un des gardes, posté à l'entrée, bâillait, sans doute mal réveillé. Lecornu se dit que son agent n'arriverait probablement pas avant la fin de la matinée. Il était dangereux de rouler la nuit au Mali. Il avait dû partir de bonne heure ce matin.

Il lorgna sa précieuse machine Nespresso posée sur un meuble bas et décida de se faire son quatrième expresso de la matinée.

Chapitre 50

France, Paris, caserne des Tourelles, boulevard Mortier, siège de la DGSE, section Sahel, dimanche 24 octobre 2021, 21 h 15, heure locale

Philippe Mathieu était épuisé. Cela faisait une semaine qu'il travaillait sans discontinuer avec son équipe. Il dormait dans les modestes salles de repos aménagées à côté de la salle de situation. Il s'apprêtait à rejoindre la sienne pour dormir quelques heures lorsqu'un message crypté arriva du PLR de Bamako. Sa conscience professionnelle prit le dessus sur la fatigue et il l'ouvrit. Au bout de quelques minutes, son épuisement s'était envolé, remplacé par l'adrénaline. Un long rapport circonstancié accompagné d'une multitude de photos accompagnait le message du chef de poste, Pascal Lecornu.

Son agent de terrain, un Ivoirien, avait fait du beau boulot. Sous couverture d'un reporter free-lance travaillant pour le magazine *National Geographic*, il s'était rendu à Ansongo. Il avait d'abord rendu visite à sa source locale, le berger Moussa Ousmane Camara. Il lui avait apporté une bouteille de tchapalo[1].

1. Le tchapalo, ou encore dolo, est une boisson obtenue à partir de la fermentation du mil ou du sorgho rouge germé, puis cuit à l'eau. Cette boisson alcoolisée est consommée au Mali.

Moussa était ravi. Ses faibles revenus ne lui permettaient pas de s'offrir souvent cet alcool dont il raffolait. L'agent qui se faisait appeler James glissa en plus une poignée de francs CFA dans la main de Moussa, le remerciant pour les belles photos qu'il avait envoyées.

Moussa, les yeux écarquillés, compta les billets de ses mains décharnées. Il y avait mille francs CFA[1] : une petite fortune pour lui ! L'alcool et l'argent ayant détendu l'atmosphère, James expliqua en bambara, langue qu'il maîtrisait parfaitement, que son magazine lui avait demandé de réaliser un reportage sur un village africain au Mali.

James sortit un magazine de *National Geographic* de son sac à dos et le feuilleta devant Moussa. Il ne savait pas lire, mais regardait avec curiosité les images. James expliqua qu'il donnerait à chaque maison visitée mille francs CFA à la famille qui y habitait et tout autant à Moussa.

Ce dernier accepta tout de suite. Avec cet argent, il pourrait doubler la taille de son troupeau et s'acheter quelques bouteilles de tchapalo ! Ayant fini la bouteille apportée par James, Moussa se leva, titubant légèrement sous l'effet conjugué de la chaleur montante et de l'alcool.

Le berger conduisit James à la maison la plus proche. Il connaissait bien la famille qui accepta sans problème la généreuse proposition du journaliste. Il nota soigneusement leurs noms, les interrogea sur le fonctionnement du village, les derniers potins. Enfin, il les prit en photo à l'intérieur et l'extérieur de la maison.

Tous les enfants du village attirés par la rumeur de la présence du journaliste avaient accouru. James plongea la main dans son sac à dos et en retira une poignée de bonbons qu'il distribua aux enfants riants de bonheur.

1. Environ 1,50 €.

Colportée par les enfants, la nouvelle de sa présence avait fait le tour du village. Devant la porte de chaque maison, les villageois attendaient d'être interviewés et pris en photo par le journaliste. L'attrait de recevoir mille francs CFA n'y était naturellement pas étranger.

Lorsque James, accompagné de Moussa, arriva à la case de la mère de Mamadou Kounta, il vit avec soulagement que la mère et la sœur du garde du corps d'Abdelmalek Droukdel étaient présentes, comme les autres villageois, sur le pas de leur porte.

Il sortit de son sac à dos un collier et une brosse à cheveux qu'il tendit à la sœur de Mamadou. Aux anges, celle-ci mit aussitôt le collier autour de son cou et serra la brosse à cheveux sur sa poitrine. James commença alors un interrogatoire minutieux, photographiant en détail tout l'environnement autour de la maison.

Le ventre de Moussa émit des gargouillements sonores. C'était l'heure de déjeuner et la faim commençait à le tourmenter. La traditionnelle hospitalité africaine faisant, la mère invita les deux hommes à partager leur repas.

Ils entrèrent dans la modeste case. Au fond, sur un foyer, James reconnut un riz jollof qui mijotait dans un faitout en aluminium tout cabossé. La fille posa une natte sur le sol avec des gobelets et pour l'étranger une fourchette. Ils s'assirent à même le sol, les jambes croisées.

Pendant ce temps, la mère remplissait des assiettes du riz jollof au poulet, arrosant les légumes et le riz de sauce. Pour finir, elle posa dans chaque assiette un petit tas de laitue hachée, de la coriandre et un œuf dur.

Tout en dégustant son plat, James observait avec attention l'intérieur de la case. Sur un des murs était accroché un panneau de bois couvert de photos plus ou moins racornies. L'une d'elles montrait le visage d'un homme pris en gros plan, horriblement déformé. Prudemment, James fit dévier la conversation sur leur famille. Il apprit que le père était décédé de paludisme et que c'est leur fils qui avait pourvu aux besoins de la famille malgré son handicap dû à cette affreuse maladie. Lorsqu'il était plus jeune, ses parents l'avaient emmené à l'hôpital de Gao. Il y avait subi plusieurs examens, mais le médecin avait dit qu'il ne pouvait rien faire.

Le riz jollof avalé, la fille apporta comme dessert un plat de patates douces avec du coco et un coulis de fruit de la passion. James le trouva délicieux et complimenta la jeune fille. Il sentit qu'il ne lui était pas indifférent.

James se releva et, prétextant de se dégourdir les jambes, fit le tour de la case. Discrètement, il prit plusieurs photos du panneau en bois avec les photos dessus. Puis il proposa à la jeune fille de marcher avec lui pour une interview. Elle accepta avec enthousiasme.

Ils sortirent de la case et marchèrent le long de la piste menant à Gao. Pendant une demi-heure, James posa des questions sur le frère de la jeune fille, notant scrupuleusement dans sa tête chaque détail, chaque information récoltée. Puis ils revinrent à la case où Moussa était en grande conversation avec la mère.

James saisit quelques bribes de conversation où la mère remerciait Moussa d'avoir amené ce généreux étranger. L'agent s'approcha d'eux et leur remit les mille francs CFA. Elle le remercia sous l'œil excité de la jeune fille qui avait repris la brosse à cheveux toute neuve qu'elle serrait contre sa poitrine.

Philippe Mathieu termina la lecture du rapport et visionna toutes les photos. Décidément, James avait fait un boulot remarquable ! Le chef de section rédigea un message et l'envoya avec les photos et le rapport à l'équipe du 13e RDP qui se préparait à partir pour Ansongo et à l'équipe du bureau des légendes qui assurait la préparation de Karim.

Le chef de section Sahel sentit que la fatigue avait repris le dessus. Il éteignit son ordinateur et partit se coucher dans sa salle de repos. Il s'endormit aussitôt, serein. Les informations qu'il venait de transmettre allaient grandement faciliter la mission de leur agent et surtout en réduire les risques.

Chapitre 51

France, Paris, caserne des Tourelles, boulevard Mortier, siège de la DGSE, bureau des légendes, mercredi 27 octobre 2021, 16 h 25, heure locale

La préparation de Karim à sa dangereuse mission était intense. Les précieux renseignements collectés par James au Mali avaient permis de reconstituer le parcours de Mamadou Kounta. Un honorable correspondant de la DGSE, un médecin français travaillant à l'hôpital de Gao, avait réussi à faire une copie du dossier médical de Mamadou Kounta.

Les photos contenues dans le dossier permettaient de faire une cartographie exacte des déformations du visage. L'équipe médicale de la DGSE travaillait sur le protocole des injections à réaliser dans le visage de Karim pour lui donner la même apparence.

Une équipe opérationnelle, avec un membre du 13e RDP et un membre du commando Hubert désignés pour effectuer le kidnapping de Mamadou Kounta et l'infiltration de Karim, planchait sur la planification de l'opération.

La principale difficulté était que Mamadou Kounta et son patron Abdelmalek Droukdel restaient impossibles à localiser.

Ni le drone, ni les satellites, ni les sources réparties sur le territoire malien n'arrivaient à les trouver.

Profitant d'une pause sur les séances de questions-réponses, Karim s'était installé sur un des canapés et relisait pour la troisième fois le rapport de James. Il faillit passer sur un paragraphe anodin en apparence lorsqu'un déclic se fit dans sa tête.

Le paragraphe en question rapportait que Mamadou Kounta était particulièrement attentionné vis-à-vis de sa mère. Malgré son visage effrayant, sa mère s'était toujours montrée affectueuse à son égard. Selon sa sœur, elle avait souvent pris sa défense contre les moqueries et les brimades des autres enfants du village.

Cette protection maternelle l'avait profondément touché, et, devenu adulte, il prenait à son tour grand soin d'elle. Karim se dit que c'était l'élément à exploiter. Il se leva et rejoignit l'équipe opérationnelle qui travaillait dans la pièce adjacente.

– Les gars, leur dit-il, j'ai une idée. Si, au lieu d'attendre que Mamadou apparaisse, on le forçait à venir ?

L'équipe le regarda, interloquée.

– Comment peut-on faire cela ? demanda le membre du commando Hubert. On ne sait pas où il est et on n'a aucun moyen de communiquer avec lui !

– C'est vrai, répondit Karim, mais on sait qu'il est très attaché à sa mère. Je ne peux imaginer qu'il ne communique pas régulièrement avec elle, ne serait-ce que pour prendre de ses nouvelles.

– Peut-être, mais nos écoutes n'ont rien donné. On ne sait même pas si elle a un téléphone portable. En tout cas, on n'en a pas trouvé de trace.

– C'est la limite des écoutes électromagnétiques, insista Karim. Mais il y a d'autres moyens de communiquer, on le sait, comme avec les messagers. Imaginons que sa mère tombe gravement malade. Il sera prévenu et voudra la voir. L'avantage supplémentaire, essentiel pour nous, est de pouvoir en programmer la date et donc de pouvoir organiser l'opération de substitution, idéalement quelques jours avant la réunion prévue des chefs d'Aqmi. Je serai moins exposé avec une durée plus courte à sa place. Cela me donnerait aussi une option en plus, celle de pouvoir prétexter que la santé de ma mère me préoccupe, au cas où j'aurais un comportement inhabituel qui les alerterait.

L'équipe opérationnelle resta silencieuse, réfléchissant sur l'idée de Karim. Du regard, ils se concertèrent et le membre du commando Hubert prit la parole :

– C'est bien vu, Karim. On va plancher sur l'idée pour en faire un plan d'action.

Karim tourna la tête. Sophie et Denis s'impatientaient. Ils devaient reprendre sa fastidieuse préparation, encouragés par le fait qu'elle pouvait lui sauver la vie.

Chapitre 52

République populaire de Chine,
Beijing, quartier de Wangjing, domicile de Mei Ling Tao,
jeudi 28 octobre 2021, 8h20, heure locale

Mei Ling était debout dans sa cuisine attendant que sa bouilloire ait fini de chauffer l'eau pour son thé. Elle regardait, par sa fenêtre du vingt et unième étage, les autres gratte-ciels de son quartier de Wangjing, situé au nord-est de Beijing.

Se trouvant entre le 4ᵉ et 5ᵉ boulevard périphérique, ce quartier était facile d'accès pour ses activités professionnelles, étant à proximité des autoroutes de Jingcheng et de l'aéroport. Le quartier était aussi desservi par de nombreuses lignes de bus et la ligne 13 du métro.

Elle se caressa machinalement le ventre qui commençait à très légèrement bomber. Physiquement, elle se sentait en pleine forme. Mais moralement et psychologiquement, elle ne savait plus où elle en était.

Elle avait accusé le coup de la décision de Geng Huichang d'utiliser sa grossesse pour piéger l'agent français. Elle savait qu'elle ne pouvait se dérober. Sa famille et elle en paieraient les conséquences en cas de désobéissance. De plus, la puissante machine du Guoanbu s'était immédiatement mise en ordre de marche.

Elle avait été soumise à d'oppressantes séances de débriefing sur son séjour à Hainan. Elle prit conscience que la fidèle Qiong était une redoutable agente du Guoanbu chargée de la surveiller. Mei Ling n'avait pas eu le choix que de révéler le mode de communication qu'elle avait convenu avec Karim pour se donner des nouvelles.

Karim, prévoyant, avait emporté des États-Unis deux téléphones prépayés qui avaient échappé à la surveillance de Qiong. Ils avaient ouvert un compte sur la messagerie Signal, pouvant ainsi s'envoyer des messages cryptés en toute sécurité.

Ce n'est que lorsque les interrogateurs du Guoanbu avaient menacé de faire arrêter immédiatement ses parents que Mei Ling avait craqué et révélé où elle avait caché le téléphone. Elle imaginait malheureusement l'usage qu'en ferait le Guoanbu.

Une équipe de psychologues avait étudié les rapports détaillés de Qiong sur les comportements de Karim pendant son séjour à Hainan et en avait dressé un profil psychologique. À partir de celui-ci, ils allaient rédiger les messages supposés être envoyés par Mei Ling.

Très vite, l'équipe de psychologues se rendit compte qu'ils avaient deux stratégies possibles avec des conséquences différentes. Ils ne pouvaient décider seuls et demandèrent une réunion spéciale avec le ministre Geng Huichang. Naturellement, Mei Ling n'y fut pas conviée, mais le colonel Fu-Hsi oui.

Les psychologues expliquèrent qu'ils avaient le choix de révéler tout de suite à l'agent français que Mei Ling avait changé d'avis et souhaitait garder l'enfant. Cela allait sans nul doute déstabiliser l'agent, mais ils ignoraient si cela serait suffisant pour le faire basculer dans la trahison de son pays.

Cette option supposait pendant plusieurs mois une étroite collaboration de Mei Ling Tao et de fréquentes communications directes avec l'agent français. Les messages ne seraient pas suffisants. Toutefois, l'état psychologique de Mei Ling après sa captivité en Russie demeurait fragile.

L'autre option était de maintenir l'agent français dans l'ignorance de l'existence future de l'enfant. Un maintien de la communication par messages était envisageable. Dans tous les cas de figure, si des échanges directs étaient nécessaires, ils seraient très limités. La générale Tao serait ainsi psychologiquement grandement épargnée. En revanche, l'annonce de l'existence de l'enfant à l'agent français serait un véritable choc et il était difficile de prévoir sa réaction.

Toutes les options étaient sur la table, depuis la rupture brutale due au sentiment de trahison au fait de faire basculer sentimentalement Karim pour cet enfant et le conduire à la trahison.

Dans un lourd silence, le ministre Geng Huichang réfléchissait. Inconsciemment, son attachement à Mei Ling le conduisait à vouloir l'épargner et préférer la seconde option.

Mais, professionnellement, la première option était plus riche en opportunité sur une plus longue période. Cependant, il avait eu l'occasion de rencontrer personnellement, à plusieurs reprises, l'agent français. Or Geng Huichang n'était pas arrivé à ce poste de responsabilités sans une solide capacité à juger les hommes.

Il avait acquis la conviction que, quel que soit l'amour que l'agent français pouvait porter pour Mei Ling, il ne trahirait pas son pays, sauf si le choc psychologique était suffisamment fort pour le faire basculer. Cela le ramenait à l'option numéro deux.

Après avoir complété sa réflexion par une série de questions aux psychologues, il trancha en faveur de la deuxième option. Le premier message sur Signal envoyé à Karim, supposé être écrit par Mei Ling, lui disait qu'elle avait pris rendez-vous la semaine suivante avec son amie médecin pour pratiquer l'avortement.

Le piège se mettait en place.

Chapitre 53

France, Paris, caserne des Tourelles, boulevard Mortier, siège de la DGSE, salle de situation, lundi 15 novembre 2021, 9 h 30, heure locale

Karim était assis à côté du colonel Manjour. L'ambiance était fiévreuse au fur et à mesure que la date de rencontre des chefs d'Aqmi approchait. Les conversations en aparté allaient bon train, créant un brouhaha inaudible.

– Mesdames, messieurs, nous commençons notre réunion, annonça avec autorité le colonel Manjour. (Le silence se fit instantanément dans la salle.) Sophie, où en êtes-vous dans la préparation de Karim ?

– Nous sommes prêts autant qu'on peut l'être. Karim a bien assimilé les informations dont nous disposons sur Mamadou Kounta, tant sur son passé, son environnement, que sur ses habitudes.

– Très bien, commandant Legendre, l'équipe opérationnelle a-t-elle finalisé le plan d'action ? poursuivit le colonel Manjour.

– Oui, mon colonel. Nous avons exploité l'idée soumise par le commandant Leclerc. Le plan est de provoquer une maladie suffisamment grave chez la mère de Mamadou Kounta pour qu'il se sente obligé de venir la voir. Nous avons prévu de procéder de la manière suivante. Une équipe du 13e RDP va se substituer à une des équipes médicales de l'armée qui couvre actuellement la région pour apporter des soins à la population. Nous avons inclus dans l'équipe un opérateur féminin qui s'est attiré la sympathie des habitants. Ils sont devenus familiers dans le paysage et n'attirent plus l'attention. Notre service médical va nous fournir un virus atténué de la Covid-19, mais suffisamment fort pour que la mère de Mamadou en présente les symptômes sans la mettre en danger. On a repéré où elle s'approvisionne en eau. Le moment venu, on la contaminera avec ce virus. On fera aussi courir le bruit qu'elle l'a attrapé, ce qui aura l'avantage d'éloigner les curieux et Mamadou ne devrait pas se méfier. La population de ces régions n'est pas vaccinée et cela paraîtra très crédible qu'une femme âgée l'ait attrapé. On dira à sa sœur qu'elle aura besoin d'être transportée à l'hôpital pour bénéficier de soins de réanimation. Cela nous fera un bon moyen de pression pour faire parler Mamadou. S'il se tait, il condamne sa mère à la mort. Nous pensons qu'il craquera. Le commando Hubert sera en stand-by, prêt à intervenir pour le kidnapper et lui substituer le commandant Leclerc. Nous avons attribué le nom de code de Cerise pour Mamadou Kounta et de Loup pour le commandant Leclerc.

Celui d'Abdelmalek Droukdel est Guépard. La kalachnikov a été préparée et est fonctionnelle. Le commandant Leclerc s'est entraîné à orienter l'objectif de la caméra incrustée dans la crosse pour bien cadrer la vue recherchée et le micro fonctionne parfaitement avec une autonomie d'un mois et une capacité d'enregistrement de quarante heures. Pour tracer le commandant Leclerc en toutes circonstances, compte tenu des risques de fouille, la seule option est d'inclure un traceur également dans la crosse de la kalachnikov. Mais s'il s'en sépare, on le perd, termina-t-il en regardant Karim.

– Bien, merci, commandant, cela me semble cohérent, reprit le colonel Manjour. Comme vous le savez, par nos interceptions, nous savons que la réunion aura lieu le 9 septembre. Il est donc temps d'effectuer un rétroplanning pour finaliser le plan d'action. Sophie, qu'en est-il de la préparation physique de Karim ?

– Le rendez-vous est pris avec l'équipe médicale chargée de faire les injections dans le visage à l'hôpital Percy pour vendredi matin. Karim restera en observation à l'hôpital le week-end.

Si son état de santé est bon, il embarquera le lundi dans un transport militaire à destination de notre base à Gao. Le vol sur Airbus A400M comprend du ravitaillement et des munitions pour nos troupes ainsi qu'un détachement de chasseurs alpins en rotation. Pour éviter toute fuite, le commandant Leclerc voyagera dans la cabine de pilotage. Les pilotes seront astreints au secret-défense, mais ils sont accoutumés habilités. Cela ne posera pas de problème. Lorsqu'il arrivera à Gao, l'équipe du 13e RDP le prendra en charge et le conduira à une planque aménagée à proximité d'Ansongo, où il restera avec eux jusqu'à l'intervention. La réunion devant avoir lieu le 9 septembre, nous avons prévu de provoquer la maladie de la mère à partir du 1er septembre, suffisamment tôt pour que Mamadou soit informé et qu'il ait le temps de la voir avant la réunion, mais pas trop tôt pour réduire le temps d'exposition en infiltration du commandant Leclerc.

Le colonel Manjour reprit la parole :

– Bien, il reste à espérer que le départ de Mamadou pour visiter sa mère ne conduise pas son remplacement par un autre garde du corps.

Philippe Mathieu intervint :

– La probabilité est faible. Abdelmalek Droukdel est extrêmement méfiant. S'il lui fait confiance en tant que garde du corps, il répugnera à en changer au dernier moment, d'autant plus pour une réunion aussi importante.

– Bon, mesdames, messieurs, d'autres points que vous souhaitez aborder ?

Les participants échangèrent des regards, mais restèrent silencieux. Tous étaient conscients de l'extrême dangerosité de cette mission. Aucun n'aurait souhaité être à la place de Karim.

Chapitre 54

France, Clamart, 101, avenue Henri-Barbusse,
hôpital d'instruction des armées Percy,
service de chirurgie plastique et reconstructrice,
vendredi 19 novembre 2021, 10 h 37, heure locale

Karim avait regagné sa chambre en isolement, après avoir passé près de deux heures entre les mains des chirurgiens plasticiens de l'hôpital Percy. Les injections s'étaient faites sans anesthésie. *A priori*, ce n'était pas douloureux, mais la multiplicité des piqûres nécessaires pour remodeler le visage avait fini par devenir pénible et Karim avait hâte que cela se termine.

L'opération terminée, les médecins, l'air satisfait, prirent un miroir et montrèrent à Karim le résultat. Ils avaient bien travaillé. Son visage était méconnaissable. Seuls ses yeux verts le trahissaient encore, mais il porterait ses lentilles colorées dès son arrivée à Gao.

L'infirmière lui apporta une carafe d'eau et vérifia qu'il ne manquait de rien. Il devait se reposer et éviter de poser son visage sur l'oreiller. Les médecins viendraient faire un examen de contrôle le lendemain, et si tout allait bien, il sortirait de l'hôpital le dimanche, pour une dernière soirée à Paris, avant son départ pour Gao le lendemain.

L'infirmière partie, Karim se leva comme un collégien et fonça sur le placard de la chambre où était rangé son sac avec ses affaires pour son séjour. Il glissa sa main dans la doublure intérieure par une fente discrètement aménagée avec un cutter, et attrapa le téléphone prépayé qui lui servait à communiquer avec Mei Ling.

Selon son dernier message, l'avortement était prévu pour aujourd'hui. Il consulta sa montre. Avec le décalage horaire, c'était la fin d'après-midi à Beijing. Il envoya un court message à Mei Ling, lui demandant comment cela s'était passé et comment elle se sentait.

Une heure plus tard, il reçut la réponse. L'opération s'était bien passée, mais Mei Ling se sentait triste et seule. Karim lui manquait terriblement.

Karim se sentit, d'un côté, soulagé que l'opération se soit bien passée. Pour être honnête, parce que la décision d'avortement, aussi douloureuse soit-elle, lui paraissait la meilleure option pour Mei Ling et lui.

D'un autre côté, il se sentit submergé par l'émotion. Il avait malgré tout décidé, avec Mei Ling, de mettre fin à la vie de leur enfant.

Il lui adressa un message dans lequel il partageait sa tristesse et sa solitude, et où il dit qu'il était admiratif de son courage dans cette épreuve, qu'il avait hâte d'être à ses côtés, mais qu'il commençait une mission et qu'il ne pourrait plus communiquer pendant un temps indéterminé. Il reprendrait contact avec elle dès sa mission accomplie.

Karim remit soigneusement le téléphone dans la doublure de son sac et regagna son lit juste au moment où un aide-soignant frappa à la porte et lui apporta son déjeuner.

Karim regarda le contenu du plateau et plongea aussitôt dans une profonde déprime. Les mets délicieux qu'il avait dégustés en Chine lui revenaient en mémoire. Il repoussa le plateau et ferma les yeux.

L'image de Mei Ling à Hainan lui apparut, riante, pendant leurs ébats fous sous la douche. Doucement, Karim s'endormit oubliant la douleur lancinante des injections dans son visage.

Il ignorait que les messages provenaient du Guoanbu.

Chapitre 55

**Mali, Gao, ferme servant de cache à Aqmi,
mardi 23 novembre 2021, 18 h 12, heure locale**

Abdelmalek Droukdel regardait, préoccupé, la carte détaillée posée sur la table en bois. La date de la réunion au sommet des dirigeants d'Aqmi prévue le 30 novembre approchait. Il devait décider aujourd'hui du lieu pour permettre à tous les participants de s'organiser pour s'y rendre le plus discrètement possible.

La présence constante des drones faisait peser une menace permanente sur eux. C'est pour cela qu'il avait choisi de rester sur Gao. Il est plus facile de se fondre dans la foule de la grande ville malienne que dans le désert. Oussama Ben Laden avait suivi le même raisonnement et avait préféré se cacher dans une grande ville pakistanaise plutôt que dans des zones tribales isolées.

Il voulait également éviter les longs déplacements qui augmentent les risques d'être repéré, ou pire, faire l'objet d'un tir de missile par un drone. Beaucoup de ses lieutenants avaient été tués de cette manière.

Après avoir mûrement réfléchi, il décida que la réunion se tiendrait près d'Ansongo. Il s'était assuré, lors de sa visite à la case des palabres, du fait que le chef du village était un sympathisant d'Aqmi.

Ce dernier lui avait conseillé une zone à quelques kilomètres de la ville où il pourrait faire surveiller les accès assez facilement. En cas de danger, plusieurs échappatoires étaient possibles. Il était prêt à envoyer ses messagers pour confirmer le lieu de la réunion.

Quelqu'un frappa doucement à sa porte. Instinctivement, Abdelmalek Droukdel saisit sa kalachnikov. Il cria d'entrer en arabe, sur ses gardes.

La silhouette de Mamadou Kounta apparut dans l'ouverture de la porte.

Rassuré, Abdelmalek Droukdel posa son arme.

– Qu'y a-t-il, Mamadou ? demanda-t-il, un peu étonné.

D'habitude, Mamadou était presque invisible.

– Émir, dit Mamadou avec respect à travers son chèche, désolé de vous déranger, mais je viens de recevoir des nouvelles de ma mère. Elle a attrapé ce maudit virus des infidèles. Je vous demande la permission d'aller la voir.

Abdelmalek Droukdel réfléchit quelques instants. Cela tombait mal. Mamadou était le garde du corps en qui il avait le plus confiance. Il avait besoin de lui pour la réunion qui était exceptionnelle. Il avait envie de refuser, mais la famille était un élément important pour garder la loyauté des membres d'Aqmi. Et heureusement, la mère de Mamadou habitait Ansongo qui était proche de Gao.

– Je comprends, Mamadou. Tu peux aller la voir, mais tu dois être revenu lundi au plus tard. Tu as compris ?

– Oui, mon émir, je serai revenu.

– Bien, et qu'Allah protège ta mère.

Chapitre 56

Mali, Ansongo, 95 km de Gao,
à mi-chemin entre Gao et la frontière nigérienne,
mercredi 24 novembre 2021, 10 h 25, heure locale

Mamadou Kounta, rongé par l'inquiétude pour la santé de sa mère, était parti de bonne heure de Gao. Il avait laissé son arme à la ferme au cas où il serait fouillé à un des nombreux *checkpoints* établis par l'armée malienne.

Arrivé à Ansongo par le car, il se dirigea aussitôt vers la maison de sa mère qui se situait au bout du village. En arrivant à proximité, il vit un des nouveaux blindés de l'armée française, un Griffon, arborant sur son flanc un carré blanc avec une croix rouge.

Mamadou hésita sur la conduite à tenir. Il était nerveux de voir les militaires français devant la maison de sa mère. D'un autre côté, leur présence le rassurait. Il n'y avait qu'un dispensaire mal équipé à Ansongo. Les militaires français seraient mieux à même de soigner sa mère.

Il avait entendu que ce virus était mortel et faisait des ravages terribles même en Occident. Dans le message qu'il avait reçu, il était précisé que c'était une équipe médicale de l'armée française qui soignait les habitants du village atteints par ce virus.

Fou d'inquiétude pour sa mère, il décida d'aller la voir. Après tout, il n'était qu'un fils allant au chevet de sa mère malade. Et il avait aussi appris à jouer de sa maladie. En cas de contrôle, son visage inspirait plutôt la pitié que la menace.

Il s'approcha de la maison et contourna le blindé. Il tomba nez à nez avec deux militaires français qui distribuaient des bonbons aux enfants du village. Dès qu'ils eurent pris les friandises, les enfants s'égaillèrent à travers le village en criant, montrant fièrement leurs trophées.

Mamadou expliqua en français, en s'aidant de gestes, qu'il était le fils et qu'il venait voir sa mère. Les deux militaires ne firent pas de difficultés et lui dirent d'y aller.

Il entra dans la maison, faiblement éclairée par la lumière provenant des étroites fenêtres et par une ampoule accrochée au milieu de la pièce. Il aperçut aussitôt sa mère, allongée sur le lit, et sa sœur debout à ses côtés, portant un masque chirurgical. Lui n'en avait pas, pensant que son chèche suffisait à le protéger.

Il vit également deux militaires, dont une femme accroupie près de sa mère, sans doute un médecin, se dit-il.

Il s'approcha en s'adressant en bambara à sa mère. La femme militaire se leva pour lui laisser la place. Il s'accroupit à son tour à côté du lit. Sa mère portait un masque à oxygène qui l'aidait à respirer. Il allait lui demander comment elle sentait lorsque tout bascula. Les deux militaires plaquèrent brutalement Mamadou au sol, lui tirant les bras en arrière et lui couvrant la tête d'une cagoule noire.

Avec rapidité, ils passèrent des menottes en plastique autour de ses poignets et tirèrent avec force sur la languette pour les serrer. Il sentit la morsure du plastique dans sa chair tant les menottes étaient serrées.

Des militaires cagoulés, des membres des forces spéciales du commando Hubert auxquels appartenaient également les deux faux médecins, étaient rentrés en même temps dans la pièce, maîtrisant la sœur qui n'opposa pas de résistance. La mère, à demi consciente, ne s'était rendu compte de rien.

Un des membres du commando entrouvrit la porte et vérifia que l'action menée n'avait pas attiré l'attention. Mais le village était calme. On approchait l'heure du déjeuner. Les femmes préparaient le repas et les hommes étaient absents du village, soit ils travaillaient au champ, soit ils étaient partis faire paître leur troupeau.

Le commando fit un signe et la porte arrière de l'énorme véhicule s'ouvrit. Après une dernière vérification que personne ne regardait dans leur direction, quatre commandos saisirent Mamadou par les jambes et les bras et le transportèrent *manu militari* à l'intérieur du blindé. Puis ce fut le tour de la sœur et de la mère sur un brancard.

Le commando féminin fut la dernière à ressortir de la maison, fermant la porte et apposant sur celle-ci un panneau indiquant que la maison était en quarantaine à cause de la contamination et que l'entrée en était interdite.

Tous les commandos à bord, le Griffon démarra en emportant son précieux otage. Toute l'action n'avait pas duré plus de cinq minutes.

Le Griffon mit à peine deux heures pour rejoindre la base française de Gao. Il alla directement se garer dans une enceinte sécurisée réservée aux forces spéciales. Mamadou fut débarqué et conduit dans une salle d'interrogatoire improvisée tandis que sa mère et sa sœur étaient conduites à l'infirmerie.

Il fut assis de force sur une chaise métallique et ses bras attachés au dossier de celle-ci. Il entendit des bruits de pas et quelqu'un lui arracha sa cagoule. Il cligna des yeux, ébloui par la lumière soudaine.

Il vit en face de lui deux hommes, des militaires visiblement, le visage masqué.

Il ne remarqua pas les deux caméras vidéo dissimulées de chaque côté de la pièce.

Dans une pièce adjacente, Karim observait avec attention la scène sur un moniteur.

Un des militaires s'adressa à Mamadou en bambara :

– Mamadou, on a une mauvaise nouvelle. Ta mère est très malade et dans un état critique. Si on ne lui donne pas de l'oxygène, elle va mourir. Et malheureusement, ta sœur a attrapé également ce virus. Si elle meurt aussi, tu seras seul.

Il se tut, laissant Mamadou digérer l'information. Habitué des interrogatoires, il vit le visage de Mamadou se décomposer. Les informations recueillies sur le terrain avaient permis aux psychologues de faire un profil assez précis de l'homme.

Sans éducation, victime de brimades pendant sa jeunesse du fait de son physique, il s'était réfugié dans le cocon familial. Doté d'une grande force physique et d'une absence d'empathie en dehors de sa mère et de sa sœur, il avait été recruté par une cellule d'Aqmi.

D'une grande docilité, il avait suivi à la lettre leurs ordres. Il avait ainsi donné l'impression d'être loyal à la cause. Mais, en réalité, il ne comprenait même pas les concepts religieux. Il se sentait simplement entouré, dans une sorte d'autre cocon familial.

– Mamadou, reprit l'interrogateur, nous pouvons sauver ta mère et ta sœur, nous pouvons les soigner.

Il vit sur le visage de Mamadou une lueur de soulagement.

– Mais pour cela, j'ai besoin aussi de ton aide. Où dois-tu rentrer après avoir vu ta mère ?

Mamadou, bien que rustre, n'était pas idiot. Il comprenait ce qu'il demandait et se souvenait de ce que l'émir lui avait dit : ne jamais révéler où ils étaient. Dans sa tête, les choses se bousculaient. Il voulait sauver à tout prix sa mère et sa sœur, mais ne pouvait pas désobéir à l'émir. Que pouvait-il faire ? Il baissa la tête, regardant fixement le plancher, perdu.

L'interrogateur sentit qu'il était dans une impasse. Pas question d'user de la violence ou de méthodes d'interrogatoire plus musclées. Il n'avait pas le temps. Chaque heure passée risquait de compromettre un peu plus la mission. Mamadou ne pouvait pas disparaître trop longtemps.

Il fallait continuer à actionner le levier psychologique et y aller en douceur. Il décida d'emmener Mamadou à l'infirmerie. Ils s'arrêtèrent derrière la porte d'entrée vitrée.

Mamadou reconnut aussitôt sa mère allongée sur un lit, un masque à oxygène sur le visage. Sur une autre civière, sa sœur était allongée, portant également un masque à oxygène. Toutes deux avaient l'air mal en point. Mamadou ignorait que les commandos leur avaient administré des somnifères.

– Tu vois, Mamadou, on est gentils. On prend bien soin de ta mère et de ta sœur. Mais j'ai besoin que tu m'aides aussi.

L'interrogateur prit Mamadou par le bras et le ramena dans la salle d'interrogatoire. Sur le chemin, il continuait de lui répéter qu'il avait besoin de son aide. Mamadou, la tête baissée, restait silencieux.

Une fois de nouveau menotté sur sa chaise, il sortit de son silence.

– Vous allez les guérir ? Vous me le promettez ? Je ne veux pas qu'elles meurent !

– Rassure-toi ! Nous avons de bons docteurs. Si tu nous aides, on le fera.

Mamadou sembla soudainement désinhibé. Il répondait simplement aux questions qui lui étaient posées, sans résistance. Il expliqua qu'il résidait avec l'émir dans une ferme à la bordure de la ville de Gao.

Les commandos étaient stupéfaits. Dire que l'homme qu'ils cherchaient depuis des années était à peine à quelques kilomètres d'eux ! Ils continuèrent de questionner Mamadou. Il y avait une douzaine de combattants dans la ferme aux côtés d'Abdelmalek Droukdel pour assurer sa protection en plus de la famille propriétaire de la ferme.

Ils disposaient de deux Toyota Land Cruiser tout neufs. Ils étaient armés de kalachnikovs, de lance-roquettes RPG-7 et d'un gros stock de munitions et d'explosifs.

Pour encourager Mamadou, l'interrogateur alla à l'infirmerie, pendant que le prisonnier avalait un repas, et demanda au médecin de réveiller la sœur. Celui-ci prit une seringue et lui injecta un stimulant, de la Ritaline. Quelques minutes plus tard, la jeune femme ouvrait les yeux.

Le repas terminé, l'interrogateur conduisit à nouveau Mamadou jusqu'à l'infirmerie. Ce dernier vit sa sœur assise au bord du lit, en train de boire un mug de thé.

– Tu vois, dit l'interrogateur, on tient parole. Ta sœur est presque guérie. On s'occupe de ta mère.

De retour dans la salle d'interrogatoire, l'interrogateur questionna ensuite longuement Mamadou sur ses habitudes, ses horaires, ses habitudes alimentaires, mais aussi s'il fumait, ou ce que lui demandait de faire l'émir.

Devant son moniteur, Karim était concentré, emmagasinant les informations dans sa tête. Mamadou répondait docilement aux questions posées. À la fin de la journée, Karim se sentait en confiance. Il connaissait suffisamment de choses pour donner le change.

Toutefois, il demanda à voir en personne Mamadou afin de mieux percevoir ses gestes, ses tics, ses réactions. Le chef du commando demanda l'autorisation. Sa requête remonta jusqu'au colonel Manjour qui donna son feu vert.

Lorsque Karim apparut, visage découvert, dans la salle d'interrogatoire, Mamadou eut un geste de recul. La stupéfaction se lisait sur son visage déformé.

Durant l'interrogatoire, Karim avait entendu que Mamadou, étant présent depuis près de trois ans auprès de l'émir, avait appris l'arabe, ce dernier préférant s'exprimer dans cette langue.

Karim engagea donc une conversation en arabe avec Mamadou, observant avec attention ses réactions, sa gestuelle. À la fin de la journée, Karim se sentit prêt à se rendre dans la gueule du loup.

Chapitre 57

Mali, Gao, ferme servant de cache à Aqmi,
samedi 27 novembre 2021, 16 h 04, heure locale

Revêtu des habits de Mamadou, Karim descendit du taxi collectif qui l'avait déposé à proximité de la ferme. Il avait caché dans ses vêtements la kalachnikov préparée par la direction technique et contenant dans la crosse le micro, la caméra et le traceur.

Mamadou lui avait dit avoir laissé son arme à la ferme sous son lit. Karim sentit l'adrénaline monter en lui au fur et à mesure qu'il s'approchait de l'entrée du site. La moindre erreur, le moindre faux pas, et il était mort.

À l'entrée de la ferme, deux guerriers dissimulant à peine leurs armes étaient en faction. Ils reconnurent Mamadou et l'apostrophèrent gentiment. Ils étaient au courant que sa mère avait attrapé la Covid et ils lui demandèrent en arabe des nouvelles de sa santé.

Karim répondit qu'elle était stable et que la patrouille médicale des militaires français venait régulièrement dans le village et s'en occupait. Heureusement, elle n'avait pas besoin d'être hospitalisée.

Il remercia les deux hommes pour leur sollicitude et continua son chemin. Il pénétra dans le bâtiment, et grâce aux indications données par Mamadou, il réussit sans trop de difficultés à s'orienter jusqu'à la pièce qui lui servait de chambre.

Tous les guerriers qu'il croisait demandaient des nouvelles de la mère. Heureusement, Mamadou n'était pas bavard et ils n'étaient donc pas étonnés de la brièveté des réponses données par Karim.

Il trouva aussi la kalachnikov de Mamadou sous le lit et la remplaça par celle trafiquée par le service. Il fallait maintenant qu'il se débarrasse discrètement de celle de Mamadou.

Il regarda autour de lui. Pas de cache possible. Il n'y avait presque pas de mobilier. Le sol était fait de terre sablonneuse. Impossible de creuser suffisamment pour cacher l'arme.

Il leva les yeux et vit au-dessus de la poutre centrale qui soutenait le plancher du grenier, où était stocké du fourrage pour les bêtes, une anfractuosité qui semblait assez grande pour contenir l'arme. Il avisa une chaise en bois et monta dessus. Karim réussit à y glisser l'arme. Elle était presque invisible.

Par précaution, il récupéra de la paille tombée du plancher et bourra l'anfractuosité avec. Il venait juste de redescendre de la chaise lorsqu'un homme pénétra dans la pièce : Abdelmalek Droukdel.

Karim s'inclina aussitôt avec respect.

– Mamadou, on m'a averti que tu étais rentré. Comment va ta mère ? demanda en arabe avec sollicitude le chef d'Aqmi.

Karim répondit avec des phrases courtes.

Abdelmalek Droukdel avait peu d'échanges avec Mamadou et savait qu'il était mal à l'aise lorsqu'il s'agissait de converser. Il préférait la solitude. De ce fait, il le connaissait assez mal bien qu'il fût à ses côtés depuis longtemps. Il n'insista pas et repartit préparer la réunion des chefs d'Aqmi.

Soulagé, Karim se dit que la substitution avait résisté à son premier examen de passage. Mais il devait encore tenir au moins quatre jours, pendant lesquels la moindre erreur pouvait lui coûter la vie. Ni le drone à haute altitude, ni le satellite braqué sur la ferme ne pourraient lui venir en aide.

Chapitre 58

France, Paris, caserne des Tourelles, boulevard Mortier, siège de la DGSE, salle de situation, mardi 30 novembre 2021, 9 h 30, heure locale

La tension était palpable dans la salle de situation. Les analystes et les spécialistes du service action se relayaient vingt-quatre heures sur vingt-quatre pour suivre ce qui se passait dans la ferme.

Ils n'avaient aucun moyen de communication avec Karim. On était le jour prévu de la fameuse réunion d'Aqmi. Des voix s'étaient fait entendre au sein de l'état-major, se demandant s'il ne fallait pas monter un assaut dès à présent sur la ferme pour neutraliser Abdelmalek Droukdel.

La capture ou la mort du chef d'Aqmi serait déjà une belle victoire. Mais les stratèges de la DGSE voulaient savoir ce que tramait Aqmi. En plus, la réunion allait permettre de localiser d'un seul coup tous les dirigeants de la mouvance terroriste et porter un coup sévère à leur organisation.

Le président de la République avait tranché. C'était cette dernière option, même si elle était plus périlleuse, qui avait été choisie. Des arrière-pensées politiques n'étaient pas exclues, mais il était certain que beaucoup de vies seraient épargnées si la direction d'Aqmi était décapitée d'un seul coup.

Le matin même, le drone et le satellite avaient révélé une agitation inhabituelle dans la ferme dès six heures. Sur les écrans de contrôle, des silhouettes s'agitaient auprès des deux véhicules. Puis une silhouette sortit de la maison, suivie de deux autres : les gardes du corps.

Le colonel Manjour pensa que l'un d'eux devait être Karim. Sa couverture semblait tenir puisque cela faisait quatre jours qu'il avait pris la place de Mamadou. *Décidément, il est doué ce garçon*, se dit-il, et il rajouta dans son for intérieur : *Sacrément courageux !*

Les analystes de la DGSE s'étaient étonnés que rien ne bougeât la veille. Ils avaient même craint que la réunion n'ait été reportée ou, pire, annulée. Mais lorsqu'ils virent l'agitation du matin, ils en déduisirent qu'elle devait avoir lieu à proximité de la ferme.

Cela expliquait qu'Abdelmalek Droukdel n'avait pas besoin de partir la veille. Ils se dirent que c'était astucieux, car avec un trajet court, il était moins exposé aux risques d'être repéré et intercepté.

Le drone suivait maintenant les deux véhicules qui filaient vers Ansongo. Immédiatement, un des analystes bascula sur un autre écran et fit apparaître des cartes détaillées de la zone. Il les examina avec attention puis intervint à voix haute :

– Je pense que la réunion se tiendra à Léléhoy. Ansongo est trop risqué pour eux, nous avons trop de patrouilles sur place. Il faut qu'on les prévienne de ne pas intercepter les deux Toyota Land Cruiser, sinon cela fera capoter la mission. Léléhoy est proche de la frontière avec le Burkina Faso et le Niger. Et du fait de la présence de la réserve de faune d'Ansongo-Ménaka, la région est déserte.

Philippe Mathieu, le chef de la section Sahel, hocha la tête, approuvant la déduction de son analyste.

De son côté, le représentant de la DRM vérifiait la présence des troupes françaises à proximité. Il prévint qu'aucune troupe n'était présente dans cette région.

Au bout de deux heures d'attente, les deux véhicules atteignirent effectivement le village de Léléhoy et le dépassèrent légèrement, puis s'arrêtèrent. Les silhouettes sortirent de véhicule et se dirigèrent vers un point où d'autres personnes apparurent.

Ils étaient arrivés sur le lieu de la réunion. La tension monta d'un cran dans la salle de situation. Le colonel Manjour ordonna que le drone cercle à distance suffisante pour ne pas risquer d'être repéré, mais assez près pour retransmettre le signal vidéo et audio émis par les émetteurs contenus dans la crosse de la kalachnikov de Karim.

Les premières images du satellite militaire d'observation *CSO-2* s'affichèrent sur l'écran central de la salle de situation. Opérationnel depuis quelques mois seulement, ce satellite, positionné en orbite basse à quatre cent quatre-vingts kilomètres, offrait une résolution remarquable par son grand niveau de détails.

Les images montraient une surprenante tente, de couleur rouge, décorée de motifs floraux et végétaux.

Qui aurait imaginé que les terroristes les plus dangereux du Sahel se réuniraient sous une tente dont la décoration rappelait plus un mouvement écologique ?

Mais les silhouettes assises en cercle étaient bien des terroristes. La profusion d'armes à leur côté ne laissait aucun doute. Et en plus, ils avaient l'air détendus et souriants !

Alors que tous les participants avaient les yeux rivés sur l'écran, le directeur général de la DGSE, Bernard Émié, entra dans la salle de situation. Les participants firent mine de se lever, mais d'un geste, il les invita à rester assis. Il se rapprocha du colonel Manjour, qui discrètement lui chuchota à l'oreille l'état de la situation.

Un des techniciens annonça soudain que la liaison avec le drone était établie. Aux images provenant du satellite se substituèrent les images vidéo provenant de la caméra dissimulée dans la crosse de la kalachnikov. Le son était parfaitement clair et les agents de la DGSE entendaient les chefs d'Aqmi converser entre eux aussi bien que s'ils étaient à leurs côtés.

Tous étaient fascinés par ce tour de force technologique, mais aussi par le sang-froid de leur agent sur place. Karim, sans doute debout à côté de l'assemblée des chefs d'Aqmi, faisait pivoter doucement la crosse, permettant de voir en gros plan chacun des participants de la réunion.

Les analystes confirmaient fiévreusement leur identité en faisant apparaître leurs fiches sur des écrans muraux. La fiche d'Abdelmalek Droukdel, le chef d'AQMI au Sahel, apparut en premier. Puis celle de Iyad Ag Ghali, l'émir du GSIM, chef d'Al-Qaida au Sahel, s'afficha.

Enfin la fiche d'Amadou Koufa, le Peul, émir de la katiba Macina, numéro deux d'Al-Qaida au Sahel, reconnaissable à sa barbichette blanche sur son visage noir, rejoignit les deux autres sur l'écran.

Les interprètes présents dans la salle de situation traduisaient au fur et à mesure les conversations des chefs terroristes. Celles-ci s'affichaient en temps réel. On était presque dans de la téléréalité, sauf que ce n'étaient pas d'innocents jeunes gens, mais des terroristes aguerris et dangereux.

Au bout d'une heure, Abdelmalek Droukdel annonça à ses compagnons l'objectif de leur réunion. Il voulait lancer à travers tout le Sahel une attaque d'envergure coordonnée des principales bases françaises. Le but était de tuer le plus possible de militaires pour retourner l'opinion publique française et obliger le gouvernement français à retirer ses troupes.

Le visage de Bernard Émié se tendit. Il se tourna vers le colonel Manjour.

– Nous devons une fière chandelle au commandant Leclerc. Nous allons pouvoir éviter un bain de sang. Je vais prévenir le chef d'état-major. Tenez-moi au courant.

Sur l'écran, la réunion se poursuivait. Chacun des chefs d'Al-Qaida définit sa zone d'intervention, les effectifs qu'il pourrait rassembler pour cette opération, leur mode opératoire. Ils prévoyaient d'utiliser des camions suicide chargés d'explosifs pour ouvrir une brèche dans la défense des bases.

Vers midi, Abdelmalek Droukdel proposa de faire une pause pour le déjeuner. Il annonça la présence d'un invité en voyant arriver un pick-up à double cabine Huanghai. Un homme en descendit, coiffé d'un turban noir, suivi par une escorte de cinq hommes armés.

Le sang du colonel Manjour se glaça. Il venait de reconnaître le visage de Mohamed Jaish, le terroriste de l'État islamique le plus recherché par la France depuis sa tentative d'attentat au Louvre[1] !

Cela confirmait l'hypothèse des analystes : c'était bien Mohamed Jaish, le délégué représentant l'État islamique. Pourvu qu'il ne reconnaisse pas Karim sous son déguisement. Dans le combat au corps à corps aux États-Unis, il avait eu le temps de le voir.

Al-Qaida et l'État islamique étaient ennemis. La question que tous se posaient était : que venait faire Mohamed Jaish au milieu d'une réunion des chefs d'Al-Qaida au Sahel ?

Il se dit que la vie de Karim ne tenait plus qu'à un fil…

1. Voir *SPY 002 Opération Charlie*.

Chapitre 59

**Mali, près de Léléhoy,
réunion des chefs d'Aqmi,
mardi 30 novembre 2021, 14 h 22, heure locale**

Le cœur de Karim s'était mis à battre à toute vitesse à cause de la montée brutale d'adrénaline lorsqu'il reconnut Mohamed Jaish.

Pendant le déjeuner, Karim s'était mis à l'écart, picorant dans sa gamelle sans grand appétit, prenant soin de ne pas dévoiler son visage. Il observait Mohamed Jaish en grande discussion avec Abdelmalek Droukdel. Il ne pouvait entendre ce qu'il se disait, étant trop éloigné.

Il ne pouvait prendre le risque de se rapprocher. Il remarqua que Mohamed Jaish, tout en continuant de converser, avait tourné deux fois son regard vers lui. Soupçonnait-il quelque chose ?

Le repas terminé, tous les participants à la réunion se relevèrent pour reformer le cercle sous la tente et poursuivre leur réunion.

Soudain, Mohamed Jaish, l'air mauvais, se dirigea vers Karim et d'un geste brutal lui arracha son chèche. Karim, instinctivement, se cacha le visage avec ses mains. Désarçonné par les malformations du visage qu'il avait découvertes, Mohamed Jaish ne bougeait plus.

Abdelmalek Droukdel se leva précipitamment et courut vers eux, apostrophant Mohamed Jaish en arabe. Tandis que Karim remettait rapidement son chèche pour se couvrir le visage, il entendit Mohamed Jaish s'excuser auprès Abdelmalek Droukdel, plaidant le fait qu'il avait cru reconnaître un mécréant.

Presque affectueusement, Abdelmalek Droukdel posa la main sur l'épaule de Karim, lui assurant que l'incident était clos. Mohamed Jaish, quant à lui, regagna la place qui lui était réservée dans le cercle, sous le regard réprobateur des autres participants.

Pourtant, dans son for intérieur, son sixième sens dictait à Mohamed Jaish qu'il avait déjà vu cet homme. Mais où ?

Pendant l'altercation, la kalachnikov de Karim était tombée, l'objectif de la minuscule caméra contre terre. Dans la salle de situation de la DGSE où ils suivaient en direct la réunion, l'écran devint noir, provoquant une montée d'angoisse dans la salle.

Alors que la fonction audio continuait de tourner, ils entendaient que la réunion avait repris, l'écran restait désespérément noir. L'objectif de la caméra avait dû être endommagé par la chute de l'arme.

Chapitre 60

**Niger, base aérienne 101 Niamey,
mardi 30 novembre 2021, 15 h 45, heure locale**

Située sur l'aéroport international Diori-Hamani, la base aérienne projetée de l'armée de l'air française était en état d'alerte maximum. L'état-major à Paris avait suspendu toutes les opérations en cours pour affecter prioritairement tous les drones disponibles à une opération secrète sous le nom de code « Bourgou ».

Le colonel Hugues Dacier, commandant la base, prit le téléphone sécurisé posé sur son bureau. Il était en ligne directe avec l'état-major de l'opération Barkhane à Paris. Il reçut l'ordre de faire décoller les deux drones Reaper encore disponibles pour Léléhoy en plus du nouveau drone MQ-9A Block 5 Reaper déjà positionné là-bas.

Les pilotes recevraient des instructions complémentaires lorsque les drones seraient en position. On l'informa qu'un nombre plus important de drones étant requis, une aide avait été demandée à l'US Africa Command qui envoyait trois drones supplémentaires sur zone depuis leur nouvelle base aérienne 201 d'Agadez, en plein centre du Niger, au nord de Niamey.

Le colonel Dacier connaissait bien cette base pour l'avoir visitée. Il avait été impressionné par les infrastructures créées par les Américains pour la mettre aux normes de confort de leurs pilotes : cafétéria, salles de sport, bibliothèque, le tout climatisé.

Il devait se coordonner avec son homologue américain pour cette opération vu le nombre inhabituellement élevé de drones sur zone. Ce seraient en tout six drones MQ-9 Reaper qui opéreraient conjointement.

L'état-major expliqua au colonel Dacier les motifs de ce déploiement exceptionnel. En raccrochant, il se précipita dans le container des postes de pilotage des drones pour briefer ses pilotes.

Chapitre 61

Mali, près de Léléhoy,
réunion des chefs d'Aqmi,
mardi 30 novembre 2021, 16 h 03, heure locale

Abdelmalek Droukdel se leva, marquant la fin de la réunion. Tous les participants se levèrent à leur tour, se disant au revoir à grands coups d'accolades. Chaque délégation regagna ses véhicules pour rejoindre leurs bases respectives.

Karim avait constaté que Mohamed Jaish continuait de le fixer pendant la fin de la réunion. L'avait il reconnu ? Le commandant garda son sang-froid. Si cela avait été le cas, il l'aurait déjà démasqué. Ses injections au visage lui avaient sans nul doute sauvé la vie, et sans doute aussi ses lentilles de contact masquant ses yeux verts trop reconnaissables.

Abdelmalek Droukdel passa devant lui en lui faisant signe de regagner leur Toyota.

Mohamed Jaish, impassible, les regardait gagner le véhicule. Karim résista à l'envie de se retourner. Abdelmalek Droukdel prit place à l'arrière et Karim referma la porte et alla s'installer au côté du chauffeur.

Le véhicule démarra et Karim vit dans le rétroviseur Mohamed Jaish regagner également son 4×4. Il poussa intérieurement un soupir de soulagement. Pendant la fin de la réunion, il avait soigneusement dirigé la crosse de sa kalachnikov vers le véhicule du terroriste de Daesh pour permettre aux analystes de l'identifier, ignorant que malheureusement la caméra ne fonctionnait plus.

Abdelmalek Droukdel dit lapidairement au chauffeur de rentrer à la base. Oui, mais voilà, Karim ignorait où se trouvait cette base. Il partait pour l'inconnu, sachant que plus il serait en présence d'Abdelmalek Droukdel, plus il risquait de commettre une erreur et de se faire ainsi démasquer.

Pour l'instant, il n'avait aucune idée de comment il allait se sortir de ce piège mortel.

Chapitre 62

France, Paris, caserne des Tourelles, boulevard Mortier, siège de la DGSE, salle de situation, mardi 30 novembre 2021, 23 h 30 heure locale

Le colonel Manjour était anxieux. Son cœur commençait à palpiter sous l'effet conjugué de la tension régnante et du café qu'il avait bu sans modération. Il était épuisé malgré sa résistance légendaire. L'âge commençait à se faire sentir. Il regrettait d'avoir envoyé Karim sur cette mission qui s'apparentait de plus en plus à une mission suicide.

Certes, l'état-major exultait, qualifiant l'opération comme le plus grand succès de ces dernières années. Six drones suivaient actuellement à la trace les principaux chefs d'Al-Qaida au Sahel, et, surprise, Mohamed Jaish, dont la tête était mise à prix, était du même coup miraculeusement localisé.

Les yeux rivés sur l'écran qui retransmettait les images du drone qui suivait les deux véhicules, dont l'un transportant Abdelmalek Droukdel, le colonel Manjour pensait à Karim.

Comment allait-il le sortir de là ?

Lorsque Karim s'était porté volontaire pour effectuer cette mission, il connaissait le plan prévu pour l'infiltrer, et on ne lui avait pas caché qu'il n'existait pas de plan pour l'exfiltrer. Il allait falloir improviser, ce qui est contre l'ADN du service. On n'envoie jamais un agent en mission sans prévoir comment l'exfiltrer en cas de danger.

Comme toutes les règles, il y a des exceptions. L'occasion était unique et allait permettre de sauver de nombreuses vies. Il fallait la saisir. Les événements leur avaient donné raison. Mais le problème restait entier. Comment sortir Karim de cette situation ?

Les deux véhicules filaient vers le nord, évitant soigneusement les *checkpoints* établis par l'armée malienne. Les terroristes étaient bien informés. Les analystes n'étaient pas surpris. Abdelmalek Droukdel était algérien. Il était logique qu'il cherche à établir sa base vers la frontière algérienne.

Sur toutes les bases françaises au Mali, des équipes des forces spéciales étaient en stand-by à côté d'hélicoptères prêts à décoller. L'opération « Bourgou », qui avait été déclenchée, consistait à suivre chacun des chefs d'Aqmi et Mohamed Jaish jusqu'à leur base et alors déclencher un assaut pour les faire, si possible, prisonniers, sinon les neutraliser.

Le fait d'attendre qu'ils soient à leur base répondait à deux objectifs. D'abord, ils baisseraient certainement leur garde, ce qui augmenterait l'effet de surprise, ensuite la DGSE avait l'espoir de trouver sur la base des éléments qui seraient précieux, des ordinateurs, des portables, des cartes SIM, des clés USB…

L'opération visant Abdelmalek Droukdel portait le nom de code de « Bourgou 1 », celle concernant Mohamed Jaish « Bourgou 2 », celle de Iyad Ag Ghali « Bourgou 3 », enfin celle d'Amadou Koufa « Bourgou 4 ».

Le colonel Manjour, perdu dans ses pensées, sursauta lorsqu'une main se posa sur son épaule. Il se retourna. C'était Philippe Mathieu, le chef de section Sahel.

– Colonel, allez vous reposer, vous êtes exténué. Je viendrai vous prévenir s'il se passe quelque chose.

Le colonel Manjour regarda à nouveau l'écran, puis lui répondit :

– Vous avez raison, Mathieu. Je vais dormir un peu. Les prochaines heures seront décisives. Il faut que j'aie l'esprit clair.

Le colonel Manjour se dirigea vers une des salles de repos attenantes. Il retira ses chaussures et s'allongea, tout habillé, sur le lit.

Il mit moins d'une minute à s'endormir d'un sommeil profond.

Chapitre 63

Mali, province de Kidal,
mercredi 1er décembre 2021, 2h47, heure locale

Cela faisait maintenant presque onze heures qu'ils roulaient depuis Léléhoy. Il n'y avait que trois cent cinquante kilomètres entre Gao et Kidal, mais il fallait en temps normal une bonne dizaine d'heures pour les parcourir. Alors, de nuit et en faisant des détours sur des pistes rudimentaires, il fallait beaucoup plus.

Karim avait de l'admiration pour le chauffeur, aussi bien pour sa résistance que pour son adresse sur une route parfois très périlleuse. Depuis le départ de Léléhoy, le silence avait régné dans le véhicule. Ils ne s'étaient arrêtés que deux fois pour se soulager, boire de l'eau et se restaurer.

Ils avaient essayé de dormir. Cela était possible sur les routes goudronnées. Mais dès qu'ils bifurquaient sur des pistes, les trous qui constellaient celles-ci provoquaient le ballottement du véhicule, réveillant systématiquement ses occupants.

Karim étouffait sous son chèche. Il notait dans sa tête l'itinéraire suivi, cherchant à se repérer. Heureusement, c'était une nuit de pleine lune et la lumière blafarde de celle-ci permettait de distinguer le paysage. Il avait vu qu'il remontait vers le nord, passant au large de Gao.

Il venait de dépasser Kidal en direction de Tessalit en passant par Adiel'hoc. Karim vit dans le rétroviseur que le deuxième véhicule les abandonnait et prenait la direction de Kidal. Ils n'étaient donc plus que tous les quatre. Karim se dit que cela devait faire partie de la tactique des terroristes de se diviser pour brouiller les pistes dans le cas où ils seraient suivis.

Il venait de parcourir près de quatre cents kilomètres depuis Kidal. Karim avait les yeux mi-clos et se disait qu'ils devaient être proches de leur destination. Ils avaient vidé leur dernier jerrican d'essence et les stations-service n'existaient manifestement pas dans cette région. Il distingua au bord de la route un panneau indiquant « Talhandak 10 km ».

Effectivement, vingt minutes plus tard, ils arrivèrent à un bivouac qui était le camp de base d'Abdelmalek Droukdel. En descendant du véhicule, Karim regarda vers le ciel, priant qu'un drone les ait suivis. Il cligna des yeux sous la puissance du soleil. Il était midi.

Abdelmalek Droukdel ordonna à l'autre garde du corps de préparer le déjeuner. Karim décida de l'aider et partit allumer du feu. Il en profita pour observer le bivouac. Abdelmalek Droukdel s'était dirigé vers une des tentes et avait retiré un ordinateur portable d'un coffre métallique posé à même le sol.

Il prit ensuite un panneau solaire qu'il posa en plein soleil sur le toit de la tente et brancha le fil sur un boîtier posé à côté du coffre. Il connecta ensuite l'ordinateur à un téléphone satellite et se mit à pianoter sur le clavier, les yeux rivés sur l'écran. Karim aurait donné cher pour lire ce qu'il écrivait.

Une demi-heure plus tard, un couscous avec du poulet et quelques légumes était prêt. Le chauffeur, le garde du corps et Karim commencèrent à manger. Quelques minutes plus tard, ils furent rejoints par Abdelmalek Droukdel.

Il semblait fatigué et mangea peu. À la fin du repas, il dit à l'autre garde du corps de monter la garde et aux autres d'aller se reposer. Lui-même partit dormir sous sa tente.

Karim attendit que le chauffeur rejoigne la sienne pour aller dans celle restante. Un tapis sur le sol servait de matelas. Il s'allongea, épuisé, gardant son chèche malgré la chaleur. Il ne tarda pas à s'endormir d'un sommeil profond, se disant qu'il avait survécu un jour de plus.

Chapitre 64

Mali, Gao, base militaire française,
mercredi 1er décembre 2021, 3 h 50, heure locale

La base était encore plongée dans la pénombre de la nuit. Pourtant, il régnait une activité fiévreuse près des trois hangars de toile beige abritant les hélicoptères. L'hélicoptère Tigre avait été sorti et son pilote était en train de faire le tour de l'appareil avec un mécano pour la vérification avant vol, tandis que le chef de bord avait déjà pris place sur le siège en position haute, et s'affairait à préparer la mission.

À ses côtés, un hélicoptère de combat NH90 Caïman avait également été déplacé en dehors de son abri. Le pilote, le TACCO et le SENSO[1] discutaient de la mission debout, à côté du cockpit, avec Guillaume, le chef de groupe du commando Hubert des forces spéciales.

Un peu plus loin, les treize autres opérateurs des forces spéciales finissaient de s'équiper. Les lunettes de vision nocturne fixées sur leurs casques leur donnaient l'apparence de gros insectes.

1. « Coordinateur tactique » et « opérateur senseur ».

Le lieutenant Éric Demortier, le pilote de l'hélicoptère Gazelle au troisième régiment d'hélicoptères de combat en AFH[1], était en train de vérifier son appareil, tandis que son chef de bord, assis sur le fauteuil gauche du poste de pilotage, rentrait dans l'ordinateur de bord les cartes de navigation. Il vérifia ensuite le bon fonctionnement de la caméra optique et thermique montée au-dessus de lui.

Dix minutes plus tard, Guillaume, le chef de groupe, faisait embarquer ses hommes dans le Caïman. L'ordre de décollage émana du poste de commandement conjoint. Le général Facon, commandant la force Barkhane, et le général Namata, commandant la force conjointe du G5 Sahel, étaient exceptionnellement présents dans le poste de commandement.

Le centre des opérations prit de concert en charge le suivi de la mission, alimenté en renseignements par le bureau « J2 » du poste de commandement conjoint. Le capitaine Sako des forces armées nigériennes et le lieutenant Christopher de la force Barkhane centralisaient les renseignements en liaison avec la salle de situation de la DGSE à Paris.

La décision de déclencher l'opération avait été prise la veille par le président de la République lors d'un conseil de défense restreint à l'Élysée. Tous étaient préoccupés par le sort du commandant Leclerc, infiltré auprès du plus dangereux terroriste du Sahel, le chef d'Aqmi, Abdelmalek Droukdel.

Le commandant Leclerc allait-il pouvoir sortir vivant de cette mission ?

1. Appui feu hélicoptère.

Chapitre 65

Mali, province de Kidal,
mercredi 1er décembre 2021, 5 h 58, heure locale

Karim ouvrit les yeux, transi de froid. La nuit, la température tombait proche de zéro alors que dans la journée, en plein soleil, elle avoisinait les 50 °C. Son corps était soumis à rude épreuve. L'envie d'uriner l'avait réveillé.

Avec précaution pour ne pas réveiller Abdelmalek Droukdel et le chauffeur qui dormaient encore, il se leva. En sortant de la tente, il devina, dans la pénombre, le garde du corps qui faisait la garde se lever et braquer sa kalachnikov vers lui. Le canon de l'arme luisait à la lueur de la pleine lune.

D'un geste rassurant, Karim lui indiqua qu'il voulait simplement se soulager. Le garde du corps se rassit, se confondant avec les roches qui l'entouraient. À pas de loup, Karim se dirigea vers une anfractuosité dans les rochers qui servait de latrines au petit groupe. L'odeur était pestilentielle.

Sa vessie vide, Karim regagnait sa tente, quand son oreille exercée remarqua un bruit ténu, mais caractéristique, des pales d'un hélicoptère. Un immense sentiment de soulagement l'envahit. La cavalerie arrivait.

Il serait bientôt sorti de ce cauchemar. Mais il n'était pas le seul à avoir l'ouïe fine.

Le garde du corps se leva brusquement, aux aguets, tenant fermement son arme. Le bruit caractéristique des pales grandissait. Karim se rendit compte que le garde du corps avait compris ce qui se passait et s'apprêtait à donner l'alerte. Il était trop loin de lui pour pouvoir le neutraliser. En plus, il avait laissé son arme dans la tente ne voulant pas s'encombrer inutilement les mains.

Un léger sifflement avec un bruit mou écœurant retentit soudain. Un jet de sang et de cervelle mélangés jaillit de la tête du garde du corps, qui s'effondra comme une poupée en chiffon. Karim comprit tout de suite que c'était l'œuvre d'un sniper. Un binôme du 13e RDP devait être caché depuis plusieurs heures.

Il se dit qu'ils étaient vraiment très forts. Malgré son entraînement, il n'avait rien remarqué. Il tourna aussitôt son regard vers la tente d'Abdelmalek Droukdel. Celui-ci venait tout juste de se réveiller brutalement, mû par un sixième sens. Son regard croisa celui de Karim. Un rictus de haine apparut aussitôt sur son visage.

Il venait de prendre conscience du fait que Mohamed Jaish avait raison. L'homme qu'il avait en face de lui, malgré la ressemblance, n'était pas Mamadou. Avec vélocité, malgré son âge, Abdelmalek Droukdel saisit sa kalachnikov, l'arma et visa en direction de Karim qui courait déjà vers sa tente pour récupérer son arme. La première rafale passa à quelques centimètres de la jambe de Karim, qui plongea à l'intérieur de la tente. Il réussit à prendre son arme, quand un nouveau sifflement se termina par le bruit sourd d'une balle frappant le sol dans une gerbe de sable et de cailloux devant les pieds d'Abdelmalek Droukdel.

Celui-ci comprit aussitôt qu'il y avait un sniper et que celui-ci l'avait volontairement manqué. Il ne voulait pas le tuer pour pouvoir le capturer vivant.

La diversion avait permis à Karim de se glisser hors de la tente et s'abriter derrière des rochers. Abdelmalek Droukdel avait fait de même et venait de tirer une nouvelle rafale en direction de Karim. Les balles ricochèrent sur les roches provoquant des étincelles particulièrement visibles dans la pénombre.

Karim n'osa pas riposter, de peur de tuer Abdelmalek Droukdel. Le vrombissement de l'hélicoptère s'était considérablement amplifié. Karim comprit que ce n'était pas un, mais bien trois hélicoptères qui étaient en approche. Une formation classique d'assaut !

Le chauffeur réveillé par les détonations avait saisi son arme, mais ne parvenait pas à identifier d'où les détonations étaient parties et où étaient les ennemis.

Ce n'était pas le cas du chef de bord dans l'hélicoptère Gazelle. Grâce à la caméra thermique, il avait parfaitement localisé le terroriste. Il indiqua son positionnement au chef de bord du Tigre qui commençait à cercler au-dessus du bivouac. La tourelle THL-30 du Tigre pivota et le canon s'abaissa. La courte rafale fit carrément exploser le chauffeur, projetant des lambeaux de chair et d'os sur plusieurs mètres.

– Tango 2 éliminé, dit le chef de bord du Tigre à la radio.

Les forces spéciales du commando Hubert avaient débarqué du Caïman, qui s'était rapproché du sol dans de gigantesques volutes de sable et de poussière générées par les pales, et avaient encerclé le bivouac.

Grâce au GPS contenu dans la crosse de la kalachnikov, Guillaume, le chef du commando, avait localisé Karim et indiqué sa position à ses hommes.

Abdelmalek Droukdel, acculé, tirait de courtes rafales, tentant de tenir les commandos à distance. Mais le cercle se refermait inexorablement autour de lui. Bientôt à court de munitions, il se rendit compte qu'il ne pouvait plus s'en sortir. Sans hésiter, il dégoupilla une grenade et se coucha dessus.

L'explosion fut amortie par le corps du terroriste qui s'éleva dans l'air avant de retomber lourdement sur le sol.

Karim fut rejoint par Guillaume qui lui tapa amicalement sur l'épaule.

– Ça va, Karim ? Pas de blessures ? demanda-t-il.

– Ça va, content que cela se termine, répondit Karim en retirant son chèche, découvrant ainsi son visage.

Guillaume eut un geste de recul.

– Oh putain ! On m'avait prévenu, mais ils ne t'ont pas loupé, dit-il en faisant allusion au visage déformé de Karim.

Ils furent interrompus par un des opérateurs qui était penché sur le corps sans vie d'Abdelmalek Droukdel. Celui-ci leva le pouce indiquant que c'était bien le corps du terroriste.

Guillaume annonça dans son micro :

– Jackpot, je répète jackpot.

Des hurlements de joie et des applaudissements résonnèrent en provenance du centre opération.

Les commandos commencèrent à fouiller méthodiquement le bivouac notamment dans la tente d'Abdelmalek Droukdel. Ils récupérèrent le téléphone satellite et l'ordinateur portable. Ils trouvèrent aussi dans le coffre métallique des clés USB, d'autres téléphones prépayés, des disques durs, des cartes géographiques.

Le médecin du groupe s'affairait à prendre des échantillons de sang des trois terroristes morts pour réaliser des analyses ADN de retour à la base de Gao.

Le travail effectué, les corps des trois terroristes furent mis dans des housses en plastique et embarqués dans le Caïman. Ils étaient posés au milieu de la vaste cabine, entourés par les commandos assis, comme pour une veillée funéraire. L'hélicoptère ferait un stop en plein désert où les corps des trois terroristes seraient enterrés par les commandos.

Karim retrouva avec plaisir le sol métallique de la cabine de l'hélicoptère qu'il connaissait bien. Guillaume lui tendit un gobelet en fer avec du café chaud. Karim le but avec délectation, privé qu'il en avait été depuis deux semaines.

On lui passa ensuite un casque avec des écouteurs alors que les deux puissants moteurs Rolls-Royce Turbomeca arrachaient du sol les onze tonnes du Caïman. C'était le colonel Manjour qui le félicitait pour la réussite de cette mission. Mais il lui indiquait aussi qu'elle n'était pas terminée. Il devait neutraliser Mohamed Jaish et tous les autres chefs terroristes ayant participé à la réunion d'Aqmi.

L'échange terminé, Karim ferma les yeux. Il eut une pensée pour Mei Ling pour la première fois depuis plusieurs jours. Il était trop concentré et vigilant pour prendre le risque d'être distrait ne serait-ce qu'une seconde. Comment allait-elle ?

Hélas, il n'aurait pas de réponse avant longtemps, car la chasse aux terroristes continuait.

Chapitre 66

Mali, Gao, base militaire française,
jeudi 2 décembre 2021, 18 h 45, heure locale

Karim, épuisé, regagna la chambre qui lui avait été assignée. Le visage en feu, il se jeta sur le lit et ferma les yeux, se remémorant la journée qui venait de s'écouler.

Cela avait pris une bonne heure aux commandos pour enterrer les trois terroristes. Ils avaient dû creuser dans un sol sablonneux sous une chaleur d'enfer.

Puis l'hélicoptère était reparti pour la base de Gao. En arrivant, Karim put prendre une douche et changer de vêtements. Il retrouva avec plaisir l'uniforme des forces spéciales. Mourant de faim, il rejoignit au mess ses frères d'armes qui lui firent une ovation. Le pacha du commando lui tendit une bière glacée, qu'il but d'un trait tellement il était assoiffé.

Les cuistots avaient mis les petits plats dans les grands. Il se régala d'une salade de crudités puis d'un steak grillé avec des pommes de terre sautées. Pendant tout le repas, il subit les quolibets moqueurs des commandos sur les boursouflures de son visage.

Rassasié, il se rendit à la salle de débriefing où il retrouva les agents de la DGSE en charge de l'interroger. L'interrogatoire dura près de trois heures. Karim était lessivé.

Le médecin envoyé de Paris l'attendait à l'infirmerie. Karim s'installa sur le lit de consultation sans inquiétude particulière. Lorsque les médecins lui avaient injecté l'acide hyaluronique, ils l'avaient rassuré en lui expliquant qu'il s'éliminerait naturellement. Mais ils avaient aussi la possibilité de le retirer avec une enzyme hyaluronidase, qui agissait comme une véritable gomme pour effacer les traces d'injection.

Ils avaient d'ailleurs réalisé un test pour vérifier que Karim n'était pas sujet à allergie au produit. La séance dura près d'une heure et il fut ravi du résultat lorsqu'il se regarda dans un miroir. Les boursouflures avaient disparu, mais son visage était constellé de points rouges dus aux piqûres et rougeoiement dû à l'inflammation provoquée par le traitement.

Le médecin lui assura qu'en deux ou trois jours toutes les traces auraient disparu. Il remercia le médecin et plaisanta avec lui sur le fait qu'il venait d'avoir la séance d'esthétique la plus chère du marché, le chirurgien étant venu spécialement de Paris.

Chapitre 67

France, Paris, caserne des Tourelles, boulevard Mortier, siège de la DGSE, salle de situation, jeudi 2 décembre 2021, 10 h 05, heure locale

Le café coulait à flots dans la salle de situation. Les messages de félicitations pour la neutralisation d'Abdelmalek Droukdel affluaient dans le bureau du directeur général. Mais d'autres terroristes islamistes restaient bien vivants, dont l'ennemi juré de la France, Mohamed Jaish.

Le colonel Manjour, les traits tirés, qui n'avait dormi que quelques heures dans une des chambres attenantes à la salle de situation, regarda un des écrans géants affichant les photos des islamistes recherchés. Ces derniers mois, plusieurs d'entre eux avaient été neutralisés en plus d'Abdelmalek Droukdel.

Parmi eux figuraient Ali Maychou, le juge suprême d'Al-Qaida, Yahia Abou el-Hamman, le chef de l'Émirat de Tombouctou, ou Mohamed Ould Nouini, le chef d'Al-Mourabitoune.

D'autres restaient insaisissables comme Hamadoun Koufa, nom de guerre d'Amadou Diallo. Ce Malien, issu du peuple peul, était né en 1961 à Saraféré. Chef de la katiba[1] Macina, un groupe affilié

1. Camp de combattants.

à Ansar Dine[1], puis au groupe de soutien à l'islam et aux musulmans, il avait réussi à échapper à un raid des commandos, fin 2018.

Une trentaine de djihadistes avaient été éliminés, dont Ba Ag Moussa, le coordonnateur des opérations militaires d'Al-Qaida au Sahel. Quant au malheureux agent infiltré qui avait permis sa localisation, il avait été exécuté par les djihadistes, après qu'ils eurent confirmé leurs soupçons à son égard, en fouillant son téléphone portable. Mais Hamadoun Koufa avait miraculeusement fui bien que blessé dans l'opération.

Le colonel Manjour était face à des choix critiques. Il ne disposait pas de ressources illimitées. Il devait faire des priorités. Il était en pleine réflexion face à l'écran lorsque le directeur de la DRM (direction du renseignement militaire) entra dans la salle de situation.

– Bonjour Jean-François ! s'exclama le colonel Manjour. (Les deux hommes se connaissaient bien et avaient réalisé des missions ensemble dans leur jeunesse.) Tu tombes bien. Tu vas m'aider à décider lequel de ces salopards on chasse en priorité !

– Bonjour mon ami ! Eh bien, pour nous, le plus dangereux est Mohamed Jaish. C'est le seul à être venu nous affronter sur le territoire national. Et comme tu le sais, l'État islamique se développe au Sahel et ce sont, de loin, les plus agressifs et les plus dangereux. Et nos amis de la CIA sont prêts à mettre toutes leurs ressources pour le retrouver depuis sa tentative d'attentat près de New York. Après, c'est évidemment Iyad Ag Ghali, le chef d'Al-Qaida au Sahel.

– Je suis d'accord avec toi ! répondit le colonel Manjour en lui donnant une tape amicale dans le dos. Viens, je t'offre un café dans mon bureau. Un vrai expresso ! Pas un de ces cafés immondes qu'ils nous servent ici.

1. Ansar Dine ou Ansar Eddine est un groupe armé salafiste djihadiste fondé et dirigé par Iyad Ag Ghali. Apparu au début de l'année 2012, c'est l'un des principaux groupes armés participant à la guerre du Mali.

Chapitre 68

Mali, Gao, base militaire française,
samedi 4 décembre 2021, 7 h 10, heure locale

Karim pénétra dans la salle des opérations, frais et dispos. Il avait passé une bonne partie du vendredi à dormir pour récupérer de ces éprouvantes dernières semaines.

– Bonjour mon colonel, dit Karim en s'adressant au chef des opérations avec un salut militaire réglementaire, quelles sont les instructions ?

– Ah commandant, comment vous sentez-vous ce matin ?

– Beaucoup mieux, colonel, cette journée de repos m'a fait du bien.

– Tant mieux, vous allez avoir besoin de toute votre énergie. Les ordres viennent de tomber de Paris. On repart en chasse. Notre cible prioritaire c'est Mohamed Jaish. Les Américains sont avec nous. Les satellites d'observation se bousculent au-dessus de nous et ils ont fait décoller tous les drones disponibles. C'est bien le diable si on n'arrive pas à le localiser !

– C'est le diable, croyez-moi, répondit Karim en regardant les écrans affichant les images transmises par les caméras des drones.

Chapitre 69

**Zone des trois frontières, Mali-Burkina Faso-Niger,
forêt de Dangarous,
dimanche 5 décembre 2021, 6 h 23, heure locale**

Adnan Walid al-Sahraoui, le numéro un de l'État islamique au Grand Sahara, se leva et se dirigea vers le modeste feu qui faisait bouillir de l'eau dans une théière en inox, cabossée. Il s'accroupit à côté de Mohamed Jaish qui buvait à petites gorgées un thé bouillant.

– Tu as l'air préoccupé, mon frère, demanda Adnan Walid en se servant de l'eau brûlante dans un gobelet métallique avec un sachet de thé.

– Je m'en veux. Je n'ai pas réussi à convaincre Abdelmalek sur le fait que son garde du corps n'était pas clair. J'ai même cru un moment que c'était ce satané agent français ! Je suis sûr que c'est à cause de lui qu'il s'est fait tuer par les mécréants.

– Tu n'en sais rien, mon frère. Cela n'a peut-être aucun rapport. On est tous menacés par leurs drones. Le moindre relâchement et ils peuvent nous localiser et nous tirer de dessus avec leurs missiles. Allah nous protège ! C'est pour cela que l'on se cache dans cette forêt. Regarde au-dessus de toi, on ne voit pas le ciel. Donc, ils ne peuvent pas nous voir non plus.

Cette discussion, presque amicale, entre les deux djihadistes parmi les plus sanguinaires de l'État islamique était presque surréaliste. Al-Sahraoui, ancien membre du Front Polisario, avait commencé son parcours de terroriste avec Al-Qaida avant de créer la branche de Daesh au Sahel en lui faisant allégeance.

Émir autoritaire, autocrate, il dirigeait en chef absolu et prenait toutes les décisions. Malheur à celui qui osait le critiquer. Sa brutalité n'avait d'égale que sa cruauté. Il était à l'origine de nombreux massacres contre des populations du Mali, du Niger et du Burkina Faso, entre deux mille et trois mille civils tués, la plupart de confession musulmane.

C'est lui qui avait personnellement ordonné l'attaque contre six humanitaires français d'ACTED qui avait conduit à leur assassinat avec leur guide nigérien.

Mais Adnan Walid al-Sahraoui ne s'en prenait pas qu'aux civils. Il était responsable aussi de la mort de quatre membres des forces spéciales américaines et de quatre soldats nigériens dans une embuscade à Tongo Tongo près du Mali.

Il avait poursuivi son action meurtrière par une série d'attaques d'ampleur contre des bases militaires au Mali et au Niger. Fort des actes terroristes, il s'était senti flatté par l'annonce de l'arrivée d'un émissaire haut gradé de l'État islamique pour l'aider à conquérir le Sahel et en faire un nouveau califat.

Lors de sa première rencontre avec Mohamed Jaish, que la réputation pour les attentats manqués de Paris et de New York précédait, il avait tout de suite vu en lui un de ses pairs tant pour la détermination que pour la cruauté.

Devant le silence de Mohamed Jaish, Adnan Walid reprit la parole :

– Alors mon frère, quel plan nous proposes-tu pour anéantir les mécréants ?

Mohamed Jaish tourna la tête en sa direction. Les flammes du feu se reflétaient dans la prunelle de ses yeux noirs, lui donnant un air diabolique.

Chapitre 70

République populaire de Chine,
Beijing, quartier de Wangjing,
domicile de Mei Ling Tao,
dimanche 5 décembre 2021, 19 h 05, heure locale

Mei Ling attrapa une pile de sous-vêtements du tiroir de la commode et la fourra d'un geste rageur dans sa valise ouverte sur son lit. En fin d'après-midi, elle avait été convoquée par le ministre Geng Huichang.

Toujours affable, il s'était d'abord enquis de sa santé. Elle lui avait froidement répondu que son bébé et elle se portaient bien, mais que sa liberté était en train de mourir.

Le ministre fut visiblement ébranlé par la brutalité de la réponse. Il resta un instant silencieux avant de répondre avec fermeté :

– Je comprends votre amertume, mais c'est un devoir de servir votre pays, quoi qu'il vous en coûte. Il est vrai que l'air de Beijing est oppressant. C'est une grande métropole. Nous avons décidé que l'air de la campagne vous ferait, à vous comme à votre enfant, le plus grand bien. Nous avons annoncé la bonne nouvelle à vos parents. Vous allez passer les prochains mois auprès d'eux.

Mei Ling fit mine de protester, mais elle n'eut pas le temps de parler.

– C'est un ordre, clama le ministre d'un air autoritaire qui n'appelait aucune réplique.

La sonnette de sa porte d'entrée fit sortir Mei Ling de ses pensées. Elle traversa l'appartement pour ouvrir la porte. Deux officiers du Guoanbu, chargés de l'accompagner à l'aéroport, se tenaient sur le palier.

– Entrez, dit-elle avec fermeté, accordez-moi cinq minutes, je finis de préparer ma valise et je suis à vous. Elle leur désigna le canapé du salon et fila dans sa chambre, refermant soigneusement la porte derrière elle.

Elle remplit sa valise à toute vitesse, ne prêtant aucune attention aux vêtements qu'elle y mettait. Celle-ci pleine, elle y jeta sa trousse de toilette et referma la valise. Puis elle retira une latte du parquet et attrapa le téléphone qui était caché dans une cavité creusée dans la chape de béton.

À la suite de la confiscation de son téléphone par le Guoanbu, et malgré la surveillance dont elle faisait l'objet, elle avait réussi à acheter discrètement un autre téléphone prépayé. Elle connaissait par cœur le numéro de celui de Karim.

Elle s'assit sur le lit pour taper un message.

Elle leva les yeux au plafond en réfléchissant une dernière fois avant d'envoyer le message. Alors qu'il était partagé entre l'angoisse et l'envie de le prévenir, les pensées contradictoires se bousculaient dans sa tête.

Elle savait aussi que la vie de ses parents était en danger si elle trahissait. Que faire ?

Elle respira lentement pour reprendre son sang-froid. Puis, soudain, elle effaça le message qu'elle venait d'écrire, éteignit le portable et le remit dans sa cachette.

Elle jeta un coup d'œil dans son miroir en attrapant sa valise et sortit de sa chambre pour rejoindre les deux officiers.

Ils se levèrent comme un seul homme lorsqu'elle arriva au salon. L'un d'eux se précipita pour lui prendre la valise des mains. Ils sortirent de l'appartement. Mei Ling referma soigneusement la porte à clé bien qu'elle sût ne rien craindre. Il n'y avait quasiment pas de cambriolages en Chine.

Sur la route de l'aéroport, assise à l'arrière de la voiture, Mei Ling se dit qu'elle avait pris la bonne décision.

Chapitre 71

France, Paris, caserne des Tourelles, boulevard Mortier, siège de la DGSE, salle de situation, lundi 6 décembre 2021, 6h37, heure locale

Le rapport de la DRM était arrivé la veille en urgence. Une patrouille de la force Barkhane avait arrêté deux cadres de l'État islamique au Grand Sahara (EIGS) lors d'un contrôle de routine.

L'interrogatoire mené par les agents du renseignement sur place avait révélé qu'un groupe de combattants importants, mené par al-Sahraoui, le numéro un de ce groupe islamiste, se cachait dans la forêt de Dangarous. De plus, les deux islamistes avaient mentionné la présence d'un haut dirigeant de l'État islamique venu de Syrie.

La DGSE avait immédiatement fait le rapprochement avec la présence connue de Mohamed Jaish au Mali. Le colonel Manjour appela instantanément Karim Leclerc sur la base de Gao, lui confiant le commandement d'un groupe d'une vingtaine de commandos.

L'opération nommée Bourgour 2 était déclenchée.

Un drone MQ-9A Block 5 Reaper décolla de Niamey et fonça vers la frontière du Mali, tandis que le nouveau satellite d'observation militaire *CSO-2* était programmé pour scruter la zone.

Deux Mirage 2000 décollèrent de la base de Gao, suivis par une flottille d'hélicoptères de combat, un Tigre, une Gazelle et deux Caïman dans lesquels Karim et les commandos embarquèrent.

Quelques minutes après le décollage, alors que l'hélicoptère fonçait vers son objectif dans la nuit noire, Karim, engoncé dans son gilet pare-balles, son casque avec ses lunettes de vision nocturne sur la tête, eut un étrange flash-back. Il se revoyait lors de sa première mission au service action, au large de la Somalie, tentant de sauver son ami, agent de la DGSE, prisonnier des *shebabs* somaliens. La vision fugace de son ami exécuté d'une balle dans la tête par le chef des *shebabs* restait gravée dans sa mémoire.

La voix du pilote dans son casque annonçant l'arrivée sur zone dans cinq minutes le ramena à la réalité. Instinctivement, il tendit la main vers ses compagnons, les cinq doigts écartés, les prévenant de se préparer.

Il se tourna vers son pote Maxime qu'il avait retrouvé avec joie sur la base de Gao. Ils avaient effectué ensemble plusieurs missions, lorsque Karim avait rejoint les forces spéciales. Maxime, plus âgé – il venait de fêter ses trente-quatre ans –, avait assuré le rôle de mentor pour lui.

Il rentrait tout juste de France, où le président de la République en personne l'avait décoré pour acte de bravoure. Lors d'une opération, la Gazelle où il était à bord se crasha. Bien que grièvement blessé avec de multiples fractures vertébrales, il réussit à extraire le pilote et le copilote, et les traîner sur une cinquantaine de mètres. Il réussit ensuite à les installer, avec les moyens du bord, sur les patins de l'hélicoptère Tigre venu à leur secours. Grâce à cette action, ils purent être évacués vers l'hôpital de Gao pour y être soignés.

Le solide gaillard de trente-quatre ans était maintenant à la plénitude de sa forme. En souriant, il leva le pouce indiquant que tout allait bien.

Les puissantes caméras infrarouges du satellite avaient repéré un groupe d'une cinquantaine d'hommes cachés dans la forêt. Toute l'équipe de la DGSE et de la DRM observait en temps réel sur l'écran central de la salle de situation l'image transmise par le satellite. Des points rouges constellaient l'écran presque entièrement noir.

Les deux Mirage arrivés au-dessus de la forêt firent un passage en rase-mottes, en vitesse supersonique. Le bruit avait été effrayant. Instantanément, les points rouges semblaient s'agiter dans tous les sens.

Un point rougeoyant apparut soudainement collé à deux autres points rouges, puis ils se confondirent. Le point sembla se déplacer à grande vitesse. Un des officiers de la DRM cria aussitôt :

– C'est une moto ! Il y en a deux qui tentent de fuir !

Le colonel Manjour ordonna immédiatement au pilote du drone de cibler la moto.

Dans le ciel malien, le majestueux drone vira sur l'aile et le pilote l'amena dans l'axe de la cible.

– *Fox one*, dit sobrement le pilote.

Le missile air-sol Hellfire fusa de dessous l'aile gauche du drone et atteignit en douze secondes la vitesse de Mach 1,3. Le missile frappa la moto qui explosa dans une gerbe jaune orangé.

Le drone dégagea la zone laissant la place aux deux Mirage qui arrosèrent la forêt de leurs deux canons DEFA 554 de trente millimètres. La traînée des impacts dans la forêt était bien visible du ciel, laissant des lignes d'arbres déchiquetés.

La Gazelle et le Tigre prirent le relais faisant taire les derniers tirs provenant du sol.

Karim, dans le Caïman de tête, donna l'ordre aux hélicoptères de déposer les commandos au sol. Avec rapidité, ceux-ci débarquèrent des deux côtés des hélicoptères sous la surveillance de la Gazelle et du Tigre.

Les deux Caïman redécollèrent aussitôt pour se rendre à une vingtaine de kilomètres sur un poste de ravitaillement avancé transporté quelques heures plus tôt par un Super Puma.

Agenouillés dans les hautes herbes, immobiles, les commandos observaient attentivement autour d'eux. Seul le crépitement des arbres achevant de se consumer après avoir été touchés par les rafales des Mirage, de la Gazelle et du Tigre se faisait entendre.

Soudain, une explosion de faible intensité fit se crisper Karim. Il chercha à repérer d'où elle venait. Son regard suivit une piste en latérite qui partait vers le nord. Il comprit alors que c'était le réservoir de la moto qui venait d'exploser.

Au bout de quelques minutes sans rien à signaler, il fit signe par gestes à Maxime d'avancer avec trois hommes pour reconnaître le terrain devant eux.

Maxime se releva. Un sifflement aigu retentit soudain suivi immédiatement d'un bruit sourd et écœurant. Maxime s'écroula d'un bloc face contre terre.

– Sniper ! hurla Karim dans son micro, tout en se précipitant vers Maxime.

Il le retourna avec difficulté entre son poids et celui de tous ses équipements. Avec horreur, il vit le visage ensanglanté et figé de Maxime. La puissante balle du fusil du sniper l'avait frappé au niveau du nez, broyant une partie du visage. Maxime était mort sur le coup.

Les yeux de Karim s'embuèrent de larmes. Il revivait le cauchemar de la Somalie, se sentant coupable de n'avoir pu protéger son ami. Il devait se reprendre. La vie de ses autres compagnons dépendait maintenant de lui.

Il fallait neutraliser ce sniper. Peut-être d'autres attendaient, soigneusement cachés. Avec méthode, comme appris à l'entraînement, Karim ordonna une manœuvre d'encerclement.

Par petits groupes de trois, les commandos partirent avec précaution jusqu'à former un cercle. Chaque commando était équipé d'un traceur et Karim suivait leur positionnement sur sa tablette numérique durcie, corrigeant par radio le positionnement de tel ou tel groupe.

Une rafale avec le bruit caractéristique d'une kalachnikov retentit, soudain suivie de deux rafales de HK416 des commandos.

– Bravo 3, un tango neutralisé, retentit dans le casque de Karim.

Pendant vingt longues minutes, la progression se poursuivit, ponctuée de quelques rafales tirées par des terroristes qui s'étaient cachés. Les commandos aguerris les neutralisaient les uns après les autres.

Karim convergeait maintenant avec précaution vers le centre du cercle, observant grâce à ses lunettes de vision nocturne son environnement. Occupé à observer le haut des arbres, il trébucha sur une souche d'arbre qu'il n'avait pas vue et tomba lourdement sur le sol. Au même moment, un bruit sourd, suivi d'une gerbe de fragments de bois jailli de la souche qui l'avait fait tomber, se fit entendre.

Instantanément, Karim comprit qu'il venait d'échapper à une balle tirée par le sniper. Tapi dans les hautes herbes, il resta immobile, cherchant à repérer d'où était parti le tir. En regardant la souche à côté de lui, il en déduisit que le tir ne pouvait venir que d'une position haute.

Il se remit à scruter les arbres alentour. Il n'y avait aucun vent et les branches étaient immobiles. L'attention de Karim fut attirée par un énorme arbre très feuillu. Il prit ses jumelles numériques et l'observa soigneusement.

Il reconnut les grosses boules marron qui pendaient sur les branches. L'arbre était un carapa, que les Maliens appelaient

Kobi en bambara. Ces fruits permettaient de produire une huile très consommée par la population.

Le jour se levait et les premiers rayons de soleil émergeaient à l'horizon. Karim enleva aussitôt ses lunettes de vision nocturne pour ne pas être ébloui. Il reprit ses jumelles numériques et une silhouette apparut dans les feuillages. Sans hésiter, il ajusta sa lunette de visée et appuya sur le bouton allumant le laser de visée. Un point rouge apparut sur le torse de la silhouette. Karim appuya deux fois sur la détente de son arme.

Sans un cri, la silhouette tomba lourdement sur le sol. Avec prudence, il s'approcha du terroriste qui gémissait sur le sol. Il n'était pas mort. Du pied, Karim écarta le Dragunov, le fusil de sniper russe du terroriste.

– Bravo 1, Tango à terre, un médic, vite !

Karim contemplait avec une colère sourde le terroriste à terre qui avait tué son frère d'armes, Maxime. Le doigt sur la détente, il se retenait d'appuyer. *C'est ce qui fait la différence entre ces terroristes et nous*, se dit-il. *Nous respectons la vie et la justice. Ce n'est pas à nous d'être juges et bourreaux.*

Le médecin du commando arriva avec sa trousse. Il examina les blessures du terroriste. Il avait eu de la chance. Une balle lui avait traversé le bras et était ressortie. L'autre avait touché l'épaule et lui avait brisé la clavicule. Rien de mortel.

Il ouvrit ensuite un sachet d'antiseptique qu'il saupoudra sur les plaies puis il prit des pansements coagulants QuikClot qu'il fixa pour arrêter les saignements.

Deux autres commandos les avaient rejoints. Ils relevèrent sans ménagement le terroriste qui hurla de douleur.

– Emmenez-le au point d'extraction, ordonna Karim.

Puis il demanda à tous les groupes un rapport de situation. Tous les terroristes avaient été neutralisés à l'exception de trois, blessés et faits prisonniers.

Le soleil s'était vite levé et il faisait maintenant plein jour. Karim avait dorénavant une vision complète du campement qui avait été dévasté par les rafales de canon des Mirage et des hélicoptères.

Il remarqua que les terroristes avaient astucieusement étendu des tissus mouillés, au-dessus des feux de bois utilisés pour cuire leur nourriture, sur des armatures faites de branches. Cela empêchait les détecteurs infrarouges des drones ou des satellites de les repérer.

Les commandos étaient maintenant affairés à ramasser tout ce qui pouvait être utile en matière de renseignement, téléphones portables, ordinateurs, clés USB, cartes, les papiers des terroristes lorsqu'ils en avaient. Ils prenaient également des photos des terroristes morts et faisaient des prélèvements ADN.

Un groupe de commandos était parti examiner la moto qui avait cherché à s'enfuir. Il appela Karim par radio lui demandant de les rejoindre. Karim abandonna les commandos à leur tâche.

Lorsqu'il arriva sur le site où la moto avait explosé, il remarqua tout de suite deux cadavres carbonisés dont un avait été décapité dans l'explosion. Un des commandos lui désigna un objet rond à quelques mètres. Il s'approcha. C'était une tête d'homme avec une barbe et un turban noir.

En se penchant pour l'examiner de plus près, il reconnut le visage de Adnan Abou Walid al-Sahraoui. Par précaution, Karim sortit la photo qu'il avait dans une de ses poches. Pas de doute, c'était lui !

Avec une certaine satisfaction, il appela le centre opération.

– Jackpot, nous avons eu Abou Walid !

Karim retourna près des deux cadavres carbonisés. Celui sans tête était celui du chef de l'État islamique au Grand Sahara. Mais l'autre ? En son for intérieur, Karim espérait que ce serait Mohamed Jaish. Mais le cadavre était méconnaissable.

Les commandos mirent les deux cadavres dans des sacs mortuaires. Abou Walid ayant été formellement identifié serait enterré dans le désert comme l'avait été Abdelmalek Droukdel. Mais pour l'autre cadavre, il fallait pratiquer une autopsie pour tenter de l'identifier.

Le groupe avec Karim à sa tête, portant les deux sacs mortuaires, rejoignit le point d'extraction, juste quand les deux Caïman revenus de leur ravitaillement atterrirent.

Avec émotion, Karim déposa avec ses compagnons le sac mortuaire contenant Maxime sur le plancher de la cabine. Puis ce fut le tour du terroriste non identifié. Les prisonniers, dont celui qui avait tué Maxime, embarquèrent dans l'autre hélicoptère.

Le vol de retour fut lugubre. Les commandos entonnèrent une chanson en l'honneur de leur frère tombé au combat. Karim tournait dans sa tête ce qui venait de se passer. Avait-il commis une faute ? Était-il responsable de la mort de Maxime ?

Certes, ils savaient tous qu'ils risquaient leur vie à chaque mission. Mais ils n'étaient pas au cinéma. Chaque mission était soigneusement préparée. Leur entraînement leur apprenait les bons réflexes, les bons protocoles d'intervention.

Les militaires étaient les premiers à connaître la valeur d'une vie humaine. Ils faisaient tout ce qui était en leur pouvoir pour les épargner, même avec les ennemis.

Karim avait bien respecté le protocole. Il n'y a rien de plus dangereux et de plus imprévisible qu'un sniper caché qui guette sa proie. Ce jour-là, c'était tombé sur Maxime. Cela aurait pu être Karim ou un autre.

Pour sortir de ses noires pensées, Karim pensa à Mei Ling, à son sourire radieux. Mais l'image de la mort s'imposa à nouveau à lui, celle de son enfant, pour lequel il avait décidé avec Mei Ling de procéder à un avortement.

Avait-il fait une erreur ?

Chapitre 72

**Chine, province de Jiangsu, Nantong,
maison familiale des parents de Mei Ling,
mardi 7 décembre 2021, 6h47, heure locale**

Mei Ling fut réveillée par le chant du coq dans la cour, puis le piaillement des oiseaux dans les arbres. Cela lui rappela son enfance. Elle se leva plutôt de bonne humeur et gagna la cuisine pour prendre son petit-déjeuner.

Ses parents étaient déjà debout, affairés à préparer cet important repas du matin pour les Chinois. Le père de Mei Ling l'enlaça et l'embrassa avec tendresse, tandis que sa mère concoctait une soupe aux vermicelles avec des légumes dont raffolait la jeune femme.

Malgré le chantage dont elle faisait l'objet, Mei Ling était heureuse de retrouver ses parents, qu'elle n'avait pas vus depuis près de deux ans à cause de son travail.

Ils ne s'étaient pas plaints, ni ne lui avaient fait de reproches, tant ils étaient fiers de leur fille. Tout le village les respectait, car ils savaient qu'elle occupait un poste important dans le plus redouté des services de sécurité chinois.

Mei Ling n'avait pu cacher à ses parents sa grossesse, car un officier du Guoanbu, missionné par le ministre Geng Huichang en personne, était venu leur annoncer la bonne nouvelle et l'arrivée imminente de leur fille.

Ses parents étaient fous de bonheur et l'avaient assaillie de questions sur le père de l'enfant, et voulaient savoir quand aurait lieu le mariage. Ils s'imaginaient que le père était un officier de l'Armée populaire de libération ou un haut dignitaire du parti communiste.

Mei Ling se contenta de répondre que c'était un étranger sans donner plus de détails. Ses parents furent d'abord consternés que leur fille ait fréquenté un *gaijin*[1], puis la joie de devenir grands-parents reprit le dessus. Ils savaient aussi que leur fille avait toujours fait les bons choix. Ils décidèrent de la soutenir et de ne plus la harceler de questions.

Le petit-déjeuner terminé, Mei Ling décida d'aller se promener à Langshan, un sommet montagneux qui surplombait le fleuve Yang-Tsé. La vue était magnifique et il y avait de magnifiques temples anciens à visiter.

La promenade lui permit de réfléchir sur sa situation, sur sa vie, sur son futur enfant. Près d'un temple, elle vit une jeune mère de famille jouer au cerf-volant avec son petit garçon qui devait avoir à peine trois ans.

Le rire cristallin du petit garçon bouleversa Mei Ling. Peut-être serait-elle comme cette maman un jour ?

1. Terme désignant une personne venant de l'extérieur, un étranger.

Chapitre 73

Mali, Gao, base militaire française,
mardi 7 décembre 2021, 10 heures, heure locale

Karim avait insisté pour faire partie des six commandos chargés de transporter le cercueil de Maxime dans l'A400M Atlas qui partait pour la France : l'ultime accompagnement de son frère d'armes mort au combat.

Le matin même, une émouvante cérémonie avait réuni les commandos pour un dernier hommage à leur camarade disparu. Karim avait été chargé par le commandant de la base de prononcer quelques mots. Les yeux embués de larmes, son discours avait été empreint d'humanité et avait ému toute l'assemblée présente.

Le cercueil déposé dans la soute de l'avion, Karim s'était retourné une dernière fois pour voir la porte arrière de l'avion se refermer. Le décollage était imminent.

Karim décida de chasser ses pensées de tristesse, partant d'un pas décidé vers le centre opération. La mission n'était pas terminée.

En arrivant, le chef opération se précipita vers Karim.

– Commandant, les résultats du test ADN viennent de tomber. Ce n'est pas le cadavre de Mohamed Jaish. On a pu identifier l'homme, c'est un des gardes du corps de Adnan Abou Walid al-Sahraoui.

– Putain ! s'exclama Karim avec colère en tapant du poing sur la table de conférence, faisant se soulever les dossiers qui y étaient posés. Ce Jaish est une vraie anguille !

Karim réfléchit quelques instants devant le regard désemparé du chef opération.

– Je retourne sur place. Quelque chose nous a échappé. Il faut qu'on retrouve sa trace. Je prends un Caïman avec huit commandos. Prévenez-les, je vais m'équiper.

Karim fonça vers la zone de stockage des équipements, bientôt rejoint par les commandos qui étaient en alerte. Quinze minutes plus tard, l'hélicoptère décolla avec le groupement à son bord. Un drone Reaper était dérouté sur place pour vérifier qu'aucun élément hostile ne se trouvait sur zone.

Au bout d'une heure trente de vol, le Caïman se posa dans une clairière à proximité des restes du campement. Avec une extrême prudence, Karim déploya le groupe à la recherche de traces du fuyard.

Après plus deux heures de fouille méticuleuse, un des opérateurs appela Karim, levant le bras pour se localiser.

– Commandant, venez voir, j'ai trouvé quelque chose.

Karim se précipita vers l'opérateur à travers les herbes hautes. En arrivant, il vit trois trous d'hommes avec sur le bord le reste de toiles de jute et de feuillage.

Karim comprit aussitôt ce qui s'était passé. Mohamed Jaish, avec visiblement deux complices, avait préféré se terrer dans ces trous d'hommes, préparés à l'avance, plutôt que de tenter de fuir. Pendant l'assaut, ils étaient restés immobiles, attendant que les militaires français repartent.

Ils avaient eu de la chance qu'aucun des commandos ne marche sur leur abri de fortune !

Karim examina soigneusement la zone autour des trous. Il remarqua des traces de pas ayant écrasé les herbes hautes. Les traces convergeaient dans la même direction vers le sud-est.

Après un quart d'heure de marche, le groupe de Karim rejoignit un sentier. Il consulta sa carte numérique et repéra le petit sentier dessus. Il partait vers le Niger.

Par radio, il demanda au centre opération de concentrer la surveillance des drones sur ce sentier jusqu'au Niger.

Il ne pouvait rien faire de plus. Le groupe rebroussa chemin et retourna jusqu'au Caïman qui les attendait.

Par un hublot, Karim voyait le paysage défiler sous ses yeux. C'était vraiment un beau pays, se dit-il, quel dommage d'y voir tant de violence !

Et de la violence, il allait sûrement en avoir encore, se dit-il.

Chapitre 74

Mali, environ de Ménaka,
mercredi 8 décembre 2021, 20 h 36, heure locale

Mohamed Jaish et les deux combattants de Daesh qui l'accompagnaient décidèrent de se reposer et de manger, avant de poursuivre leur route. Ils avaient dissimulé leurs armes et tentaient de se faire passer pour de simples nomades.

Ils avaient marché toute la journée pour arriver à moins de deux kilomètres de Ménaka, passant au large de la prison restaurée avec l'aide de la Minusma. Au loin, ils avaient aperçu l'arche en ciment surmontant la route, à l'entrée de la ville.

Les patrouilles militaires maliennes et françaises étaient nombreuses. Mohamed Jaish et ses compagnons devaient aussi se méfier des mines et IED qui pullulaient dans la région.

Ils évitaient les nombreux Touaregs reconnaissables à leurs habits et turbans blancs qui sillonnaient le territoire. Dans la complexité des mouvements terroristes, les alliances se faisaient et se défaisaient en permanence dans cette région. L'ennemi d'hier pouvait devenir l'allié d'aujourd'hui et réciproquement.

Pendant que ses compagnons dormaient cachés dans les fourrés, Mohamed Jaish observait le paysage autour de lui. La nuit était tombée. La faim lui tenaillait le ventre. Ils n'avaient eu que quelques dattes à manger lorsqu'ils s'étaient arrêtés.

Une lueur attira son attention au loin. C'était celle d'un feu de bois. Il décida d'aller voir, laissant ses compagnons dormir. Sans bruit, il s'approcha de la lueur. Il entendait le bêlement de quelques chèvres. Il distingua un berger assis au bord du feu faisant rôtir deux petits cuissots empalés sur une branche dénudée. Sans doute un chevreau mort-né. Le berger ne pouvait se payer le luxe de tuer une de ses bêtes pour manger.

Sans état d'âme, Mohamed Jaish sortit du fourreau accroché à sa ceinture un long poignard effilé. Il se glissa en silence derrière le berger, hypnotisé par la viande en train de griller. D'un geste vigoureux, il trancha la gorge du berger. Une gerbe de sang se répandit sur la terre sablonneuse qui l'absorba presque complètement.

Mohamed Jaish attendit bien dix bonnes minutes avant que la viande ne soit bien cuite. Il la dévora sans laisser une miette. L'idée de la partager avec ses deux compagnons ne l'avait même pas effleuré.

Il avait survécu jusqu'à présent en ne se préoccupant que de lui. Il n'avait pas l'intention de changer ses habitudes.

Chapitre 75

Mali, Gao, base militaire française,
jeudi 9 décembre 2021, 15 h 23, heure locale

Le chef opération afficha sur un des écrans accrochés au mur du centre un e-mail qu'il venait de recevoir d'une patrouille Barkhane près de Ménaka. Le rapport expliquait que la patrouille avait retrouvé le cadavre d'un berger, égorgé.

Ils s'interrogeaient sur la raison. L'égorgement était une pratique courante des islamistes. Mais ils n'avaient pas d'exemple d'exécution de simples bergers nomades et isolés.

Suivaient des photos du cadavre. Karim remarqua des os sur le sol, près du foyer éteint, sans doute d'animaux. Il se tourna vers le chef opération.

– Pouvez-vous leur demander de ramener le cadavre pour autopsie ?

– Pourquoi ? interrogea, étonné, le chef opération. La cause de la mort semble évidente ! Il a été égorgé.

– C'est vrai, mais c'est le contenu de son estomac que je voudrais vérifier, répondit Karim, énigmatique.

Le chef opération s'exécuta et donna l'ordre à la patrouille de ramener le cadavre à la base de Gao. De son côté, Karim partit voir le médecin chargé des autopsies.

Le lendemain, Karim retourna le voir.

– Alors, docteur, demanda-t-il, qu'avez-vous trouvé ?

– Vous aviez raison, commandant, son estomac était presque vide, juste quelques légumes crus, pas de viande.

Karim remercia le médecin et retourna au centre opération. La liaison sécurisée avec la salle de situation de la DGSE à Paris était établie.

– Alors, Karim, faites-nous votre rapport, s'enquit aussitôt le colonel Manjour.

– Bonjour à tous, commença Karim. Nous avons enregistré deux beaux succès ces dernières semaines, même si nous avons dû payer un lourd tribut pour cela avec la perte du caporal-chef. Mais notre cible prioritaire, Mohamed Jaish, s'est à nouveau évaporée dans la nature. Nous avons suivi sa trace et nous pensons qu'il a fui vers le Niger. Un berger a été assassiné près de Ménaka. Je soupçonne Mohamed Jaish d'être l'auteur de ce crime. Le berger avait le ventre vide alors que des os provenant d'un chevreau ont été retrouvés près du foyer. Je pense que Mohamed Jaish cherchait de la nourriture et que ce pauvre homme en a été la victime. Malheureusement, la piste s'arrête là. Tous les drones disponibles, y compris américains, ratissent la zone jour et nuit, mais pour l'instant, rien.

Après un court silence, le colonel Manjour reprit la parole :

– Bien, Karim, allez voir du côté de Pascal Lecornu, notre PLR à Bamako, si ses antennes ont entendu quelque chose.

En embarquant dans l'hélicoptère le ramenant de la base de Gao à Bamako, Karim se demanda s'il arriverait enfin à neutraliser ce terroriste diabolique.

Chapitre 76

Mali, Bamako,
vendredi 10 décembre 2021, 20 h 16, heure locale

Karim regarda par la fenêtre de sa chambre. La nuit était tombée. Il était heureux de retrouver un peu de confort à l'occidentale après sa vie rustique dans le désert de ces dernières semaines. La douche avait été délicieuse et lui avait rappelé les moments d'extase passés avec Mei Ling sous l'eau chaude.

Le colonel Manjour était toujours aux petits soins avec ses agents. Il savait combien ces parenthèses de confort étaient importantes pour eux, entre deux périodes d'actions éprouvantes. Karim était logé au *Grand Hotel*, un des hôtels de luxe de Bamako, situé au centre, à côté de l'hôpital Gabriel-Touré.

Le grand parallélépipède en ciment, peint en jaune d'ocre, ne payait pas de mine de l'extérieur. Les hauts murs d'enceinte surmontés de barbelés lui donnaient même l'air d'une prison. Mais lorsque l'on entrait dans l'hôtel, la piscine extérieure, avec sa végétation tropicale, redonnait un air de vacances au lieu.

La décoration de sa chambre n'était pas luxueuse, même si les silhouettes de deux cygnes, confectionnées avec des serviettes, posées sur le lit, étaient censées donner un air de palace.

L'important était que la chambre était propre et la salle de bains, récemment rénovée, lui faisait retrouver la civilisation.

Il regarda sa montre Breitling Emergency que ses frères d'armes lui avaient offerte lors de son départ pour le service action. Il était temps de partir pour son rendez-vous. Avant de quitter Gao, il avait appelé Pascal Lecornu, le PLR de la DGSE à Bamako. Ils avaient convenu de se retrouver vers vingt et une heures au restaurant *Olympie* dans le quartier du fleuve, rue 310.

L'officier de la DGSE y avait ses habitudes, l'établissement étant proche de l'ambassade de France où il avait son bureau. Karim glissa son Glock 17 et deux chargeurs dans une petite sacoche rectangulaire qu'il porta en bandoulière. Habillé d'un simple polo et d'un jean, il ne pouvait guère cacher une arme autrement.

Sorti de l'hôtel, il décida de se rendre à pied au restaurant. Il s'orienta sur la carte numérique de son portable et se lança à travers la foule grouillante et bariolée. Il prit l'avenue Van-Vollenhoven et tourna à gauche dans l'avenue Mamadou-Konate.

Il découvrait Bamako. Ville étonnante, à la fois devenue grande métropole de deux millions d'habitants, mais presque aucun grand immeuble. La ville était restée un gigantesque village africain. Pratiquement pas de centres commerciaux, mais des milliers d'échoppes et de boutiques. Les Maliens sont parmi les meilleurs commerçants en Afrique de l'Ouest !

Karim adorait cette ambiance bon enfant. Les trottoirs étaient encombrés d'une multitude de *banabanas*, ces petits vendeurs cireurs de chaussures, coiffeurs ambulants, réparateurs de vélos ou de motos, couturiers et un nombre infini d'autres petits métiers. Les enfants couraient dans tous les sens en criant et en riant, mais aussi en pleurant.

Le regard de Karim était attiré par la beauté de certaines femmes qu'il croisait, vêtues de magnifiques *basins*, ces tissus damassés en coton colorés et brodés. Elles arboraient fièrement leurs bijoux en or et leurs coiffures incroyables, depuis les tresses plaquées sur le crâne en passant par celles plus fines aux plus épaisses, lâchées en liberté ou nouées négligemment, ou même les tresses-antennes érigées avec art en divers endroits du crâne.

Il bifurqua rue de la Cathédrale et admira en passant la cathédrale du Sacré-Cœur de Bamako. À chaque carrefour, profitant du feu rouge, des grappes d'enfants vendaient de tout : des cigarettes à l'unité, des paquets de mouchoirs ou des cartes prépayées pour téléphone portable.

Karim continua son chemin en direction du fleuve. Les terrasses des petits cafés étaient bondées d'hommes drapés dans des boubous clairs et des babouches aux pieds, lancés dans des conversations animées. En arrivant à hauteur de l'avenue de L'Yser, il tourna à droite. Il galéra un peu pour trouver la rue 310, mais finit par atterrir au restaurant *Olympie*.

L'établissement ne payait pas de mine, bien que récemment rénové par suite d'un incendie dans le bureau du patron. Les tables étaient couvertes de napperons à carreaux rouges et blancs, et les murs peints en rouge orangé donnaient à la salle de restaurant une ambiance provençale. Pascal Lecornu lui avait dit que le patron était originaire de Marseille.

Une Malienne aux formes plantureuses accueillit Karim. Lorsqu'il annonça le nom de Pascal Lecornu, la femme partit dans un grand éclat de rire. Manifestement, ce dernier était connu comme le loup blanc.

Elle conduisit Karim dans une arrière-salle avec une grande fenêtre donnant sur un petit jardin à la végétation luxuriante. La table était placée derrière une grande colonne carrée, mettant ses occupants à l'abri des regards et des oreilles indiscrètes.

Assoiffé par sa marche et en attendant l'arrivée de l'officier de la DGSE, Karim ne résista pas à l'envie de commander un pastis arrosé de beaucoup d'eau et de glaçons. Quelques instants plus tard, la Malienne revint avec un grand verre de pastis noyé sous les glaçons et une carafe d'eau fraîche.

Elle rassura Karim sur le fait que l'eau était filtrée. Il versa le liquide à ras bord dans le verre, puis avala à petites gorgées le rafraîchissant breuvage. Pour se distraire, il consulta la carte. Celle-ci était composée pour moitié de pizzas, apparemment une spécialité de la maison, et une liste de suggestions du chef, étonnantes en plein cœur de l'Afrique comme le lapin à la moutarde ou le pigeon aux petits pois.

Karim qui aimait toujours manger les plats locaux lorsqu'il voyageait était déçu. Mais il comprenait que les expatriés aient la nostalgie de la cuisine de leur pays d'origine.

Pascal Lecornu arriva, en nage. Il serra la main de Karim.

– Désolé de mon retard, commandant, je croule sous les emmerdes !

– Appelez-moi Philippe, dit Karim, rappelant à l'ordre l'officier de la DGSE d'utiliser son pseudo.

L'utilisation des pseudos était obligatoire. Karim avait choisi celui-ci à la mémoire de son grand-père et de son prestigieux cousin le général Philippe Leclerc de Hauteclocque.

– Désolé, vous avez raison. Je ne sais plus où j'ai la tête !

Il s'apprêtait à continuer lorsque la Malienne apparut avec un énorme pichet de vin rosé. Elle connaissait les préférences de son client.

– Merci Hawa, dit Lecornu en attrapant l'anse du pichet pour se verser un verre de rosé. Et à la vôtre, Philippe ! en levant son verre.

Hawa resta debout, un petit calepin à la main.

– Que prenez-vous, Philippe ?

– Je vais prendre votre bouillabaisse du fleuve. J'espère que c'est du poisson frais, demanda Karim.

Hawa fronça les sourcils, l'air offensé.

Comment cet étranger pouvait-il douter de la fraîcheur des poissons ? Le fleuve était à moins de cinq cents mètres !

– Et pour vous ? en se tournant vers Lecornu.

– J'hésite entre la côte à l'os et le couscous marocain. Allez, va pour le couscous !

Hawa partit d'un pas chaloupé vers la cuisine.

Maintenant qu'ils étaient restés seuls, Karim, curieux, interrogea l'officier.

– Alors, que vous arrive-t-il ?

– C'est de la folie. Tout est en train de déraper ici. Heureusement que vous avez neutralisé Adnan Abou Walid al-Sahraoui et Abdelmalek Droukdel. Cela faisait des années qu'on les traquait. Bravo ! Vous avez fait fort.

– Merci, dit modestement Karim. Mais c'est un travail d'équipe, vous le savez bien. Et vous en faites partie.

– C'est gentil d'essayer de me remonter le moral, répondit Lecornu en avalant d'un coup son troisième verre de rosé. Mais aujourd'hui, cela a été une journée de merde et je pèse mes mots. Notre ambassadeur a été convoqué chez le Premier ministre malien. Le colonel Assimi Goïta n'a pas digéré les déclarations de notre président à la suite des accusations formulées par le Premier ministre de transition Choguel Kokalla Maïga d'un « abandon en plein vol » du Mali par la France à la tribune des Nations unies.

Pour bien nous faire comprendre que ce sont eux qui sont au pouvoir, le ministre de la Défense, le colonel Sadio Camara a convoqué la presse pour montrer quatre hélicoptères Mi-17 flambant neufs livrés par la Fédération de Russie. Il en ajoutait une couche en vantant la « fiabilité et le sérieux » de ce partenaire du Mali. J'avais prévenu le siège qu'ils étaient en train de nous la mettre bien profond !

Karim se demandait si cet accès de grossièreté était la conséquence des trois verres de rosé ou de la pression que l'officier de la DGSE devait subir de tous côtés. Sans doute les deux.

– Mais le pire, reprit Lecornu, ce sont ces salopards du groupe privé russe Wagner qui commencent à pulluler ici. Plusieurs dizaines d'entre eux débarquent chaque jour à l'aéroport de Bamako. J'estime qu'ils sont déjà plus de deux cents regroupés discrètement dans la caserne Soundiata-Keïta de Kati.

– Où se situe-t-elle ? demanda Karim.

– C'est à la sortie de Bamako. C'est une ville garnison, un complexe de vieux bâtiments militaires, de HLM vétustes et de baraques en parpaings comme on en trouve partout au Mali.

– Parlez-moi de ce groupe Wagner, j'en ai entendu parler, mais je ne sais pas vraiment qui ils sont.

– Est-ce que le nom de Evgueni Prigojine vous dit quelque chose ?

– Oui, c'est ce milliardaire russe proche du président Poutine, qui a créé cette compagnie Research Agency, cette usine à trolls utilisée pour influencer les campagnes politiques. J'en ai entendu parler.

Karim, au nom du sacro-saint « besoin d'en connaître », ne jugea pas utile de révéler la mission qu'il avait effectuée en Russie[1].

– Exact. Mais ce n'est qu'une partie de ses activités. Cet oligarque a un passé de gangster. Il a fait fortune dans la restauration de luxe avant de se diversifier dans l'exploitation minière, gazière et pétrolière en Afrique et au Moyen-Orient. C'est lui qui a fondé ce groupe paramilitaire. Ils font leur apparition pour la première fois en 2014, dans l'est de l'Ukraine, aux côtés des séparatistes russes. Au début, on croyait que c'étaient des forces spéciales russes. Mais les autorités militaires russes ont nié toute implication de leur part. Puis, on les retrouve en Syrie en 2015,

1. Voir *SPY 001 Code Vektor.*

lorsque Vladimir Poutine décide de soutenir à fond Bachar el-Assad. Ils se donnent le beau rôle en reprenant Palmyre à Daesh, ville symbolique s'il en est. Là aussi, le Kremlin dit ignorer qui ils sont.

Dans sa tête, Karim voyait un ange se rouler par terre, mort de rire.

– Depuis, poursuivit Lecornu, on les retrouve en Centrafrique, une opération qu'ils ont baptisée du nom de code de Tsaritsyno. C'est le nom du plus grand palais néogothique d'Europe, situé dans la banlieue de Moscou. Pour vous dire leur influence là-bas, ils se sont carrément installés dans le palais de Berengo, l'ancienne demeure de l'empereur Bokassa ! Ils sont aussi intervenus en Libye aux côtés des troupes du général dissident Khalifa Haftar, contre le gouvernement d'entente nationale, le GNA, soutenu par l'ONU. On estime qu'ils étaient plus d'un millier à combattre là-bas. Naturellement, Moscou continue de nier son implication. On les retrouve aussi à Madagascar. En 2018, pour les élections, d'étranges experts russes, arrivés avec des visas touristiques et apparemment des valises pleines de billets, ont rencontré des candidats pour les inciter à défendre les intérêts de la Russie. Parmi ces intérêts figurent le nickel, le cobalt et l'uranium ! Ce groupe Wagner est également présent au Soudan depuis 2017 dans le forage de l'or à travers deux sociétés-écrans : Meroe Gold et M Invest. On soupçonne le groupe Wagner de transférer des armes et des mercenaires vers la Centrafrique, grâce à sa présence dans plusieurs villes soudanaises comme Port-Soudan, Khartoum et Darfour. Au Mozambique, ils sont présents depuis 2019 pour lutter contre Ansar al-Sunna, une branche de Daesh, qui perpètre des attaques dans la province de Cabo Delgado, riche en gaz naturel et d'autres mines. Ils seraient près de trois cents, équipés de drones et de matériel militaire de pointe. Ils ont tissé leur toile un peu partout en Afrique. Wagner serait aussi actif en Guinée, en Guinée-Bissau, au Zimbabwe et en Angola.

Lecornu se reversa un verre de rosé, tandis que Karim restait prudemment à l'eau gazeuse.

– C'est hallucinant ! commenta Karim. Sait-on d'où ils viennent et qui les commande ?

– Oui. Au départ, ce sont d'anciens membres du GRU, le service de renseignements militaire russe. Ils avaient même le droit de continuer à s'entraîner sur les bases du GRU. Puis, avec leur développement, ils ont recruté des mercenaires de toutes nationalités. On estime leurs effectifs aujourd'hui à près de dix mille. Le commandant général, et fondateur de ce groupe Wagner, est un ancien spetsnaz, un parachutiste des forces spéciales russes, un certain Utkin. Il semble qu'il ait été surnommé « Wagner », car il serait un admirateur de l'Allemagne nazie et de la musique du compositeur Richard Wagner qui avait été largement utilisée par les instances nazies. Selon certaines sources, il porterait le nom de code de « Ninth ». Mais assez parlé d'eux, cela me donne des boutons. Vous vouliez me parler de Mohamed Jaish ?

– Oui, comme vous le savez, je l'ai vu lors de la réunion des dirigeants d'Al-Qaida, et j'ai failli le coincer dans la forêt de Dangarous, mais il nous a échappé. Depuis, aucune trace. Avez-vous entendu quelque chose par vos agents sur le terrain ?

Lecornu se reversa un verre de rosé avant de répondre :

– Peut-être. Selon une de mes sources, depuis la mort de Adnan Abou Walid al-Sahraoui, c'est Mohamed Jaish qui assurerait l'intérim en attendant qu'un nouveau chef soit désigné. Si l'information est fiable, cela voudrait dire que Mohamed Jaish est toujours dans la région. Mais où ? Mystère !

Lecornu venait juste de prononcer ces mots lorsque Hawa apparut, portant un plateau avec les plats commandés. Elle posa sur la table la bouillabaisse du fleuve qui dégageait un agréable fumet et un couscous marocain avec de l'agneau et des merguez.

Alors que Karim se servait avec une louche, le tac-tac d'un tir de kalachnikov se fit entendre dans la salle principale du restaurant avec des hurlements des clients. Hawa se retourna, terrifiée, en voyant dans l'encadrement de la porte un homme habillé de noir, y compris le turban, portant une ceinture d'explosifs et armé de la kalachnikov.

Karim plongea derrière le poteau en ciment en attrapant sa sacoche. Il venait juste de saisir son Glock lorsqu'il entendit une rafale. La pauvre Hawa s'écroula, tuée sur le coup. Lecornu, involontairement protégé par le corps de la malheureuse Hawa, n'était que blessé, une balle dans l'épaule.

Karim ajusta le terroriste, visant soigneusement la tête pour ne pas risquer de faire exploser avec ses balles la ceinture d'explosifs. Il fit mouche faisant jaillir une gerbe de sang de la tête de l'assaillant qui se trouva rejeté en arrière.

Soudain, une énorme déflagration fit s'écrouler une partie des murs et du plafond. La pièce s'était remplie de poussière de ciment et d'une fumée âcre. Karim, sonné par la violence de l'explosion, n'entendait plus rien. Il regarda autour de lui.

Le corps de Hawa était couvert de gravats et celui de Lecornu partiellement. Il se rapprocha de lui. Il était encore vivant, mais outre sa blessure à l'épaule, il avait été touché à la tête par des fragments projetés par l'explosion.

Karim parvint à se relever et, titubant, se dirigea vers le corps déchiqueté du terroriste. Il vit un morceau du torse encore habillé d'une partie de la veste où se trouvait une poche. Il la tâta et sentit un téléphone portable dedans. Il le retira et l'enfouit dans la poche de son pantalon.

Il ne vit rien d'autre d'exploitable. Des gémissements provenant de la salle principale du restaurant se firent entendre, des clients grièvement blessés. Il franchit la porte. Il se retrouva dans une véritable zone de guerre. Il y avait des corps partout, des membres arrachés.

Déjà, à l'entrée du restaurant, des badauds arrivaient pour tenter de porter secours aux blessés. Un homme en boubou le soutenait pour l'emmener hors du bâtiment. Une fois dehors, ils traversèrent la rue et l'homme l'adossa au mur de la maison qui faisait face au restaurant.

Progressivement, l'ouïe lui revenait. Ils entendaient les gens crier dans plusieurs dialectes. Au loin, les premières sirènes des secours, police et pompiers, se faisaient entendre.

Toujours assis, appuyé contre le mur, il réussit à saisir son portable et composa le code d'urgence de la DGSE. Il s'identifia et décrivit en quelques mots ce qui se passait. Le service était prévenu.

Les premières ambulances arrivèrent. Il parvint à se relever, et, avec l'aide de deux secouristes, il partit chercher Lecornu qui fut mis sur une civière et transporté dans une ambulance pour être conduit aux urgences de l'hôpital. Karim monta à ses côtés tandis que l'infirmier s'occupait du blessé.

Sur le chemin de l'hôpital, Karim se dit que cela ne pouvait pas être une coïncidence, que cet attentat suicide se produise précisément là où Lecornu et lui dînaient.

Chapitre 77

France, Paris, caserne des Tourelles, boulevard Mortier, siège de la DGSE, salle de situation, samedi 11 décembre 2021, 10h54, heure locale

Le colonel Manjour était en visioconférence avec l'ambassadeur de France au Mali et l'attaché militaire de l'ambassade, ainsi que l'adjoint de Lecornu à la DGSE.

– Le commandant Leclerc va bien, à part quelques contusions. Les médecins l'ont gardé en observation, mais il devrait sortir de l'hôpital en début d'après-midi. En revanche, la situation de Lecornu est critique. Son pronostic vital est engagé. Il est trop tôt pour savoir s'il pourra s'en sortir. Un de nos médecins militaires est à son chevet avec l'équipe médicale malienne.

– Merci, monsieur l'ambassadeur, répondit le colonel Manjour. Dantois, en s'adressant à l'adjoint de Lecornu, sait-on qui a commis cet attentat suicide ?

– Tout indique qu'il s'agit de représailles de l'État islamique à la suite de nos actions de neutralisation, notamment celle de leur chef. Nous avons intercepté un communiqué de Daesh en ce sens, que nous vous avons envoyé. Comme vous le savez, Bamako a été épargné jusqu'à présent par les attentats terroristes. C'est le premier qui se produit en ville. On m'a rapporté que le colonel Assimi Goïta est devenu fou de rage contre l'État islamique lorsqu'il a appris l'attentat. Apparemment, il a été aussi surpris que nous. Nous avons expédié les prélèvements ADN et les composants de la ceinture explosive qui ont été retrouvés sur place, ainsi que le téléphone portable trouvé sur les restes du kamikaze par le commandant Leclerc ; ils sont partis au laboratoire central par l'avion de transport militaire ce matin à six heures.

– Tel que nous voyons les choses, cet attentat n'est pas dû au hasard. Il visait soit Lecornu, soit Lecornu et le commandant Leclerc. Qui était au courant de ce dîner ? demanda avec fermeté le colonel Manjour.

– Je ne peux pas être catégorique, mon colonel, répondit Dantois. Comme vous le savez, nous sommes en sous-effectif au vu du nombre et de la gravité des sujets que nous devons suivre. J'étais informé de ce dîner. Mais je n'ai pas revu Lecornu de la journée hier. J'ignore s'il en a parlé à quelqu'un. Il a certainement voulu interroger certaines de ses sources pour tenter de trouver une piste pour localiser Mohamed Jaish.

– Lesquels ? l'interrompit le colonel Manjour.

– Eh bien, je sais qu'il devait voir secrètement le colonel Assimi Goïta, puis l'imam Mahmoud Dicko.

Le colonel Manjour réfléchit. Le colonel Assimi était l'instigateur du coup d'État et aujourd'hui l'homme fort du Mali, favorable à un dialogue avec les djihadistes.

L'imam était une figure de l'islam wahhabite et avait été président du Haut Conseil islamique de 2008 à 2019. Lui aussi prônait un certain dialogue avec les djihadistes.

À cela s'ajoutaient le froid glacial dans les relations entre la junte malienne et le gouvernement français, et les ingérences de la Russie à travers le groupe paramilitaire Wagner.

Les opérations de neutralisation des chefs djihadistes menées par la France n'ont certainement pas plu et ont contrarié les tentatives de dialogue. L'attentat contre Lecornu était peut-être un gage donné aux djihadistes pour montrer la bonne volonté des autorités maliennes à instaurer ce dialogue.

À moins que ce ne soit le groupe Wagner qui, par cet attentat téléguidé, tentait d'envenimer les relations entre la France et le Mali ?

Sacré chaudron, ce pays ! se dit le colonel Manjour.

– Bien, messieurs, merci. Notre enquête se poursuit jusqu'à ce que nous découvrions comment cet attentat a pu se produire. S'il y a une taupe, elle paiera pour ses crimes, conclut-il, menaçant.

Chapitre 78

Mali, Bamako,
centre hospitalo-universitaire Gabriel-Touré,
samedi 11 décembre 2021,13 h54, heure locale

Karim, vêtu d'un survêtement, qu'un préposé de l'ambassade de France lui avait déposé pour remplacer ses habits déchirés et tachés de sang par l'attentat, terminait de signer son dossier administratif de sortie de l'hôpital.

Le chauffeur de l'attaché militaire l'attendait pour le ramener à l'ambassade.

Avant de partir, il voulut prendre des nouvelles de l'état de santé de Lecornu.

Arrivé à l'étage des soins intensifs, il se rendit au bureau des infirmières. Lorsqu'il demanda des nouvelles de son collègue, le visage de l'infirmière se figea.

– Nous sommes désolés, monsieur Lecornu est décédé il y a vingt minutes. Nous avons tout tenté.

Karim accusa le coup. Il remercia l'infirmière et partit rejoindre le chauffeur.

En arrivant à l'ambassade, il demanda à voir l'ambassadeur qui le reçut immédiatement. L'attaché militaire et l'adjoint de Lecornu les rejoignirent.

– Monsieur l'ambassadeur, messieurs, j'ai le regret de vous informer du décès de M. Lecornu. Il n'a pas survécu à ses blessures.

Le silence régna pendant une minute, sorte d'hommage au disparu.

– Je vais en informer Paris immédiatement, dit l'ambassadeur, interrompant le silence régnant.

Les trois officiers quittèrent son bureau. Karim décida de regagner son hôtel pour prendre du repos. Il n'avait dormi que trois heures à l'hôpital.

Il avait clairement vu que le terroriste kamikaze appartenait à l'État islamique. Il était convaincu que de près ou de loin, Mohamed Jaish était impliqué.

Chapitre 79

France, Paris, caserne des Tourelles, boulevard Mortier, siège de la DGSE, salle de situation, samedi 11 décembre 2021, 19 h 06, heure locale

Karim, l'ambassadeur, l'attaché militaire et Gantois étaient dans la salle de conférences sécurisée au sous-sol de l'ambassade à Bamako. La visioconférence avec la salle de situation de la DGSE à Paris commençait.

L'écran affichait le visage du colonel Manjour, avec à ses côtés le directeur général de la DGSE, Bernard Émié, et le ministre des Affaires étrangères Jean-Yves Le Drian. La présence de ces dirigeants fit tout de suite monter la tension dans la pièce.

C'est le colonel Manjour qui prit le premier la parole.

– Bonjour monsieur l'ambassadeur, messieurs, inutile de vous présenter les intervenants à mes côtés. La situation est grave. Le laboratoire a analysé les échantillons reçus. D'abord, l'ADN a permis d'identifier le kamikaze. C'est un Algérien connu de la DGDSE, la Sécurité extérieure algérienne. Il était activement recherché et jugé extrêmement dangereux depuis qu'il avait fait allégeance à l'État islamique. Nos collègues algériens étaient convaincus qu'il n'était plus en Algérie, mais avaient perdu sa trace. Ensuite, les composants de la ceinture explosive et le mécanisme de déclenchement portent incontestablement la signature de Mohamed Jaish. Nos experts sont formels. Il nous envoie clairement un message. La guerre est totale et il nous défie. Mais c'est le téléphone portable retrouvé par le commandant Leclerc sur ce terroriste qui nous préoccupe le plus. C'est un téléphone prépayé qui fait partie d'un lot livré à un importateur de téléphonie mobile à Bamako. Cela veut dire qu'il a été acheté sur place. En outre, le peu d'appels qu'il contient borne sur Bamako, sur une des antennes du ministère malien de la Défense. Cela veut dire que les ordres venaient d'un membre du ministère de la Défense. Et là, toutes les hypothèses sont possibles. Soit la junte elle-même est complice, ce qui serait gravissime, soit c'est un militaire à la solde des Russes piloté par le groupe Wagner pour nous déstabiliser, soit c'est un militaire isolé qui a fait allégeance à l'État islamique. Dans tous les cas de figure, nous pensons que l'information sur les déplacements de Lecornu a sa source dans ce ministère. Nous devons la neutraliser, c'est une priorité. Nous avons trop d'enjeux politiques et militaires. Commandant Leclerc, poursuivit le colonel Manjour, votre mission est terminée. Vous avez fait un travail admirable. Vous rentrez à Paris sans délai. Nous avons d'ailleurs une mission de la plus haute importance à vous confier. Je vous demande maintenant de quitter la conférence. Vous n'avez pas besoin de connaître ce qui va suivre.

Karim, interloqué, salua les participants. En sortant, il entendit que le colonel Manjour passait la parole au ministre des Affaires étrangères.

Chapitre 80

République populaire de Chine,
Pékin, 14, rue Dongchang'an (East Chang'an Street),
siège du Guoanbu, ministère de la Sécurité de l'État,
dimanche 12 décembre 2021, 9 h 20, heure locale

Le colonel Fu-Hsi vit une alarme s'afficher sur l'écran de son ordinateur : un message de l'agent de la DGSE adressé à la générale Mei Ling Tao sur son téléphone privé.

Il ouvrit le tiroir à sa droite et en retira un téléphone portable qu'il alluma aussitôt. Le message s'afficha. Sa lecture le fit sourire.

Il éteignit le portable. D'ici une heure maximum, l'équipe de psychologues dédiée allait lui transmettre un projet de réponse.

Si elle le satisfaisait, il demanderait une validation finale au ministre Geng Huichang. Ce dossier lui tenait personnellement à cœur et il avait exigé de valider chaque décision.

Comme défini dans le protocole, le colonel allait appeler Mei Ling Tao pour prendre de ses nouvelles et de celles de sa grossesse. Cela faisait partie des informations à transmettre au ministre.

Mentalement, le colonel Fu-Hsi décompta le nombre de mois restant avant la naissance. Elle était à peu près à la moitié de sa grossesse…

Chapitre 81

**Vol Air France 536 Bamako-Paris,
lundi 13 décembre 2021, 1 h 09, heure locale**

L'assistante de l'ambassadeur avait remis à Karim un billet d'avion pour le vol Air France de vingt-trois heures le soir même. Il eut juste le temps de récupérer son sac de voyage à l'hôtel et de filer à l'aéroport.

Dans le taxi, il avait la désagréable impression d'avoir été poussé vers la sortie. Mais sa plus grande frustration était de devoir abandonner la traque de Mohamed Jaish. Décidément, il avait du mal à comprendre la raison d'État.

Le colonel Manjour restait malgré tout paternel avec ses agents. Il avait eu la délicatesse de faire réserver un siège en classe affaires. Karim adorait le confort de cette cabine, surtout après une mission aussi éprouvante, et l'attention des hôtesses d'Air France. Son physique faisait qu'elles en rajoutaient sans doute un peu plus par rapport aux autres passagers.

Après le décollage, il apprécia la finesse du repas servi. Il s'autorisa trois verres de son vin préféré, un Château Lynch-Bages, un pauillac grand cru classé de 2015.

Lorsque la lumière de la cabine s'éteignit, il ne parvint pas à dormir, retournant dans sa tête les événements de ces derniers jours. Avait-il commis une faute ? Pourquoi laisser courir Mohamed Jaish ?

En tout cas, il avait pris conscience de la complexité du Mali et des enjeux qu'il représentait. En dehors de ceux de politique interne, les enjeux sur le développement du terrorisme et ceux géopolitiques avec la Russie s'entrechoquaient.

Pour arriver à dormir, il concentra ses pensées vers quelque chose de plus agréable. Dans quelques heures, il pourrait enfin prendre des nouvelles de Mei Ling. Comme il aurait aimé pouvoir la retrouver à l'atterrissage !

FIN

Retrouvez les aventures de Karim Leclerc dans
SPY 004
LA BOMBE NUMÉRIQUE DE KABOUL

Achevé d'imprimé en France par
Brodard & Taupin
pour le compte des éditions

NOUVEAUX AUTEURS

Dépôt légal : octobre 2022
N° d'impression : 3048864

Directeur des éditions Nouveaux Auteurs : Jean-Laurent Poitevin

Pour les éditions Prisma :
Responsable éditoriale : Ambre Rouviere
Éditrice : Amandine Schmit
Correction et composition : Nord Compo Multimédia
Conception graphique de la couverture : Nord Compo Multimédia
Illustration de couverture : © Shutterstock / Getmilitaryphotos

ISBN : 978-2-8195-0718-5